밝은

밤

밝은 밤

최은영 장편소설

문학동네

차 례

1부

1

　나는 희령을 여름 냄새로 기억한다. 사찰에서 나던 향 냄새, 계곡의 이끼 냄새와 물 냄새, 숲 냄새, 항구를 걸어가며 맡았던 바다 냄새, 비가 내리던 날 공기 중에 퍼지던 먼지 냄새와 시장 골목에서 나던 과일이 썩어가는 냄새, 소나기가 지나간 뒤 한의원에서 약을 달이던 냄새…… 내게 희령은 언제나 여름으로 기억되는 도시였다.
　희령에 처음 간 건 열 살 때 일이었다.
　할머니 집에서 열흘 정도 지내는 동안 할머니는 나를 데리고 이곳저곳을 구경시켜줬다. 우리는 버스를 타고 산속에 있는 사찰에도 가고 집 근처의 바닷가에도 갔다. 시장에서 갓 튀긴 팥 도넛과 꽈배기도 먹고, 집에서 음악을 틀어놓고 할머니의 친구들과 춤을 추기도 했다.
　어린 내 눈에 희령의 하늘은 서울에서 보던 것보다 더 높고 푸르렀다. 아직도 잊지 못하는 건 할머니와 함께 본 희령의 밤하늘이다. 나는 그때 은하수를 맨눈으로 처음 봤는데 한동안 아무 말도 할 수 없었다. 배가 울렁거리고 간지러웠다.

희령에 도착한 지 하루도 지나지 않아서 나는 할머니에게 마음을 열었다. 아이들은 귀신같이 아니까. 이 사람이 자신을 좋아하는지 싫어하는지, 자신을 해치려 하는지 돌보려 하는지.

시외버스 터미널에서 할머니와 헤어지면서 나는 바닥에 주저앉아 울었다. 할머니와 정이 들어서이기도 했지만, 한편으로는 앞으로 할머니를 못 볼지도 모른다는 예감 때문이었다.

다시 희령에 내려가던 날, 서른두 살의 나는 자동차 뒷좌석에 살림살이를 가득 싣고 고속도로를 달렸다. 폭설이 내리는 2017년 1월의 어느 날이었다.

희령 천문대의 연구원 채용공고를 본 건 이혼을 하고 한 달이 지났을 무렵이었다. 마침 내가 속해 있던 프로젝트팀의 일이 끝나던 시점이었고, 갈 곳이 없던 상황이기도 했다. 합격 연락을 받자마자 서울에서의 생활을 정리하기 시작했다. 침대와 장롱, 책상, 세탁기, 식탁, 카펫, 그의 손길이 닿았던 속옷과 식기를 전부 버렸다. 육 년을 산 집이었기에 물건은 계속해서 나왔다. 이사 당일까지 쓰레기봉투 몇 개를 더 채우고서야 끝이 났다.

희령으로 떠나기 전날에야 인터넷으로 희령이 어떤 곳인지 알아봤다. 희령은 서쪽으로는 해발 천 미터가 넘는 산맥이 자리하고 있고 동쪽으로는 바다가 있는 작은 도시였다. 해안 저지대에 농경지와 시가지가 형성돼 있는 곳으로, 같은 도의 다른 시에 비해서 규모가 작고 인구도 십만 명이 채 되지 않았다.

춘천을 지날 때쯤에 눈이 잦아들기 시작했지만 바람이 세서 작은 차가 휘청거릴 정도였다. 희령까지 가는 동안 숨을 고르기 위해 번번이 휴게소에 들러야 했다. 평소에는 멀미를 잘 하지 않았는데 그때는 몸도 마음도 약해져 있어서 쉽게 어지러움을 느꼈고 속이 메스꺼웠다.

서울을 떠난 지 다섯 시간이 지나서야 희령의 관광호텔에 도착했다. 나는 기진맥진한 채로 짐도 풀지 않고 창가에 앉았다. 창문 밖으로 바다가 보였다. 겨울이라 그런지 사람을 찾아볼 수 없었고 물새 몇 마리만 바다 위를 날아가고 있었다. 그렇게 가까이서 바다를 본 게 언제인지 기억할 수 없었다. 얼마나 그러고 있었을까. 밤이 되자 어둠 속에서 밝은 등을 단 어선들이 줄지어 조업하는 모습이 보였다. 나는 어선에 달린 등의 개수를 세어보았다.

잠을 이어 자지 못하던 때였다. 그날도 몇 번이고 자다 깨다를 반복했다. 잠이 완전히 달아나서 커튼을 열자 붉은 해가 수평선 너머로 떠오르고 있었다. 바다를 물들이는 해의 붉은빛이 객실까지 밀려들어왔다. 나는 말을 잃은 채로 해의 일주를 지켜봤다. 해가 하늘 높은 곳으로 올라가 더이상 보이지 않을 때까지.

그날 나는 앞으로 희령에서 살 집을 알아봤다. 총 다섯 군데의 집을 봤는데 처음에 봤던 집이 가장 마음에 들었다. 이십 년 전에 준공된 두 동짜리 복도식 아파트로 신혼부부나 혼자 사는 노인들이 많다고 했다. 내가 본 집은 오층이었다. 도배장판을 새로 할 필요가 없을 정도로 깨끗했고 멀리 바다도 잘 보이고 볕도 잘 들었다. 이사를 하려면 삼 주 정도 기다려야 했지만 그 정도는 감수해도 좋은 집이라고 생각했다.

그렇게 희령에서의 첫 삼 주 동안은 호텔에 머물면서 출퇴근을 했다. 그즈음 눈이 많이 내렸다. 근처 군부대 군인들이 제설용 삽을 들고 곳곳을 다녀야 할 정도의 폭설이 내리기도 했다. 희령의 눈은 잘 녹지 않았다. 작은 지방도시여서 차와 사람의 발길이 닿지 않는 곳이 많았고, 눈이 기화되는 속도가 느렸다.

흰빛이 사람을 압도하고 두렵게 할 수도 있다는 사실을 그때 처음으로 알았다. 한번은 폭설이 그친 무렵, 눈 덮인 논가 국도를 달리다가 가슴이 심하게 뛰고 숨쉬기가 어려워 갓길에 잠시 차를 세워둔 적도 있었다. 마음의 보호대 같은 것이 부러진 기분이었다. 덜 느낄 수 있도록 고안된 장치가 사라진 것 같았다.

천문대에 첫 출근을 한 날, 결혼했느냐는 질문을 받았다. 예전에 한번 했었다고 답하고는, 더 설명해달라는 눈빛을 읽고 작년에 이혼했다고 덧붙였다. 대수롭지 않게 대답하려고 했지만 심장이 뛰었고 작아지는 기분이었다. 사람들은 어색하게 웃으면서 다른 주제로 말을 돌렸다.

퇴근하고 호텔로 돌아오면 그대로 침대에 누워 있었다. 창을 열면 파도치는 소리가 들렸다. 몸이 얼어붙을 듯 추운데도 누운 채 파도 소리를 들은 날도 있었다. 창을 닫아야 하는데 몸을 일으키기가 어려웠다. 물컵에 물을 따라 마시는 것조차 엄두가 나지 않아서 입이 말랐다.

거울을 보면 등이 굽고 어깨는 앞으로 말린데다 근육이라고는 찾아볼 수 없을 정도로 마른 내가 있었다. 머리카락이 많이 빠져서 짧은 단발로 잘랐지만 그런 내 모습이 더 낯설게 느껴지기만 했다. 지우와 전화를 하는 것이 유일한 위로였다.

지우는 해가 질 무렵이면 전화를 해주었다. 지우는 나를 대신해서 울어주고 욕해주고 나를 걱정해주는 얼마 안 되는 사람 중 하나였다.

"그 개새끼는 참 뻔뻔해."

지우는 내 전남편을 개새끼라고 불렀다.

"개가 왜 욕이 됐을까."

나는 지우에게 물었다.

지우는 개새끼라는 말은 개의 새끼라는 뜻이 아니라고 했다. 여기서 개는 가짜라는 뜻이라고, 그러니까 '정상 가족'이라는 테두리 밖의 '가짜' 자식을 뜻하는 멸칭이라고 했다. 지우는 거기까지 설명하더니 나쁜 말이네, 라고 말하고는 앞으로는 그 단어를 쓰지 않을 거라고 했다. 그러더니 개새끼, 미친놈, 씨발놈 어느 것 하나 쓸 만한 말이 없다면서, 인간은 왜 이렇게 치졸하냐고, 왜 꼭 약한 사람을 짓밟는 식으로밖에 욕을 못 만드느냐고 했다.

"참신한 욕이 필요해. 분이 풀리는 욕이 필요해."

그것이 지우의 결론이었다. 나는 전화를 끊고 개새끼라는 단어를 종이에 펜으로 써보았다. 개새끼. 어원이 그렇다고 하더라도 그 의미로 그 말을 쓰는 사람은 거의 없을 것이다. 나는 강아지를 떠올렸다. 자기에게 관심도 없는 사람의 바짓자락에 붙어서 꼬리를 흔드는 모습을.

왜 개새끼라고 하나. 개가 사람한테 너무 잘해줘서 그런 거 아닌가. 아무 조건도 없이 잘해주니까, 때려도 피하지 않고 꼬리를 흔드니까, 복종하니까, 좋아하니까 그걸 도리어 우습게 보고 경멸하는 게 아닐까. 그런 게 사람 아닐까. 나는 그 생각을 하며 개새끼라는 단어를 가만히 내려다봤다. 나 자신이 개새끼 같았다.

마음이라는 것이 꺼내볼 수 있는 몸속 장기라면, 가끔 가슴에 손을 넣어 꺼내서 따뜻한 물로 씻어주고 싶었다. 깨끗하게 씻어서 수건으로 물기를 닦고 해가 잘 들고 바람이 잘 통하는 곳에 널어놓고 싶었다. 그러는 동안 나는 마음이 없는 사람으로 살고, 마음이 햇볕에 잘 마르면 부드럽고 좋은 향기가 나는 마음을 다시 가슴에 넣고 새롭게 시작할 수 있겠지. 가끔은 그런 상상을 하곤 했다.

이사 당일 자동차 뒷좌석에 내버려뒀던 짐을 새집으로 날랐다. 짐이라고 해봤자 옷과 식기류, 책과 노트북, 천체망원경, 텔레비전이 전부였다.

아파트는 도시의 서쪽인 고지대에 자리했다. 아파트 정문 근처에는 농협 마트가, 후문 쪽에는 등산로 초입이 있었다. 마트 옆에는 마당을 밭으로 사용하는 주택이 몇 채 있었는데, 가까운 거리에 개천이 흘렀다. 아파트 북쪽으로 단독주택과 공동주택이 밀집한 주택가와 시장이 있고, 동쪽으로 걸어가면 해변이 나왔다. 거북이 등딱지처럼 생긴 둥글고 검은 바위가 있어 거북이 해변으로 불리는 곳이라고 했다. 해변 앞에는 관광객들을 위한 횟집과 조개구이 식당이 많았지만 겨울이라 주변이 한산했다.

내려온 지 얼마 지나지 않는데도 희령에서 아주 오랜 시간을 산 기분이 들었다. 희령은 조용한 곳이었다. 서울에서 살던 내게 희령의 조용함은 가끔 두렵게 느껴질 정도였다.

그때의 나는 사람이 싫으면서도 한편으로는 간절히 사람을 만나고 싶었다. 서울에서처럼 친구와 한참 이야기하고 싶기도 했고, 손을 뻗으면 닿을 곳에 내 편이 되어주는 사람이 하나만 있어도 좋겠다는 욕심이 들기도 했다. 하지만 가깝고 끈끈해서 속까지 다 보여주고 서로에게 치대는 사이가 아니었으면 했다. 나에게 결혼은 그런 것이었지만, 더이상 그런 관계가 가능하리라는 믿음이 들지 않았다.

겨울이 끝나갈 무렵, 추우면 창문을 닫고 목이 마르면 물을 따라 마시는 내가 보였다. 여전히 어려운 밤을 보내면서도, 예전처럼 몸을 쥐어짜며 울지는 않는 내가 보였다. 두 시간, 세 시간을 이어 잘 수 있는 내가 보였다. 그렇지만 '나아지고 있는 걸까'라는 질문에 선뜻 그렇다고 답할 수가 없었다.

엄마가 찾아온 건 내가 희령으로 이주한 지 두 달 뒤의 일이었다.

엄마는 현관에 쌓여 있는 재활용 쓰레기들을 뒤적거리다가 신발을 벗고 안으로 들어왔다. 그러고는 가지고 온 상자에서 비트즙과 양배추즙을 꺼내 냉장고 야채 칸에 차곡차곡 넣었다.

"이거 어디다 걸어?"

나는 엄마에게 점퍼를 받아서 안방 옷장에 걸어두고 거실로 나갔다. 그사이 엄마는 거실 소파에 누워서 눈을 감고 있었다. 나는 커피믹스를 한 잔 타서 소파 옆 탁자에 올려놓았다.

"너처럼 젊은 애가 있을 곳은 아니다. 너무 외지고."

엄마가 눈을 감은 채 말했다.

"여기 안 외져. 직장도 좋고."

나는 거기까지 말하고 잠시 망설이다가 입을 열었다.

"엄마, 희령에 몇 번 와봤어, 할머니 보러?"

"너도 알잖아, 그런 사이 아니란 거. 왜, 할머니 만나보기라도 하려고?"

"그런 건 아니지만……"

"기회 되면 다시 서울로 올라와야지. 너 설마 김서방, 아니 걔 때문에 그러는 거야? 마주칠까봐?"

"나 어차피 연구실 아니면 집이었잖아. 서울이든 희령이든 나한텐 별로 중요하지 않아."

"니 젊음이 아까워. 남자도 다시 만나야지."

엄마는 그렇게 말하더니 자리에서 일어나 커피를 몇 번이고 후후 불어 마셨다.

"남자 없이도 잘 살 수 있어, 엄마."

"너, 사람들이 이혼녀 얼마나 우습게 보는지 알아? 다들 뒤에서 뭐라 해."

나는 대답 없이 창밖을 바라봤다. 그건 누구보다도 내가 잘 알아, 엄마. 사람들이 트랙터로 밭을 갈고 있네. 무언가를 심으려고 하나봐. 여름이랑 가을에는 바깥 풍경이 볼만하겠다. 재촉한다고 해서 달라지는 건 없잖아. 아무도 겨울 밭을 억지로 갈진 않잖아.

"세상 바뀌었어, 엄마. 엄마 살던 때랑 지금이 같다고 생각하지 마."

"아무리 허접한 남자라도 울타리는 되는 거야. 남자 있는 여자라야 사람들이 함부로 못해."

"엄마."

"살아본 사람이 하는 말이야."

나는 더는 참을 수가 없어서 집밖으로 나왔다. 남자가 꼭 필요하다고? 엄마는 남자와 그 가족으로부터 착취당하기만 한 거 아니었나. 자기 엄마를 보러 갈 시간조차 허락받지 못할 만큼의 착취. 아들 셋인 집의 장손과 결혼한 엄마는 명절에 친정에 가지 않았다. 방학 때 아빠 쪽 식구들이 찾아오는 경우는 있었지만 할머니가 온 적은 없었다. 할머니와의 관계가 지금처럼 된 게 그 때문만은 아니겠지만, 그게 아니었더라도 엄마가 할머니를 만나기는 어려웠을 것이다.

'그래도 김서방은 참 착해.' 엄마는 늘 그렇게 이야기했었다. 남자는 여자 때리지 않고 도박 안 하고 바람만 안 피워도 상급에 든다고, 그 이상을 기대해서는 안 된다고. 전남편은 그런 의미에서 엄마에게 착한 남자였다. 그가 바람피운 사실이 밝혀지기 전까지는 말이다.

엄마는 남자와 사는 삶에 희망이 있는 것처럼 말하곤 했지만, 그 말을 가만히 들어보면 도리어 엄마야말로 남자에 대한 희망이 없는 사람 같았다. 때리지 않고 도박하지 않고 바람피우지 않는 남자만 되어도 족하다니, 인간 존재에 대한 그런 체념이 또 어디 있을까.

무작정 걷다보니 마트 앞이었다. 마트에서 아이스크림 몇 개를 산 뒤 집까지 천천히 걸어갔다. 마음을 다잡으려고 심호흡을 하면서. 집으로 들어가자 엄마가 대수롭지 않은 표정으로 나를 쳐다봤다. 나는 엄마에게 아이스크림 하나를 건네고 나도 하나를 먹으면서 아무 일도 없었다는 듯이 이야기하려 노력했다.

엄마는 나 혼자 살기에 무섭지는 않은지, 새로운 직장은 마음에 드는지 물었다. 아는 사람이 없어서 내가 아프거나 무슨 일이 생겼을 때 봐줄 사람이 있겠느냐는 말을 했다. 외롭지 않으냐고, 혼자서 외롭게 지내는 것이 마음에 걸린다고 했다.

"난 혼자가 편해."

내가 엄마에게 해줄 말은 그것밖에 없었다. 엄마가 온전히 내 편을 들어주고, 내 마음을 이해해주리라는 희망 같은 것을 나는 포기했다. 그와 이혼하겠다고 했을 때 엄마는 내가 입은 상처보다도 이혼당하고 혼자가 될 사위를 신경썼다.

'나는 너는 걱정이 안 돼. 그런데 그 약한 애가 나중에 자살이라도 하면 네가 책임질 거야?'

어떤 말은 듣는 순간 영원히 잊히지 않으리라는 걸 알게 한다. 내게는 엄마의 그 말이 그랬다. 엄마는 내게 전화를 해서 나의 이혼으로 엄마가 얼마나 힘든 상황인지, 얼마나 괴롭고 우울한지 호소했다. 심지어 내 전남편에게 연락해서 그의 행복을 빌어주기까지 했다고 말했다. 엄마의 눈에는 나의 고통이 보이지 않는 것 같았다.

나는 사람들이 남자에게 쉽게 공감한다는 걸 알고 있었다. 사람들이 우리의 이혼을 언급하며 나를 욕했듯이, 그가 바람피웠다는 사실을 아는 사람들조차도 그가 바람피우는 계기를 만들었을 나를 상상하며 비난했듯이. 그러나 엄마마저도 자신의 딸이 아니라 다른 사람의 아들에게 공감하고 나의 고통을 외면했다는 사실에 나는 무너졌다.

"아빠는 너 이혼한 거 아무한테도 말 안 하더라."

엄마가 무심하게 말했다.

"자기 딸이 쪽팔리는가보지."

"그래도 너희 아빠 같은 사람이 없어."

"그래?"

"아무리 그래도 아빠는 아빠야. 너 그렇게 말하면 안 돼."

'남자가 바람 한 번 피웠다고 이혼이라니 말도 안 된다. 김서방이 받을 상처를 생각해라. 마음을 넓게 먹어야지. 사람들 다 그러고 살아.'

이혼을 결심한 내게 아빠가 한 말이었다. 나보다 사위의 입장을 먼저 고려하는 아빠의 모습은 별로 놀라운 게 아니었다. 아빠가 내 편이 되어주리라는 기대를 해본 적이 없었기 때문이었다.

엄마는 해가 지기 전에 일어섰다. 운전을 해서 시외버스 터미널까지 엄마를 데려다주고 집으로 돌아가는 길에 끌차를 끌고 삼삼오오 걸어가는 할머니들이 보였다.

4월을 앞둔 토요일 저녁이었다. 동네를 산책하고 집으로 돌아가는 언덕에서 한 할머니를 만났다. 가끔 아파트 엘리베이터에서 마주칠 때마다 나를 보고 조용히 미소 지으며 반가운 내색을 하던 분이었다. 형광 분홍색이나 은색 패딩을 입고 다니는 멋쟁이 할머니였는데, 그날은 장밋빛 패딩에 샛노란 끌차를 끌고 있었다. 가볍게 묵례를 하고 걸어가려는데 할머니가 손짓했다.

"오늘 사과가 싸게 나왔다고 하길래 저쪽 청과물시장까지 갔다 왔어요."

"그러셨어요."

할머니가 끌차에 놓인 쇼핑 바구니에서 사과 하나를 꺼내더니 내게 건넸다.

"먹어봐요. 꿀사과라는데."

"아…… 괜찮아요."

나는 혹시 할머니가 내게 포교 활동을 하려는 건 아닌지 의심했지만, 계속 거절하는 것도 예의가 아닌 듯해서 사과를 받아 주머니에 넣었다.

"청과물시장이라면…… 시청 옆에 있는 시장까지 다녀오신 거예요?"

"거기가 제일 싸서."

우리 옆으로 스쿠터를 탄 사람들 몇이 지나갔다. 할머니 뒤로 늦은 오후의 햇살이 닿은 바다가 금빛으로 빛나는 것이 보였다. 부드러운 바람이 불었다.

"이상하게 생각하지 말아요."

할머니가 말했다.

"……"

"아가씨, 내 손녀랑 닮았어. 그애를 열 살 때 마지막으로 보고 못 봤어. 내 딸의 딸인데."

할머니는 거기까지 말하고 나를 가만히 바라봤다.

"손녀 이름이 지연이예요, 이지연. 딸 이름은 길미선."

나는 할머니의 얼굴을 들여다봤다. 할머니는 나와 우리 엄마의 이름을 말하고 있었다. 무슨 말을 해야 할 것 같은데 아무 말도 나오지 않았다.

"서울 사는 애가 여기에 내려올 일이 없잖우."

할머니는 내 눈을 똑바로 바라보며 말을 이었다.

"그런데 내려왔네요, 여기."

내가 말했다.

할머니는 마치 다 알고 있었다는 듯이 나를 보고 미소 지었다. 우리는 언덕 위에 어색하게 서서 서로를 바라봤다. 할머니의 얼굴에 장난스러운 표정이 떠올랐는데, 나는 할머니가 처음부터 나를 알아봤다는 생각을 했다.

"할머니."

내 말에 할머니는 고개를 끄덕였다.

"오랜만이야."

2

그날 아파트까지 함께 걸어가는 동안 우리는 별말을 나누지 않았다. 무슨 말을 하든 어색할 것 같았다. 엘리베이터에 올라타고 나는 오층 버튼을 눌렀다. 할머니가 십층 버튼을 누르며 말했다.

"엄마 닮아 키가 크구나."

"네…… 그런 것 같아요."

그리고 짧은 대화를 나누는 동안 나는 가까이서 할머니의 얼굴을 바라봤다. 나이에 비해 숱이 많고 염색하지 않은 짧은 머리카락, 넓은 이마, 쌍꺼풀 없이 긴 눈, 오뚝한 코, 긴 인중과 인중에 난 솜털, 연보라색에 가까운 도톰한 입술을 봤다. 눈가와 입가에 웃음 주름이 있었고 미간에 두 개의 주름이 깊게 팼다. 키는 나보다 조금 작았고 바른 자세에 등이 굽지 않았다. 끌차를 짚고 선 주름진 손에는 갈색 검버섯이 가득했다. 엄마와 닮은 부분이 거의 없었다. 흰머리가 싫어서 매번 염색하는 엄마의 검은 머리카락과 좁은 이마가 떠올랐다.

할머니와 재회했을 때 내가 느낀 감정은 어색함뿐이었다. 정말 저 사람이 예전에 알던 내 할머니가 맞나 싶을 정도로 낯설기만 했다. 앞으로 마주치면 무슨 말을 해야 할지, 할머니가 내 할머니라는 이유로 내 생활을 간섭하지는 않을지, 익명으로 살고 싶은 내 의지와 반대로 내가 서울에서 내려온 할머니의 손녀라는 사실을 모두가 알게 되는 것은 아닐지 걱정이 되기도 했다.

할머니를 다시 본 건 그로부터 며칠이 지난 아침 출근길이었다. 주차장에 세워진 봉고차에 할머니들 여럿이 올라타고 있었다. 할머니들은 모두 알록달록한 일복을 입고 있었다. 그 모습을 보다가 봉고차에 올라타던 할머니와 눈이 마주쳤다. 할머니는 나를 보고 활짝 웃으며 손을 흔들었다. 나도 잠시 망설이다가 할머니에게 손을 흔들었다. "늦었어, 늦었어." 할머니들이 재촉하자 할머니도 봉고차에 올라탔다.

"나 놉 간다, 놉!" 할머니가 나를 보고 소리쳤다. "안녕."

나는 할머니를 태운 봉고차가 눈앞에서 사라지는 모습을 지켜봤다.

만약 어린 시절에 할머니를 본 기억이 없었더라면, 그녀에게 부담스러움만 느꼈을지도 모르겠다. 하지만 할머니의 이야기를 듣던 기억, 같이 웃던 기억은 서른둘이 된 내게 여전히 남아 있었다.

할머니에게 나는 손녀라기보다는 대하기 어려운 삼십대 초반의 여자로 보였을 것이다. 귀여워하고 예뻐하고 역성들어줄 손녀라기보다는 사이 안 좋은 딸의 나이든 자식으로 느껴졌을 것이다. 나는 우리 사이의 난감함, 어색함, 어려움이 나쁘지 않았고 그런 감정들의 바닥에 깔린 엷디엷은 우애가 신기했다.

그다음날 저녁에 마트에서 할머니를 마주쳤을 때도 걱정했던 것만큼 어색하지는 않았다. 할머니는 진간장 한 병과 커피믹스 한 상자를 쇼핑 바구니에 넣고 계산대로 걸어가고 있었다. 나는 쇼핑 바구니를 들고 할머니 뒤에 줄을 섰다.

"회사 갔다 오는 거야?"

할머니가 말했다.

"네, 퇴근길에 먹을 거 좀 사봤어요."

나는 바구니에 든 딸기, 사과, 시리얼, 우유, 배추김치를 보며 말했다.

그러고 말이 끊겼다. 적당한 화젯거리가 떠오르지 않았는데 그건 할머니도 마찬가지인 것 같았다. 계산을 마친 할머니가 끌차에 장 본 물건들을 넣고서 출입문으로 걸어갔다. 나는 계산을 끝내고 할머니 쪽으로 다가갔다.

"제 차 타고 가세요."

"걸어 오 분인데 괜찮아요."

할머니는 어색해서인지 내게 존댓말을 했다.

"무거운 거 많이 드셨는데 타세요. 어차피 가는 길인데."

"……그럼 신세 좀 질게."

차에 타면서 보니 할머니는 등이 곧아 보였던 것과는 다르게 허리를 굽히는 것을 어려워했다. 차에서 내릴 때도 동작이 느렸다. 겉으로 보기에 어떻든 할머니는 노인이었다. 나는 할머니에게 맞춰 엘리베이터까지 천천히 걸어갔다.

"할머니는 평소에 뭐하세요?"

할머니는 잠시 생각해보더니 입을 열었다.

"농번기에는 저쪽 마을로 놉 가구……"

"놉 가는 게 뭐예요?"

"놉, 몰라?"

나는 고개를 끄덕였다.

"농사일 도와주는 사람을 놉이라구 하는데, 나는 나이가 들어서 동네 할머니들이랑 같이 포도밭 가서 슬슬 일 도와줘. 가위로, 가위."

할머니가 검지와 중지로 브이 자를 그리면서 말했다.

"가위로 가지치기하구 포도가 좀 크면 봉지 씌우고 나중에는 박스에 담고, 그런 거 해."

"할머니 연세에……"

내 말에 할머니는 웃으며 말을 이었다.

"가만히 앉아 죽을 날 기다리고 있는 게 고되지. 가서 할머니들이랑 얘기도 하구 용돈벌이도 하구 얼마나 좋은지 몰라. 그렇게 움직여야지 밤에 잠도 잘 자요."

엘리베이터는 칠층에서 내려올 줄 몰랐다. 나는 무슨 말을 해야 할지 조금 고민하다 입을 열었다.

"일 안 하실 때는 뭐하세요?"

"나? 뭐, 누워서 텔레비전 보구 노인정에나 나가구 그래. 별거 없지."

그때 엘리베이터가 일층에 도착했다. 할머니와 나는 엘리베이터에 올라타 별다른 말 없이 층을 표시하는 전광판만 올려다봤다. 그러다 내가 오층에서 내릴 때 할머니가 나를 붙잡듯 말했다.

"너 시간 될 때 한번 놀러와. 바쁘면 오지 마. 절대 오지 마!"

할머니의 집에 간 건 그 일이 있고 얼마 지나지 않은 일요일이었다. 다시 엘리베이터에서 우연히 마주쳐서 잡은 약속이었다. 내가 한번 댁에 찾아가겠다고 말하자 할머니가 반색을 해서, 얼떨결에 날짜를 잡게 되었다.

나는 시장에 가서 장미꽃을 사고 근처 가게에 들러 와인 한 병과 작은 생크림케이크를 샀다. 엘리베이터에서 오층 대신 십층 버튼을 눌렀다. 복도를 걸어가니 할머니 집 현관문이 활짝 열려 있었다. 밥 냄새와 국 냄새, 생선 굽는 내가 밖으로 흘러나왔다. 나는 현관 바깥에 서서 "할머니" 하고 그녀를 불렀다.

할머니는 겨자색 원피스에 꽃무늬 덧신을 신고 두 손을 흔들며 현관으로 나왔다.

"들어와, 들어와. 이게 무슨 꽃이야."

현관 벽에 사과 세 알이 그려진 유화가 걸려 있었다. 우리집과 같은 구조였는데 베란다 빨래걸이에는 시래기가 주렁주렁 걸려 있었고, 큰 바구니에는 한라봉 몇 개가 담겨 있었다. 나란히 놓인 끌차 세 대 옆으로 파와 양파, 사과, 마늘, 말린 미역 같은 것이 정리되지 않은 채로 널려 있는 것이 보였다. 나는 부엌으로 가서 싱크대에 케이크와 와인을 올려뒀다. 부엌에서 생강 냄새가 진하게 났다.

"저기 앉아 기다려봐."

할머니는 돕겠다는 나를 소파로 거의 밀어내다시피 했다. 코듀로이 소재의 삼 인용 갈색 소파였다. 팔걸이 부분의 커버가 반질거렸고 좌석의 쿠션이 푹 꺼져 있었다. 허리에 무리가 가는 것 같아서 소파에서 내려와 바닥에 앉았다. 맞은편에 작은 텔레비전이 놓여 있었는데 화면이 미세하게 위아래로 흔들렸고 소리가 컸다. 텔레비전 뒤로 보이는 벽지의 귀퉁이가 커다란 삼각형 모양으로 벗겨져 있었다.

"제가 수저라도 놓을게요."

내가 어정쩡하게 앉아서 그렇게 말하자 할머니는 손을 휘휘 저었다.

"대접받을 줄도 알아야지."

할머니의 말에 나는 자리에 그대로 앉아 눈앞의 밥상에 시선을 뒀다. 사용한 흔적이 거의 없는 사 인용 밥상이었다. 할머니는 쟁반에 반찬과 수저를 담아서 상으로 날랐다. 구운 박대, 물미역과 초고추장, 무조림, 총각김치가 나왔다. 이어서 밤과 강낭콩을 넣은 밥과 배춧국이 차려졌다. 할머니는 물 대신 결명자차를 컵에 따라주었다. 우리는 마주보고 앉아서 수저를 들었다.

"잘 먹겠습니다."

내가 그렇게 말하고 국을 뜨자 할머니는 "깜빡하고 마늘을 안 넣어서 맛이 나나 모르겠네"라고 말하며 눈치를 살폈다. 내 입맛에는 간이 셌지만 구수한 맛이 나는 국이었다.

"맛있어요."

내 말에 할머니는 의심스럽다는 표정을 지었다.

"정말이에요. 배추가 흐물흐물하게 잘 익어서 맛있어요."

"간은 맞고?"

"네."

그제야 할머니도 국을 떠서 입에 넣었다.

"맛있네."

할머니는 그렇게 말하고 웃었는데 진분홍빛 립스틱을 칠한 입술이 눈에 들어왔다. 드라이를 했는지 짧은 머리카락에 볼륨이 살아 있었다. 할머니가 내게 잘 보이려고 신경을 썼다는 것이 느껴져서 놀라운 마음이 들었다. 나는 박대의 살을 발라내어 할머니의 밥 위에 올려놓았다. 반건조된 살은 쫄깃했고 기름에 튀겨지듯 구워진 껍질도 고소했다. 예의를 차려서 조금씩 먹으려고 했는데 입맛이 돌아서 정신없이 먹었다. 얼마 만에 느껴보는 기분좋은 포만감이었을까. 그렇게 먹다보니 할머니와 별로 말도 나누지 못하고 밥 한 공기를 금방 다 먹어버렸다.

"밥은 같이 먹어야 맛이야."

할머니의 말에 별로 동의하지는 않으면서도 고개를 끄덕였다. 밥은 어떤 사람과 먹느냐에 따라서 맛이 다 다르니까. 혼자 넷플릭스를 보며 밥을 먹는 게 훨씬 더 편한 적이 많았다. 그렇지만 할머니의 밥은 맛이 있었다. 할머니와 함께 먹는 밥은 맛이 있었다.

"더 먹을래?"

"배가 너무 불러요. 케이크도 먹어야 하고……"

"오늘 누구 생일이야?"

할머니가 웃으며 말했다.

"맛있잖아요, 케이크."

"맞아."

"할머니도 케이크 좋아하세요?"

"없어 못 먹죠."

할머니가 장난스레 말을 올렸다.

우리는 같이 상을 치웠다. 옥색 시트지가 붙은 부엌 싱크대와 벽장은 낡았고, 그릇장 하나는 문이 떨어져 있었다. 그런데도 전체적으로는 잘 정리된 모양새였다. 싱크대 위에는 미나리를 담은 컵이 보였다. 나는 행주로 상을 닦고, 할머니는 케이크를 잘라서 각자의 접시에 담았다. 그리고 우리는 물컵에 와인을 따라 천천히 마셨다.

그날, 할머니는 나의 상황에 관해 어떤 것도 묻지 않았다. 내가 결혼했다는 사실 정도는 엄마에게 들어 알고 있었을 텐데도, 그에 대해서 아무것도 묻지 않았다. 그 대신 내가 대학에서 무슨 공부를 했는지, 직장에서 어떤 일을 하는지, 일하지 않는 시간에는 무얼 하며 지내는지를 물었다.

"할머니 피부가 좋네요."

"다들 그러데. 노인정 가면 나보고 형광등 안 켜도 되겠다구 그러더라구. 내 얼굴이 환해서."

겸손을 차리지 않는 할머니의 모습이 재미있어서 나는 잠시 웃었다.

"엄마도 피부 좋잖아요. 얼굴에 뾰루지 같은 것도 잘 안 나고 보들보들. 제가 그걸 못 닮았어요. 닮은 게 없어요."

"너희 엄마랑 나도 별로 닮은 데가 없어. 너희 엄마는 너희 증조할아버지 판박이지."

"저는 아빠랑도 안 닮았어요."

할머니는 내 얼굴을 유심히 바라보다가 입을 열었다.

"나는 아는데. 네가 누구 닮았는지."

"누구요?"

"잠시만 있어봐."

할머니는 작은방으로 가서 한참을 있더니 갈색 사진첩을 들고 나왔다.

"봐봐."

할머니가 사진첩을 펼쳐 내밀었다. 사진 속에서 흰 저고리에 검은 치마를 입은 여자 둘이 미소 짓고 있었다. 그중 왼쪽에 있는, 가운데 가르마를 타서 쪽을 찐 여자가 눈에 들어왔다.

"이게 누구예요?"

내가 그 여자를 손가락으로 가리키며 묻자 할머니도 여자를 향해 손을 갖다댔다.

"너라고 해도 다들 믿을 것 같아."

그러고는 사진첩의 테두리를 손가락으로 쓸어내렸다.

한쪽 눈은 외까풀, 다른 한쪽은 쌍꺼풀이 진 눈매에 숱이 적은 눈썹, 둥근 이마와 짧은 턱, 그리고 작은 귀까지 그녀는 나와 닮아 있었다. 이목구비만이 아니라 앉아 있는 포즈와 표정도 나와 비슷했다. 사진에서 시선을 거두지 못하는 나를 보며 할머니가 말을 이었다.

"우리 엄마 얘기, 들은 적 있어?"

나는 고개를 저었다. '나는 친정이 없어.' 엄마는 가끔 그렇게 말했을 뿐이다.

"하긴. 너랑 내가 만날 일이 없었으니."

할머니는 그렇게 말했지만, 자기 엄마에 대해 우리 엄마가 아무 말도 하지 않았다는 걸 서운해하는 것 같았다. 잠시 침묵이 흘렀다.

"증조할머니 성함이 뭐예요?"

"이정선. 그런데 사람들은 삼천이, 삼천 아주머니라고 불렀어."

"왜요?"

"우리 엄마 고향이 삼천이었거든."

"삼천이 어디예요? 처음 들어요."

"개성에서 기차 타고 가면 세 시간 걸리는 곳이라지."

"할머니 고향은 개성이시잖아요."

할머니의 고향이 개성이라는 건 지나가는 말로 들어서 알고 있었다.

"응. 엄마가 날 낳기 전에 개성으로 갔거든. 열일곱이었을 때."

창밖으로 해가 지고 있었다. 집으로 돌아가야 한다고 생각하면서도 자리에서 일어나고 싶지 않았다. 할머니의 이야기를 더 듣고 싶었다. 나는 망설이다 입을 열었다.

"어떤 분이셨어요?"

"누구? 우리 엄마?"

"네."

할머니는 무슨 말을 하려다가 말고, 다시 말을 하려다가 입을 열지 않았다. 얼굴에 내내 어렸던 미소가 사라졌고 무언가를 골똘히 생각하는 듯 보였다.

"그냥……" 할머니가 그렇게 말하고 나를 바라봤다. "보고 싶지."

할머니는 내가 마치 할머니의 엄마라도 되는 것처럼 한참을 바라보다 입가에 힘을 줘서 웃었다.

"보고 싶은 사람이지 뭐."

할머니의 눈가에 눈물이 맺힌 것을 보고 나는 놀라서 못 본 척 고개를 돌렸다.

"내가 주책이네."

할머니는 컵에 남은 와인을 모두 입에 털어 넣었다. 우리는 한동안 별말이 없었다. 나는 할머니의 빈 컵에 와인을 따르고 물었다.

"증조할아버지 사진은 없어요?"

"없어."

할머니는 나를 보고 웃었다.

"증조할아버지는 어떤 분이셨어요?"

내가 묻자 할머니는 잠시 생각하더니 입을 열었다.

"아버지는 목수 아버지 밑에서 태어났어. 할아버지는 옹기장이였다고 해. 그 왜, 예전에 박해당하던 천주교 신자들이 있었잖아. 아버지는 그런 조상의 후손이었어."

처음 천주를 믿은 조상은 마부였다. 모시고 살던 양반이 이제 우리는 주인과 종의 관계가 아니라 동무라고 말하자, 조상은 드디어 주인이 정신이 나갔구나, 하고 그를 딱하게 생각했다. 그런 조상이 자기 주인을 따라 천주를 믿게 되다니 정말 모를 일이라고 할머니는 말했다. 삼 년이 지난 뒤 둘은 귀에 화살이 꽂히고 다리는 부러진 채로 새남터에 끌려가서 같이 처형당했다.

그것이 시작이었다. 살아남은 사람들은 산에서 숯과 옹기를 구워가며 숨어 지냈다. 시간이 지나 더는 숨어서 천주를 믿을 필요가 없게 되었지만, 신줏단지를 깨고 조상도 모시지 않는 사람들이라 좋은 대접을 받기는 힘들었다. 고조부는 수완이 좋고 손재주가 있어서 집을 짓는 목수로 일했고, 덕분에 재산을 모을 수 있었다. 그에게는 딸 넷에 아들 셋이 있었는데, 아들 셋 모두를 학교에 보낼 수 있을 정도였다. 내 증조부는 그의 막내아들이었다.

"내가 무슨 말을 하려고 이 얘기를 꺼냈더라…… 그래, 내 아버지, 네 증조할아버지가 어쩌다 부모를 버리고 우리 엄마랑 만나게 되었는지를 이야기하려고 했지. 모두가 겪는 일은 아니겠지. 사람한테 미치는 거 말이야. 한순간 완전히…… 미치는 거지."

증조부가 열아홉 살이었고 혼담이 오고갈 때였다. 증조부는 고조부에게 혼인할 사람이 따로 있다고 말했다. 그 상대가 백정 집 자식이라는 걸 알고 고조부는 하도 어이가 없어서 웃기만 했다. 그런데 가만히 들어보니 웃을 일이 아니었다. 증조부는 교회당 지붕 아래에서 인간의 귀함과 천함은 타고나는 데 있지 않고 그가 하는 행동에 달려 있다고 배워왔던 것이다. 백정 집 여자애가 개나 말보다 못한 취급을 받던 시절에.

어떻게 백정의 자식과 혼인을 할 수 있느냐는 고조부의 말에 증조부는 백정도 천주의 자식이며 인간은 귀천이 없다는 것을 교회에서 배워 알았다고 되받아쳤다.

―성경에도 백정은 안 나온다.

고조부는 그렇게 말하며 방안의 화로를 엎었고 증조부는 그길로 집을 나와 증조모를 데리고 개성으로 가는 열차에 탔다.

"증조할머니는 가족이 없었어요?"

"있었지. 어머니가 있었어."

백정이던 아버지는 그녀가 어린 시절에 죽었고, 어머니가 있었다. 오래 앓아 죽을 날을 목전에 두고 있었지만. 증조부는 아랫목에 누워 있던 그녀의 어머니에게 당신 딸과 혼인하고 개성으로 가서 살 거라고 말했다. 고조모는 곱이 잔뜩 낀 눈으로 증조모를 바라봤다. 그 작은 눈에서 눈물이 하염없이 흘렀다.

—같이 가자.

고조모가 그녀의 치맛자락을 붙잡으며 말했다.

—나도 데리고 가라.

병자에게 무슨 힘이 있었는지, 증조모는 치맛자락에서 고조모의 손을 떼어내기가 어려웠다. 그녀가 겨우 손을 떼어내자 고조모는 한동안 침묵하다가 작은 목소리로 말했다.

—기래, 가라. 내레 다음 생에선 네 딸로 태어날 테니. 네 딸로 다시 태어나서 에미일 때 못다 해준 걸 마저 해줄 테니. 그때 만나자. 그때 다시 만나자.

증조모는 뒤도 돌아보지 않고 집을 나왔다. 잠시라도 뒤돌아보면 떠날 수 없을 것 같아서였다. 십칠 년 동안 살던 집, 누린내가 가시지 않던 집, 똥지게꾼도 상대해주지 않아 스스로 오물을 퍼내야 했던 집, 해질녘 구석에 핀 꽃이 예뻐 바라보다 아무 이유도 없이 날아온 돌에 머리를 맞아야 했던, 무엇 하나 좋은 기억이 없던 집. 그 집을 떠나 기차역으로 가는데 그 짧은 길이 천릿길 같았고, 걸음걸음이 무거워 납으로 만든 신발을 신은 것 같았다.

그래도 떠나야 했다. 그게 사는 길이었으니까. 열차에서 노란 위액을 게워내면서 증조모는 생각했다. 잊을 거라고, 잊어버릴 거라고, 다시는 되돌아가지 않을 거라고.

할머니는 증조부가 증조모에게 왜 미쳤었는지 조금은 이해한다고 말했다. 증조모의 눈 속에는 아이들에게서나 보일 법한 호기심과 장난기가 있었다. 타고난 기질이 그랬다. 백정 딸 주제에 뭐가 당당하고 즐거워서 저런 표정을 짓는 거지? 그런 이유로 어린 시절에는 맞기도 했다. 고개 숙이고 걸어. 감히 양민과 눈을 마주치려 해?

그러나 증조모는 고개를 숙이고 걸을 수 있는 사람이 아니었다. 숙이려다가도 저절로 머리를 들게 됐다. 고개를 들어 하늘을 올려다봤다. 무리 지어 날아가는 하늘의 새들을 쳐다보느라 넋을 놓았다. 만사를 궁금해했다. 세상이 궁금하고 사람이 궁금했다. 증조모가 증조부를 만나게 된 것도 그런 이유에서였다.

증조모는 역사 앞에서 삶은 옥수수를 팔았는데, 일이 끝나면 사람들을 구경하거나 철로를 따라 걸었다. 어느 날은 이 철로가 대체 몇 리나 이어져 어디에 닿는지 궁금했다. 궁금함을 참을 수가 없어 저쪽 멀리서 철로를 따라 걷고 있던 남자에게 가서 물었다.

—이 철길은 몇 리나 이어지는 기라요?

말을 뱉어놓고 나서야 증조모는 정신이 들었다. 백정이 양민의 길을 막았으니 호되게 맞아도 할말이 없었다. 그런데 이 어린 남자는 멀뚱히 서서 생각에 잠겼다.

—북으로는 신의주까지 가구 남으로는 부산까지 간다는데 기게 몇 리나 되는지……

그는 증조모의 저고리 고름에 달린 검은 천에는 관심이 없어 보였다. 백정을 나타내는 그 표지에는 아랑곳하지 않고 그저 철길을, 침목을 바라보았을 뿐. 자리를 떠나려는 그녀에게 그가 말했다.

—내일 이 시간쯤 일루 오믄 알려주갔어. 동무 중에 철도 박사가 있으니, 물어보면 되갔으니까.

증조부는 증조모를 만나기 전부터도 개성으로 가고 싶었다. 개성이 아니라 어디라도 좋으니 열차에 몸을 싣고 고향에서 멀어지고 싶었다. 떠돌고 싶은 충동이 있는 사람이었다. 아주 어린 시절부터 그에게는 그런 성향이 있었다. 소에게 꼴을 먹이고 오라고 시키면 소를 데리고 자기가 걸어갈 수 있는 가장 멀리까지 가곤 해서, 해가 지면 마을 사람들이 찾으러 다녀야 했을 정도였다. 밤이 깊어질 무렵 얼이 빠진 표정으로 소를 데리고 집에 들어오는 자기 아버지의 얼굴을 할머니는 종종 상상해보곤 했다고 말했다.

증조부는 처음 열차를 보고 충격을 받았다. 믿을 수 없는 속도로 달리는 모습에 어지러울 지경이었고 가슴이 뛰었다. 멀리서 울려오는 경적과 바퀴가 철로의 이음매에 닿아 덜컹거리는 소리를 그는 사랑했다.

기회가 될 때마다 그는 동네에서부터 두 시간을 걸어 역사까지 갔고 철로를 따라 걸었다. 멀리서 기적 소리가 들리면 가만히 서서 열차를 바라보다가 정신을 차리고 자리를 피했다. 열차는 귀청을 찢을 듯한 천둥소리 같은 굉음을 내며 지나갔고, 그 진동이 땅을 타고 그의 몸에 전해졌다.

그는 역사 앞에서 먹을거리를 파는 수많은 사람 중에서도 그 여자애를 알고 있었다. 백정의 표지인 검은 천을 옷고름 끝에 달고서, 아직 어린 태가 남은 검붉게 탄 얼굴에 커다란 손으로 사람들에게 옥수수를 건네던 모습을 그는 알고 있었다.

이 철길은 몇 리나 이어지는 기라요? 그때, 이상하게도 그는 그 순간을 이전에도 경험한 것 같은 기분이 들었다. 분명, 그곳에서 그렇게, 얼굴이 검붉게 탄 여자애와 서 있었는데, 이어서 기적 소리가 들리고 까치 한 마리가 서쪽으로 날아갔던 것 같은데…… 그가 그런 생각을 하는 순간, 정말 멀리서 기적 소리가 들려오고 마른 까치가 하늘을 날았다. 철길 아래로 내려가면서 그에게 내려오라고 손짓하는 그녀를 보며 그는 그 순간이 순간이 되어서는 안 된다는 생각을 했다. 이상한 직감이었다.

그는 자신을 똑바로 바라보는 여자애에게 말했다. 내일 여기에서 다시 만나자고, 만나서 이야기해주겠다고. 그 자리에서 바로 답을 알려준다면, 다시는 그렇게 같이 이야기할 수 없으리라고 생각했고, 그 생각만으로도 조금 슬퍼졌던 것이다. 그 철로가 몇 리나 이어지느냐고? 사실 그는 눈을 감고도 말할 수 있었다.

다음날 그는 철로까지 두 시간을 걸어가서 그녀를 기다렸다. 반나절이 지나도록 그녀는 나타나지 않았다. 만나기로 한 지점을 착각했나 싶어서 철로를 따라 이리저리로 걸어보았지만 소용없었다. 해가 지고 집으로 돌아가면서 그는 그 여자애가 자기 말에 대답하지 않았다는 걸 기억했다. 내일 만나 알려주겠다는 말에 여자애는 자기를 물끄러미 바라보다 그냥 가던 길을 갔던 것이다. 어떻게 대답조차 받지 않고서 그애가 여기에 올 거라고 생각했던 걸까. 그는 부끄러웠다.

집으로 돌아와서도 그는 그 여자애에 대한 생각을 멈출 수가 없었다. 어떻게 백정 여자아이가 양민 남자에게 태연하게 말을 걸 수 있는지, 어떻게 사람을 그렇게 뚫어져라 쳐다볼 수 있는지, 어떻게 양민이 묻는 말에 대답도 하지 않을 수 있는지, 어째서 그에게 그 순간이 처음이 아니었는지, 어째서 붉은 볼의 여자애가 그를 바라보던 그때 기적이 울리고 까치가 날았는지, 왜 그 순간이 마지막이 되어서는 안 된다고 확신했던 건지. 그애는 백정의 자식이야.

그렇게 생각하고 그는 어쩐지 괴로워졌다. 백정의 자식이라는 말에 그애의 존재를 구겨 넣을 수는 없었던 것이다. 그렇다는 걸 알면서도 백정의 자식이라는 말로 자신이 그애에게서 받았던 모든 느낌을 부정하려 했다는 사실에 그는 한없이 쓸쓸해졌다.

다음날 그는 또다시 한참을 걸어서 역사에 갔다. 한쪽 구석에 앉아 옥수수를 팔고 있는 그녀가 보였다. 여름이 끝나가던 시기여서 저녁이 되기 전인데도 공기에서 열기가 느껴지지 않았다. 그는 천천히 그녀에게 다가가 남은 옥수수를 다 달라고 말했다. 그녀는 그의 얼굴을 알아보지도 못한 채로 돈을 받고 옥수수를 건넸다.

—덕분에 오늘은 일찍 집에 가겠구나요.

그녀가 자리를 정리하려고 하자 그가 조급한 마음에 입을 열었다.

—어제 기다렸댔어.

그제야 그녀는 그를 알아봤다.

—항상 기렇게 혼자 다녀?

—……

—기냥 걱정이 되어서리.

—일없십니다. 내 일은 내가 알아서 잘하니.

그녀는 불편하다는 내색을 하고 자리를 정리했다.

—철로가 몇 리인지 궁금하다길래……

—기래서 나더러 다음날 나오라 했시까?

그녀가 차가운 표정으로 그를 쳐다봤다.

―알면 안다, 모르면 모른다, 기렇게 말루 하라요. 난 한시가 바쁜 사람이라요. 한가하지가 않습니다.

그러고는 광주리를 옆구리에 끼고서 자리를 떴다. 그는 우두커니 서서 그녀의 뒷모습을 바라봤다.

그녀는 키가 크고 어깨가 넓었다. 바람을 가르며 넓은 보폭으로 걸어가는 모습에 그는 눈길을 빼앗겼다. 억울하고 창피한 기분이 들어야 하는 상황이었지만 어쩐지 그저 슬프기만 했다. 그녀에게는 자신이 위협적인 사람일 뿐이라는 생각 때문이었다. 대체 어떤 일들을 겪었을까, 저애는. 그는 멀어져가는 그녀의 뒷모습을 바라보며 그런 생각에 빠졌다.

그다음날부터 그는 곧장 역사로 가 멀리서 그녀를 바라봤다. 어딜 가나 볼 수 있는 평범하고 둥근 얼굴, 커다란 손, 주머니에서 거스름돈을 꺼내 건네주는 몸짓, 지나가는 사람들을 빤히 쳐다보며 가끔 옥수수를 먹는 모습을 바라봤다. 옥수수 씨눈을 얼굴에 묻히면서 옥수수를 크게 베어 무는 모습을. 그래, 나는 저애를 알고 있었어. 그는 생각했고 그녀에게 말하고 싶었다. 같이 열차를 타자. 나는 너에게 할말이 아주 많아. 열차를 타고 우리 오래도록 이야기하자. 허무맹랑한 생각이었다. 그날이 오기 전까지는.

그날, 군인 둘이 그녀에게 다가갔다. 손님인 줄 알고 반가워하던 그녀의 표정이 어두워졌다. 그 모습을 보고 그는 그녀 쪽으로 얼른 달려갔다.

―너, 이름이 뭐지? 사는 곳은?

군인이 그녀에게 일본어로 물었다. 그녀는 군인을 쏘아본 채 대답하지 않았다. 증조부가 미소 지으며 최대한 부드러운 일본어로 그들에게 말했다.

—제 아내입니다. 학교를 다니지 않아서 일본어를 잘 모르니 이해해주십시오. 사는 곳을 알고 싶으시다면 알려드리겠습니다만……

그 말에 군인 둘이 자리를 떠났다. 그들은 남편이 없는 여자아이를 원하는 거였다. 그도 그에 대해 아는 바가 있었다. 자신이 사는 마을에서도 군인들이 혼인하지 않은 여자아이들을 조사하고 있었으니까. 그 때문에 부모들은 고작 아홉 살, 열 살밖에 안 된 딸들을 혼인시켰다. 그게 딸을 보호할 수 있는 유일한 방법이라고 생각했기에, 그들에게 '주인'을 만들어주는 것이었다.

군인들이 떠나고 그는 그녀에게 물었다. 남편이 있느냐고. 그녀는 고개를 저었다. 아버지는. 그녀는 고개를 저었다. 오빠나 남동생은, 삼촌은, 당숙은. 그녀는 차례로 고개를 저었다.

—그럼 집에는 누가 있어. 그들은 집으로도 찾아갈 거다.

그렇게 말하는 그의 얼굴을 그녀는 가만히 바라봤다.

—우리 어마이.

그녀가 대답했다. 그 모습을 보며 그는 확신했다. 이 아이는 군인들에게 결국 끌려갈 수밖에 없을 거라고. 그곳에서 얼마나 끔찍한 일이 벌어지는지에 대해 아무도 입을 열어 말하지는 않았지만, 그렇게 끌려가도록 내버려둘 수는 없었다.

—어마이가 아파.

그녀가 혼잣말하듯 중얼거렸다. 그 말에 그는 자기가 무슨 말을 하는지도 모르면서 이야기했다.

─내랑 같이 개성으로 가자.

그의 말에 그녀는 화가 난 것처럼 보였다.

─널 잡으러 올 기야. 너레 아무리 심을 써두 기렇게 될 기다.

그녀는 옥수수 광주리를 덮은 천에 두 손을 올리고서 그 두 손에 시선을 준 채 말했다.

─사람 가지고 장난하지 마시라요. 아재비가 누군데, 난 아재비 이름도 모르는데.

─내 이름은 박희수야. 아는 어른이 개성에서 장사를 한다. 너를 데리구 같이 가고 싶다이.

그때 그는 그녀의 얼굴에서 처음으로 두려움을 봤다.

─내를 팔고 싶어서 기러는 기야.

그녀가 말했다.

─기게 무신⋯⋯

─내비려두라요. 기냥 내비려둬. 여기서 옥수수 팔면서 어마이랑 살겠시다. 기걸 왜 못하게 해. 다 사람을 잡아가지 못해서 야단이지.

─개성으로 가면 호적두 만들고 혼인신고해서 같이 살 수 있다.

─하!

그녀는 짧게 웃고는 옥수수 광주리를 들고 자리를 떴다. 그는 초조해졌다. 그녀를 설득하지 못하고 그대로 잃어버리게 된다면 견딜 수 없을 것 같아서. 무거워 보이는 광주리를 들고 뒤뚱거리며 걸어가는 그녀의 모습을 보며 그는 이제 이것은 선택의 문제가 아니라는 걸 알게 됐다. 개성으로 가야 했다. 저 여자애를 데리고서.

증조모는 일본어를 잘 몰랐다. 음식을 팔 정도로는 말을 이해했지만 대부분은 알아들을 수가 없었다. 일본 군인이 왔을 때도 무슨 일이 벌어지는지 정확히 이해한 건 아니었다. 그러나 그녀 또한 역사 앞에서 일하며 사람들에게 얻어들은 이야기가 있었다.

그와 헤어지고 집에 가니 일본 군인 한 사람과 동네 아저씨가 그녀를 기다리고 있었다. 그녀는 다리에 힘이 풀렸다. 동네 아저씨가 웃으며 그녀에게 말했다. 일본 사람들이 운영하는 공장에 취직을 시켜주겠다고. 가면 돈도 많이 벌고, 그 돈으로 호강하며 살 수 있으니 얼마나 고마운 일이냐고 했다. 그제야 그녀는 분명히 알 수 있었다. 세상은 자신에게 기회를 주는 곳이 아니었다. 양민들의 껍데기까지 벗겨먹는 일제가 인간 취급도 못 받는 자신에게 그런 좋은 기회를 줄 리 없었다. 뭔가 끔찍한 일이 일어나리라고 그녀는 생각했다.

—어마이가 아프시니, 두고 갈 수 없습니다.

그러자 아저씨의 표정이 변했다. 그는 그녀에게 다른 선택은 없으며, 나흘 뒤에 다시 데리러 오겠다고 말했다. 그날 그녀는 잠들 수가 없었다. 역사 앞에서 사람들이 했던 말들이 떠올랐다. 그녀는 살고 싶었다. 걷고 싶으면 걷고, 노래 부르고 싶으면 노래 부르고, 웃고 싶으면 웃고, 울고 싶으면 펑펑 울고 싶었다. 백정의 표지 따위는 집어던 져버리고 세상을 보고 싶었다.

그녀는 개성에 같이 가자고 말하던 남자의 얼굴을 떠올렸다. 자신보다도 어려 보였다. 변성기가 아직 끝나지 않은 듯했고, 얼굴에 세상을 모르는 태가 났다. 그런 사람이 정말 나를 잡아다 팔까. 그녀는 생각했다. 두려운 마음이 온몸을 가득 채웠다. 의원은 어머니가 회복될 가망이 없다고 했었다. 길어야 한 달이라고. 그 말을 들은 게 열흘 전이었다. 군인이 다녀가고 나서 그녀는 차라리 어머니가 죽기를 바랐다. 간절히 빌었다. 그 집에서 떠나야 한다는 사실은 변하지 않으니, 부디, 어마이, 내가 떠나기 전에 돌아가시라요, 그녀는 빌고 또 빌었다. 눈물이 멈추지 않았다.

다음날 그 남자가 다시 역사 앞으로 찾아왔을 때 그녀는 물었다. 왜 알지도 못하는 사람과 개성으로 가려 하느냐고. 군인들이 데려가든 말든 그건 내 사정인데 왜 당신이 나를 돕고자 하느냐고. 그는 제대로 답하지 못했다. 대신 옥수수 하나를 사고는 그녀 곁에 서서 먹기 시작했다. 그가 옥수수를 먹는 동안 그녀는 몇 가지 질문을 했다. 당신은 부모가 없느냐, 생전 가본 적도 없는 곳에서 어떻게 살 수 있겠느냐. 표면적으로는 그에게 묻는 것이었지만, 사실은 그녀 자신에게 하는 말이나 마찬가지였다.

그 말을 하면서 그녀는 알게 됐다. 자신은 결국 이 사람을 따라가리라는 걸. 그에 대해 아무것도 모르지만, 정말 자신을 팔아넘길지도 모르지만, 그것 말고는 다른 방법이 없다는 것을.

칼을 챙기자. 그녀는 생각했다. 나를 위협하면 칼로 방어하자.

그는 놀랄 만큼 천천히 옥수수를 먹었다. 그걸 다 먹은 다음 옥수수 속대를 주머니에 넣고서 그녀를 보고 말했다.

─가고 말고는 너가 정하라우. 군인들이 널 데려가면 내 견딜 수 없을 것 같아서 이러는 기야. 네 말이 맞다. 내 너를 몰라. 너도 내를 모른다. 기래두 알 수 있는 기가 있잖아. 너가 이렇게 가버리면 내는 불행해질 기야. 되돌릴 수도 없이 고통스러워질 기야. 내를 믿지 않는 것이 옳다. 내는 너가 지금처럼 사람들을 의심하며 살았시면 좋갔어.

내를 온전히 믿구 따라오기를 바라는 기는 아니다. 내랑 개성으로 간다면, 너이 어마이를 돌봐줄 동무를 너이 집에 보낼 기야. 내일 이 시간, 여기로 그 동무와 함께 오갔어. 어마이에게 인사드릴 시간이 필요하니.

— 어마이를 기래 두고 갈 수는 없시다.

그녀는 그렇게 대답하면서도, 그럴 수 없다는 것을 알고 있었다.

— 군인들이 올 기다. 이건 상상이 아니야.

그가 말했다.

— 내일 이 시간, 여기서.

그는 그렇게 말하고서 자리를 떠났다. 참 느리게도 걷는구나. 그녀는 그의 뒷모습을 보면서 생각했다. 나는 떠나야 해.

그날 밤 내내 증조모는 잠들지 못하고 고조모를 안고 있었다.

어마이, 누군가 어마이를 돌보러 온다 기랬어. 아니, 기러지 않는다고 해도, 아무도 어마이를 돌보지 않는다고 해도 내는 어쩔 수가 없어. 기래, 내는 벌을 받갰지. 아마 평생 벌을 받갰지만 어쩔 수 없어, 어마이. 내는 군인들을 따라갈 수 없어. 어마이. 어마이. 우리는 이제 다시 볼 수 없십니다……

다음날 그는 키가 훌쩍 크고 목이 긴 남자를 데리고 왔다. 그 사람은 아직 어린 태가 남은 그에 비하면 어른처럼 보였다. 자기를 보고서 작게 묵례까지 하는 남자. 그 사람이 새비 아저씨였다.

"왜 새비 아저씨예요?"

"아저씨가 자란 동네가 새비였거든."

새비 아저씨의 조상도 박해받던 천주교도였고, 그런 이유로 증조

44

부의 가족과 가까워서 그들은 형제처럼 지냈다. 증조부가 고향을 떠날 거라고 했을 때 새비 아저씨는 증조부를 말렸다. 증조부는 새비 아저씨를 설득했다. 벌써 군인들이 마을을 돌아다니며 여자아이들 수를 헤아리고 있지 않느냐고. 그런데 그 여자아이는 최소한의 울타리도 없다고. 오빠나 남동생이라도 있어야 하는데, 적어도 사촌이라도 남자가 있어야 하는데 남자 가족이 한 명도 없다고. 그런 여자애라는 건…… 백정의 딸인 것보다도 더 위험한 상황에 처한 존재라고.

그녀는 증조부와 새비 아저씨와 함께 집으로 갔다. 새비 아저씨는 자기가 하루에 한 번씩 꼭 와서 당신 어머니를 챙기겠다고 그녀에게 약속했다. 증조모는 어머니에게 마지막으로 절을 하고는 뒤도 돌아보지 않고 집을 떠났다.

열차 삼등석에 자리를 잡은 증조모는 열차가 움직이고서야 좌석을 붙들고서 울 수 있었다. 증조모가 증조부 앞에서 눈물을 보인 건 그게 처음이자 마지막이었다. 어머니의 부음을 들었을 때도 그녀는 한동안 침묵했을 뿐 울지 않았으니까.

증조모는 할머니에게 그런 이야기를 자주 했다. 그래도 그때 군인들에게 끌려가지 않았던 건 너희 아버지 덕분이라고. 그대로 병든 어머니 곁에 남았더라면 자신도 동네의 힘없는 집 여자애들과 함께 끌려갔으리라고 말이다. 증조모는 할머니에게 그 이야기를 끊임없이 했다. 증조부가 가장 최악이었던 순간마다. 그래도 너희 아버지는 나를 구했어. 그래도 너희 아버지는 나를 구했어.

개성역에 도착하자 증조부의 당숙의 친구가 기다리고 있었다. 증조모는 주머니 속의 칼자루를 만져보았다. 그러나 아무 일도 일어나지 않았다. 메주 뜨는 냄새가 나는 작은 방이 그녀를 기다리고 있었을 뿐이었다. 둘은 이불을 따로 펴고 잠들었다. 다음날 증조모는 그와 혼인신고를 하고 호적을 옮겼다.

증조모가 마을을 떠나고 이틀 후에 군인들이 다시 찾아와 트럭 짐칸에 동네 여자아이들을 가득 태우고 떠났다고 했다. 증조모는 얼굴을 쉽게 붉히는 사람이 아니었다. 그렇지만 그 이야기를 할 때면 언제나 얼굴이 붉어지고 목소리가 떨렸다. 군인들이…… 증조모는 거기까지 이야기하고 마치 그때로 돌아간 것처럼 말을 잃어버렸다. 증조모의 침묵은, 그 마음은 할머니에게도 스며들었다.

새비 아저씨는 알지도 못하는 백정의 집에 가서 물을 길어다주고 먹을 것들을 가져다주었다. 병상을 지켜주었다. 그 일을 두고 증조모는 마음 깊이 다짐했다. 새비 아저씨를 위해서라면 무엇이든 하겠다고. 밭을 매라면 밭을 매고 매일 물을 길으라면 물을 긷고, 아저씨가 위험에 빠지면 달려가 구하겠다고 말이다. 정작 아저씨가 고조모를 돌본 건 열흘도 되지 않았지만.

증조부가 당숙의 친구가 하는 방앗간에 일을 구하고 방을 얻은 지 얼마 되지 않았을 때의 일이었다. 증조모는 고조모의 부음을 열흘이나 뒤에 들었다. 어머니를 버리고 떠나지 않았더라도 군인들에게 끌려갈 수밖에 없었겠지만, 그 당연한 상황을 알면서도 그녀는 당연해할 수가 없었다. 나도 데리고 가라. 그녀의 치마를 꼭 붙들고 있던 엄마의 손가락 하나하나를 떼어내던 그녀의 마음은 어떤 것이었을까. 그때 증조모는 고작 열일곱 살이었다.

열일곱은 그런 나이가 아니다. 군인들에게 잡혀갈까봐 두려워하며 잠들지 못하는 나이, 아침마다 옥수수를 삶아 한 광주리를 이고 팔러 다녀야 하는 나이, 죽음을 목전에 둔 엄마의 공포와 노여움과 외로움을 지켜봐야 하는 나이, 영영 자기 혼자 남겨질 것이라는 예감을 하는 나이, 백정이라는 표지 때문에 길을 지나갈 때면 언제나, 어김없이 조롱당하고 위협당하는 나이, 엄마를 버려야 하는 나이, 엄마의 임종조차 지키지 못하고 멀리서 소식을 들어야 하는 나이. 그렇지만 증조모의 열일곱은 그런 나이였다. 할머니는 증조모가 그 나이의 자신을 버리지 못한 채 계속 붙들고 살았던 것 같다고 말했다.

　죽음에 이르렀을 때에야 그녀는 열일곱 살의 자신으로 돌아갔다. 일평생 입다물고 죽은듯이 살았던 열일곱의 증조모가 마지막 나날에야 자유로워졌다.

　할머니는 병실 침대에 누워서 할머니를 보고는 방긋 웃던 증조모의 모습이 기억난다고 했다. 어마이, 어마이 왔어? 그렇게 말하며 할머니에게 두 팔을 쭉 내밀던 모습이 말이다.

　할머니는 증조모가 고조모에게 느낀 감정이 죄책감일 거라고만 생각했다고 말했다. 그런데 그 시간을 지나면서, 고조모에 대한 증조모의 감정이 오로지 깊은 그리움뿐이라는 것을 알게 되었다고 했다. 어리광 부리고 싶고, 안기고 싶고, 투정 부리고 싶고, 실컷 사랑받고 싶고. 엄마, 엄마, 하고 부르고 싶은 마음을 차곡차곡 접어둔 채로 살아왔을 뿐이라고. 증조모가 할머니를 보며 엄마라고 불렀을 때, 할머니는 고조모가 증조모에게 했다는 말을 떠올렸다. 기래, 가라. 내레 다음 생에선 네 딸로 태어날 테니. 그때 만나자. 그때 다시 만나자.

"얘야…… 우린 그렇게 다시 만났던 거야."
할머니가 내게 말했다.

3

나는 증조할머니에 대해 아는 바가 전혀 없었다. 엄마가 어린 시절에 증조할머니 손에서 자랐다는 얘기는 들었지만 그뿐이었다. 하지만 이제 나는 안다. 나의 증조할머니는 백정의 딸이었고 자기 어머니 곁을 떠나 낯선 남자와 결혼했다. 이름 없는, 구체적인 형상도 없는, 엄마의 할머니로만 존재했던 사람이 할머니의 이야기 속에서 빠져나와 금방이라도 내 앞에 나타날 것처럼 생생하게 다가왔다. 나의 증조할머니, 이정선.

"그런데 할머니는 예전 일들을 어떻게 이렇게 잘 알고 계세요?"

"우리 엄마……"

할머니는 잠시 뜸을 들이다 말을 이었다.

"엄마가 이야기 많이 해줬어. 사람들이 흉을 볼 정도로. 왜 지나간 일을 그대로 두지 못하고 계속 자식에게 이야기하느냐고 면박을 주는 사람들이 있었는데도, 그랬어. 나도 나중에는 짜증이 나더라고. 같은 이야기를 계속하니까. 너도 내가 했던 얘기 또 하면 말해줘야 한다."

"그런 걱정은 안 하셔도 돼요."

할머니에게서 조심스러운 마음이 전해졌다.

"집에 가야지."

시계를 보니 이미 늦은 밤이었다. 주무셔야 하는데 눈치도 없이 앉아 있어서 죄송하다고 말하니 할머니는 할머니 집에서는 결코, 어떤 경우에도 미안하다는 말을 하지 않는 것이 법이라고 했다. 잘못한 것도 없는데 잘못했다고 말하는 게 잘못이라고 말이다. 그 말을 하는 할머니는 이상하게도 섭섭해 보였다. 다음날 아침이 되어서야 내가 죄송하다는 말로 예의를 차린 것이 할머니에게는 거리를 두는 것처럼 여겨졌을지도 모른다는 생각이 들었다.

집에 가기 전에, 망설이다 입을 열었다.

"제 결혼식 때는, 죄송하게 됐어요."

할머니는 표정을 정리하지 못한 채로 나를 봤다. 손녀의 결혼식에 초대받지 못한 할머니.

"엄마 고집 아시잖아요."

할머니는 애써서 미소 지으며 고개를 끄덕였다.

"그리고 저…… 헤어졌어요, 남편이랑."

"잘했어."

할머니는 조금의 망설임도 없이 그렇게 말했다. 나는 약간 얼떨떨한 마음으로 할머니를 바라봤다.

"번호 알려줄래? 연락은 안 할 거야."

할머니가 말했다.

나는 할머니의 핸드폰에 내 번호를 저장하고 통화 버튼을 눌러서
할머니의 번호를 받았다.

"심심하면 연락해."

"네."

"귀찮게 하는 일 없을 거야. 그러면 당장 끊어."

"그럴게요."

나는 웃으며 그렇게 말하고 할머니가 싸준 남은 케이크를 들고 집
을 나왔다.

할머니 집에 초대받은 지 일주일 만에 다시 할머니 집으로 갔다.

할머니는 자기가 책을 좋아하는 사람이었다고 말했다. 엄마를 키
울 때도 추리소설을 읽느라 가뜩이나 부족한 잠이 더 부족했었다고,
어린 시절에는 기갈이 든 사람처럼 책을 읽었었다고 했다. 그러던 것
이 시간이 지나면서는 도무지 책이 눈에 들어오지 않았다고. 글을 읽
고 싶은 욕구는 강한데 활자가 눈에 잘 보이지 않았고, 오래 집중해서
읽기도 어려웠다고. 그러다 백내장수술을 받은 후로는 책을 펼칠 엄
두조차 나지 않는다고 했다. 텔레비전이 낡아 화면이 흔들리는 게 눈
에 안 좋을 것 같다는 내 말에 할머니는 텔레비전은 이제 보는 것이
아니라 듣는 것이 되었다고 했다.

나는 우리집 거실 한 귀퉁이에 놓인 텔레비전을 바라봤다. 크기는
작았지만 화면은 깨끗하게 나왔다. 언젠가부터 거실에 이불을 펴놓고
한없이 텔레비전만 보게 돼서 치워버려야겠다고 생각하던 차였다. 할
머니에게 전화를 걸어 내 텔레비전을 가지고 갈 테니 괜찮은 시간을

알려달라고 말했다.

텔레비전은 보기보다 무거웠다. 겨우 텔레비전을 들고 온 나를 보고 할머니는 몇 번이나 미안하다고 했다. 이럴 줄 알았으면 자기가 내려가서 같이 가지고 왔을 거라고. 현관에서부터는 할머니와 같이 텔레비전을 들어 옮겼다. 거실장 위에 텔레비전을 올려놓자 할머니가 물었다.

"정말 테레비 안 봐도 괜찮겠어?"

나는 거실장 아래에 놓인 할머니의 텔레비전을 보며 말했다.

"저거 버리세요, 할머니. 눈 다 상해요. 어떻게 버려야 하는지는 아시죠?"

"나 혼자 산 지가 지금 몇 년인데 그걸 모르겠냐."

"그러네요."

"아무튼, 잘 받을게. 고마워."

텔레비전을 설치하고 할머니와 나란히 앉아 유자차를 마시면서 치타가 나오는 다큐멘터리를 봤다. 할머니는 꾸벅꾸벅 졸다가도 다시 잠에서 깨어 텔레비전을 봤다. 나는 밥을 먹고 가라는 할머니의 제안을 거절하고 집으로 갈 채비를 했다. 이런 식으로 매주 같이 밥을 먹는 관계가 되고 싶지는 않았다.

"가기 전에 부탁드릴 게 있어요."

"뭔데? 해봐."

"증조할머니 사진이 저번에 보여주신 그거 하나예요?"

"응, 그거 하나야. 우리 엄마 사진."

"그 사진, 제 핸드폰으로 찍어가도 돼요?"

꺼릴 수도 있다고 생각했는데, 할머니는 오히려 내 부탁을 반기더니 작은방에 가서 사진첩을 들고 나왔다.

나는 나와 꼭 닮은 증조모의 얼굴을 가만히 바라봤다. 작게 미소 짓는 얼굴에서 장난스러운 표정이 새어나왔다. 입이 아니라 눈이 그랬다. 그 얼굴을 한참 바라보고 나서야 증조모 옆의 여자가 눈에 들어왔다. 언뜻 봐서는 둘 다 몸을 앞으로 향하고 앉아 있는 것 같았는데, 가만히 보니 여자가 증조모 쪽으로 약간 몸을 틀어 앉은 모습이었다. 치마 위에 포갠 증조모의 손에 여자가 한 손을 올려놓고 있었다. 체구가 작은 편이었고 이목구비도 모두 아담했다.

"이분은 누구예요?"

"새비 아주머니."

"새비 아저씨 부인이에요?"

"응."

"두 분이 친구였어요?"

할머니는 나를 가만히 바라보며 고개를 끄덕였다.

"보통 친구는 아니었지."

"그럼요?"

사진만 저장하고 일어서려고 했는데 나는 계속 할머니에게 말을 붙이고 있었다.

"개성에 도착하고서도 엄마한테는 친구가 없었어. 외로웠을 거야."

개성 사람들이 증조모가 백정의 딸이라는 걸 알아차리는 데는 오랜 시간이 걸리지 않았다. 세상에 비밀은 없으니까. 애초에 증조부가 구한 직장이 당숙 친구의 방앗간이었다는 점이 문제였다. 그는 당연히 증조모의 출신을 알았다.

증조부는 순진한 사람이었다. 자신이 옳다고 생각해서 한 일을 사람들도 어느 정도는 이해해줄 것이라고 여겼다. 자신이 데리고 오지 않았다면 그녀는 일본군에 끌려가게 됐으리라고 아무리 이야기해봤자 사람들이 그 말을 그대로 믿을 리 없었다. 부모의 허락 없이 무턱대고 백정의 딸과 혼인한 증조부를 좋게 봐줄 사람은 없었다.

"그래도 아버지는 남자여서 괜찮았던 거야. 사람들은 적어도 아버지 앞에서는 수군대지 않았어."

증조모의 출신이 밝혀진 뒤 사람들은 한동안 말이 많았다. 양민 남자와 결혼했으므로 그녀도 양민이 된 것이라고 결론을 내리긴 했지만 한번 백정은 영원한 백정이었다. 그들은 그녀의 고향 사람들처럼 그녀를 함부로 대하진 않았다. 그녀는 엄연한 양민 남자의 아내였으니까.

그들은 그저 그녀를 피했다. 자기들끼리 이야기하다가도 그녀가 다가가면 조용해졌고 도무지 끼워주지 않았다. 그녀가 인사를 하면 고개를 돌렸다. 적극적으로 그녀를 위협하는 사람은 없었지만 그녀는 공격당했을 때와 마찬가지로 상처를 입었다. 그녀는 댓돌에 멍하니 앉아서 마당에 떨어지는 햇빛을 바라보곤 했다.

그녀의 어머니는 그녀에게 어떤 일이 일어나든 빠르게 포기하고 체념하는 게 사는 법이라고 가르쳤다. 삶에 무언가를 기대한다고? 그건 사치이기 전에 위험한 일이었다. 어떻게 내게 이럴 수 있어? 왜 내게 이런 일이 일어나는 거지? 같은 의문의 싹을 다 뽑아버리라는 말이었다. 아무 잘못도 없는 나를 왜 때리는 거지? 왜 내 남편은 치료도 받아보기 전에 그렇게 빨리 떠난 거지? 어떻게 나와 함께 울어줄 사람이 하나도 없는 거지? 그런 질문을 하는 대신에 이렇게 생각하라고 했다.

오늘 지나가는 길에 맞았다. 그래, 그런 일이 있었다.

내 남편이 이유도 모르는 병으로 죽었다. 그래, 그런 일이 있었다.

나는 혼자 슬퍼했다. 그래, 그런 일이 있었다.

사람들은 나를 부정 탄 사람이라고 한다. 그래, 사람들은 그렇게 말한다.

그런 식으로, 일어난 일을 평가하지 말고 저항하지 말고 그대로 받아들이라고 했다. 그게 사는 법이라고.

그녀는 댓돌에 앉은 채 엄마가 알려준 방법으로 생각해보려고 노력했다.

나는 아픈 엄마를 버렸다. 그래, 그런 일이 있었다.

나는 엄마를 땅에 묻어주지 못했다. 그래, 그런 일이 있었다.

개성 사람들은 내게 마음을 열지 않는다. 그래, 그런 일이 있다. 그건 항상 그랬던 일이다.

엄마의 말대로 생각해보려고 했지만, 그런 식의 생각은 오히려 그녀를 더 화나게 할 뿐이었다. 그녀에게는 그런 재능이 있었다. 어떤 경우에도 자신을 속이지 않는 재능. 부당한 일은 부당한 일로, 슬픈 일은 슬픈 일로, 외로운 마음은 외로운 마음으로 느끼는 재능.

그래, 개성 사람들은 내게 마음을 열지 않는다. 그런 일이 있다.

거기까지 생각하고 그녀는 두 눈을 꼭 감고 주먹을 쥐었다.

나를 백정의 딸이라고 경멸하는 눈빛이 나는 여전히 아프고 익숙해지지 않는다. 나는 억울하다. 나는 화가 난다. 나는 외롭다. 나는 상황이 변하기를 원한다. 사람들이 내게 마음을 여는 것까진 바라지도 않지만, 적어도 경멸받고 싶진 않다. 아니다. 나는 사람들이 내게 마음을 열어주기를 바란다.

그녀에게는 희망이라는 싹이 있었다. 그건 아무리 뽑아내도 잡초처럼 퍼져나가서 막을 수 없었다. 그녀는 희망을 지배할 수 없었다. 희망이 끌고 가면 그곳이 가시덤불이라도 그저 끌려갈 수밖에 없었다. 그녀의 어머니 말대로 그건 안전한 삶이 아니었다. 알지도 못하는 남자를 따라 기차를 타고 개성으로 가다니. 그런 말도 안 되는 짓을 저지를 수 있는 사람이 몇이나 될까. 사람들의 경멸을 그대로 받아들이지 못하는, 체념하지 못하는 마음은 얼마나 질기고 얼마나 괴로운 것이었을까.

그녀가 방을 얻어 살던 집에는 환갑이 다 되어가는 집주인과 돌이 넘은 아이를 키우는 동이네, 아이 다섯을 키우는 복구네가 살고 있었다. 증조모와 증조부가 그 집에 갔을 때 그들은 신혼부부를 환대해줬다. 증조모가 백정의 딸이고, 둘이 부모의 허락을 받지 않고 도망쳐서 결혼했다는 사실을 알기 전까지는 말이다. 처음 받아보는 사람들의 환대에 증조모는 놀랐다. 이불이 부족한 걸 알고는 동이네가 이불을 빌려주기도 했다. 아이들도 그녀와 함께 잘 어울려 놀았다.

증조모는 아이들을 항상 두려워했었다. 아이들이 모여 서서 웃고 떠드는 모습을 보면 길을 돌아갈 정도였다. 하지만 양민이 되어 만난 아이들은 그녀를 보고 웃어줬다. 삼천이 아즈마이라고 부르며 그녀의 치맛자락을 붙잡기도 하고, 그녀를 따라다니며 미주알고주알 종알대기도 했다.

어느 날 빨래를 하고 집으로 돌아오는데 복구네 아이 하나가 그녀에게 다가와서 놀아달라고 칭얼댔다. 네 살 정도 되는 귀여운 아이였다. 그녀는 언제나 그랬던 것처럼 아이를 쫓는 시늉을 했고, 아이는 까무러칠 듯이 웃으면서 달렸다. 그러자 멀리서 복구네 아주머니가 뛰어왔다.

―너 지금 뭐하는 기야?

그렇게 말하고 복구네 아주머니는 아이를 데리고 집으로 들어갔다. 이상한 일이었다. 복구네 아주머니는 그럴 사람이 아니었으니까. 저녁이 되었을 때 동이네 아주머니가 방문 앞에 서서, 예전에 빌려주었던 이불을 돌려달라고 했다. 새 이불을 샀으니 빌린 이불을 다시 준다고 해도 한사코 마다하던 분이었는데. 그것으로 끝이었다.

증조부가 데려간 성당에서도 마찬가지였다. 신심 깊은 바오로가 세례도 받지 않은 여자에게 미쳐서 부모와 고향을 등졌다는 이야기가 개성의 성당에 퍼지지 않을 리 없었다. 증조모는 순진한 남자애를 꼬드긴 죄인이었다. 진실은 중요하지 않았다. 세상에서 가장 무거운 죄가 있다면 그건 여자로 태어나고, 여자로 산다는 것이었다. 그녀는 그때 그 사실을 알았다.

증조부가 방앗간에 나가 있을 동안 그녀는 일을 했다. 개울로 가서 빨래를 하고 베를 짜고 화로에 불을 피워 다리미질을 하고 풀을 먹이고 다듬이질을 했다. 장작을 패고 설거지를 하고 나물로 갖가지 장아찌를 만들고 장에 가서 먹을거리를 사고 동치미와 파김치를 담갔다.

아침에 일어나서 밥을 하고 증조부가 방앗간에서 먹을 도시락을 쌌다.

대놓고 말하지는 않았지만 다른 가족들이 그녀와 같은 부엌을 쓰는 걸 언짢아한다는 걸 알게 된 이후로, 그녀는 다른 가족들보다 한 시간 일찍 일어났다. 증조부가 일에서 늦게 돌아왔기에 다른 가족들이 저녁상을 치운 뒤에 부엌을 쓸 수 있었다. 뒷마당에 노는 땅이 있어서 텃밭으로 삼고 여러 씨앗을 뿌려 가꾸기도 했다. 그런데도 시간은 믿을 수 없이 느리게 흘렀다.

겨울이 되었을 때, 고향에서 증조부의 큰형님이 방문했다. 그는 그녀의 인사를 받아주지 않았다. 오고 싶지 않았는데 억지로 끌려온 것처럼 노여워 보였다. 입술이 아주 얇고, 가만히 있을 때도 힘을 줘서 입을 다문 얼굴이었다.

증조모는 아껴놓은 코다리를 꺼내 무를 넣고 조림을 했다. 가까스로 두 사람이 먹을 분량의 흰쌀을 쌀독에서 퍼내어 밥을 안쳤다. 밥사발을 쟁반에 담아 나가려는데 부엌 입구에 복구네 일곱 살짜리 아들이 서 있었다. 그애는 증조모가 잘 아는, 아주 익숙한 표정을 짓고 있었다. 악의와 즐거움이 어우러진 표정. 그애는 양팔을 옆으로 뻗어서 나가는 길을 막았다.

—비키라.

그녀의 말에 그애는 그녀 쪽으로 다가와 쟁반을 올려쳤다. 밥사발 하나가 깨졌고, 나머지 하나는 멀쩡했지만 흰쌀밥이 부엌 바닥에 흩뿌려졌다. 너무 순식간에 일어난 일이라 막을 새도 없었다. 방안에서 빨리 밥을 달라고 외치는 증조부의 목소리가 들려와 그녀는 우선 코다리조림과 반찬부터 밥상으로 날랐다.

―밥은 어데 갔나?

증조부가 물었다.

―가져오는 길에 복구네 아이가 장난을 쳐서리…… 사발이 다 깨지고 바닥에 다 쏟아져서……

―형님이 오셨는데 밥도 없이 먹으라는 기야?

―보리쌀 남은 것이 있으니, 말씀 나누고 기시면 그간 밥을 하겠십니다.

그 말을 하자마자 시숙이 자리에서 일어났다.

―형님.

―내레 이런 대접 받으려고 네 집에 왔는 줄 아는 기야? 여편네가 밥 하나 제대로 못해가지고 어디에 쓰갔어? 시숙이 오셨는데 어디서.

시숙은 외투를 몸에 걸치고 나가려는 시늉을 했다.

―형님, 이러지 마시라요. 이 사람이 실수를 해서 기렇지, 일부러 기런 건 아니지 않습니까. 고정하시라요, 형님.

그는 그렇게 말하고 그녀에게 빨리 가서 밥을 하라고 재촉했다.

증조모는 부엌으로 달려가다가 그만 뾰족하게 날이 선 사발 조각을 밟았다. 발이 덴 듯 뜨거웠지만 그녀는 참고 걸었다. 서둘러 보리쌀을 씻는데 밖에서 소리가 났다. 마당을 건너다보니 이미 짐을 다 챙긴 시숙이 집을 떠나고 있었다. 머리가 깨질 듯이 추운 날이었다. 그녀는 더 계시다 가라는 말도 못한 채로 그가 떠나는 모습을 바라봤다.

그녀는 아무것도 모르는 것처럼 두 명분의 보리밥을 짓기 시작했다. 상처는 겉보기에는 크지 않았지만 꽤 깊었다. 그녀는 천조각으로 상처 부위를 묶어 지혈하고 다시 버선을 신었다. 평소에는 맛볼 수도 없는 흰쌀밥이 바닥에 흩뿌려진 걸 보고 마음이 찢어질 듯 아팠지만, 더러워진 밥을 쓸어 담아 비료 통에 넣었다. 다 된 밥을 사발에 덜고 그녀는 방으로 갔다. 증조부는 그녀에게 화가 난 것처럼 보였다. 공기에 매운 기운이 퍼져 있었다. 그녀가 앞으로도 밥먹듯이 경험할 순간이었다. 무슨 이유에서인지 그가 화를 내고, 그 의중을 살펴야 하는 순간.

─새 밥을 해왔습니다. 반찬이랑 드시라요.

그는 아무 말도 안 하고 숟가락을 들어 밥을 먹었다. 그녀도 같이 숟가락을 들었다.

그렇게 침묵 속에서 밥을 먹으며 그녀는 처음으로 체념이라는 걸 배웠다. 발이 타들어가는 것처럼 아팠지만 그걸 남편에게 말한다 한들 무슨 의미가 있을까. 피가 배어든 버선발을 빤히 보고서도 아프냐고 단 한 번도 묻지 않는 사람에게 무슨 기대를 할 수 있을까. 어쩌다 밥을 쏟았는지, 복구네 아이가 무슨 짓을 했길래 그랬는지 물어주기를 바란다는 건 욕심이었다. 장모님이 돌아가셨을 때도 별다른 말과 행동이 없었던 사람이니까. 남편은 나의 고통에 관심이 없어. 그녀는 생각했다. 일말의 관심조차 없어. 그런데 왜 그랬을까. 왜 내가 군인들에게 잡혀가는 것을 바라보고만 있을 수 없다고 말했던 걸까. 그것이 그녀 평생의 의문이었다.

허영심의 힘이 얼마나 센지 그녀는 알지 못했다.

그는 순교자 이야기를 들으며 자란 사람이었다. 가진 모든 것을, 목숨까지도 버려 천주에 대한 사랑을 지키려 했던 그들의 이야기에 감화를 받았다. 그는 증조모를 알게 되면서, 그녀가 사는 모습을 보고서 그녀를 위해 모든 것을 버릴 준비를 했다. 너를 구하기 위해 내 인생을 희생하겠다는 마음이었다.

그 결과로 그는 평생을 억울함과 울화와 죄책감을 안고 살아야 했다. 자기가 그렇게 대단한 사람이 아니라는 걸 부모를 떠날 때만 해도 몰랐던 것이다. 아니, 그는 평생을 몰랐다. 자기가 얼마나 작은 손해에도 예민하고 속이 좁은 사람인지. 자신은 부모를 떠날 만큼 용기가 있다고 생각했지만 그건 그저 충동일 뿐이었다. 떠나고 싶은 충동. 그는 그가 누릴 수 있는 인생을 그녀가 빼앗았다고 생각했을 것이다.

개성으로 오고 나서 그는 향수병에 시달렸다. 형과 누나들도 보고 싶고 엄마 아버지도 보고 싶고 두고 온 벗들도 생각났다. 건너 들었을 땐 꿈처럼 느껴지던 개성의 거리도 온통 시끄럽고 번잡스러울 뿐 마음을 둘 장소가 아니었다. 겨우 얻은 셋방도 가축우리처럼 느껴졌다. 버젓한 마당과 우물이 있는 고향집이 그리워 자다가도 몇 번이나 깼다. 부모가 정해준 여자와 결혼했다면 여전히 그 집에서 그 좋은 것들을 누리며 살았을 텐데. 자신이 잃은 그만큼을 아내는 보상해야 했다. 그런데 아내는 자신의 기대를 이해하지 못하는 것 같았다. 적어도 감사하는 마음은 보여야 하는 거 아닌가? 무슨 여자가 저렇게 뻣뻣하지? 그는 생각했다.

아내에 대한 애정이 없었던 건 아니었다. 사실 그는 자신과 달리 당당하고 강인한 그녀를 동경하면서도 두려워했다. 남편으로서의 일말의 권위마저 빼앗길 것이라고 예감했고, 아내가 속으로 자신을 비웃고 있지는 않을까 염려했다. 나는 너를 돕기 위해 모든 걸 버렸는데, 왜 그만큼의 대접을 안 해주고 내 기분을 맞춰주지 않는 거지? 그는 의아했고 아내에게 속은 기분이 들었다. 아내는 그저 자기 할일에만 집중하는 것처럼 보였다. 처음부터 양민이었던 것처럼 굴었다. 백정인 주제에 말이다.

머리로는 그렇게 생각하면 안 된다는 걸 알면서도, 어쩔 수 없이 그는 아내를 그렇게 바라봤다. 본데없이 자라서 남편을 어떻게 대해야 하는지도 모른다고. 늘 고개를 빳빳이 드는 모습에 그는 옅은 노여움을 느꼈다. 그런 일로 노여워했다는 걸 인정하려 하지는 않았지만.

"그럼 증조할머니는 새비 아주머니를 언제 만난 거예요?"

"엄마가 열아홉 살 때였어. 나를 임신했을 때였는데, 그때 새비 아저씨랑 새비 아주머니도 개성으로 올 수밖에 없었지."

새비 아저씨네가 그 무렵 일본인에게 고리대금으로 저당잡혔던 땅을 거의 다 빼앗겼기 때문이었다. 아들만 셋인 집이었는데, 상황이 그렇게 되다보니 막내인 새비 아저씨까지 같이 농사를 지으며 살 수가 없었다.

증조모는 개성에 도착한 새비 아저씨 내외의 얼굴을 보고 놀랐다. 새비 아저씨는 처음 봤을 때와 같은 사람이 맞나 싶을 정도로 야위었고, 추위에 지쳐서 떨고 있었다. 참새처럼 작은 새비 아주머니는 그보다 더 상태가 안 좋아 보였다. 눈가가 어두운데다 입술은 부르터서 피딱지가 앉았고 입가에 흰 버짐이 피어 있었다. 증조모의 눈에 새비 아주머니는 말 한마디 잘못했다가는 누가 때리기라도 하는 것처럼 주눅이 들고 지레 겁을 먹은 듯 보였다.

그때, 증조모의 마음에서 불이 일었다. 증조모에게는 평생의 은인인 새비 아저씨가 땅을 빼앗기고, 자기 의지와 무관하게 개성으로 밀려올 수밖에 없었다는 사실은 슬픔을 넘어서 화가 나는 일이었다. 오래 굶은 태가 나는 얼굴에 추운 겨울인데 옷은 왜 그렇게 얇게 입은 것인지. 증조모는 그 모습을 보고 부엌에서 삶은 고구마를 가져와 그들에게 건넸다. 새비 아저씨는 예의를 차리느라고 먹지 않고 주머니에 넣었지만 새비 아주머니는 댓돌에 앉아서 고구마를 허겁지겁 먹어 치웠다. 일을 얼마나 많이 했는지, 고구마를 쥔 작은 손이 꼭 노파 같았다. 증조모가 처음 새비 아주머니를 만났을 때 그녀에게는 표정이 없었다.

그들은 증조모가 세 들어 살던 집에서 오 분 거리에 방을 하나 얻었다. 새비 아주머니는 오래 굶은데다 긴장한 상태로 기차에서 오래 시달린 탓에 며칠을 누워 앓았다. 새비 아저씨가 일자리를 구하러 다니는 동안 증조모는 죽을 끓여서 새비 아주머니에게로 갔다. 찬장에 먹을 것들을 넣어두고 적당히 식어서 먹기 좋게 된 죽과 김치를 새비 아주머니에게 먹였다.

—맛이 좋아요.

그 말을 하며 웃는 새비 아주머니를 보고 증조모는 눈물이 날 것 같았다. 열여덟 살이라고 해도 또래보다 작고 어려 보이는 이런 아이가 겪은 고생에 마음이 아픈 것도 있었지만, 지금 자기를 보며 미소 짓는 저 얼굴이 자신을 거부하는 차가운 표정으로 변할 미래가 보여서였다. 언제 거부당할지 모르는 채 그때를 기다리는 건 지겹고 비참한 일이었다. 차라리 자신이 먼저 선수 치는 편이 나을 것 같았다.

—새비는 아시까?

─뭐를요.

─내 아바이가 백정이었단 기요.

새비 아주머니는 그녀를 멀뚱히 쳐다봤다. 무슨 뜻으로 하는 이야기인지 모르겠다는 표정이었다.

─아…… 아즈마이가 고생을 많이 했다구, 아바이 돌아가시고 혼자 밥 벌어 어마이 모시고 살았다구 들어 알았댔어요.

입가에 김칫국물을 묻히고서 천진한 얼굴로 새비 아주머니가 말했다.

─고생 많았댔어요, 아즈마이. 고생 많았댔어요.

증조모는 그렇게 말하는 새비 아주머니에게 어떤 대답을 해야 할지 몰라서 눈물을 참으며 입을 다물고 앉아 있었다.

─맛이 좋아요, 아즈마이.

새비 아주머니가 그런 증조모를 보고 말했다.

자기가 한 밥을 먹고 맛있다고 말해준 사람도 증조모에게는 새비 아주머니가 처음이었다. 증조모는 그 아이 같은 얼굴을 오래 보고 있기가 어려웠다. 증조모의 마음이 새비 아주머니에게로 기울어서, 그곳으로 기쁨도 슬픔도 안타까움도 모두 흘러갈 듯한 기분을 느꼈던 것이다. 그렇게 기운 마음으로 뒤뚱거리며 살아가고 싶지 않았다.

증조모는 새비 아주머니를 잘 알지 못했던 그때부터도 새비 아주머니를 잃을까봐 덜컥 겁이 났다. 언젠가 새비 아주머니가 자신에게서 등을 돌리고 더이상 그 말간 얼굴을 보여주지 않는다면, 얼어붙은 얼굴로 자신에게 실망했다며 등을 돌린다면 숨쉬기가 어려울 것 같았다.

'사람들은 원래 기래.' 고조모가 증조모의 마음속에서 말했다. '사람한테 기대하지 말라우.'

'어마이, 나는 사람들한테 기대하는 기 아니라요.' 증조모는 생각했다. '나는 새비한테 기대하는 기야.'

언젠가부터 증조모는 마음속으로 고조모와 이야기를 했다. 혼자 집에 있을 때는 소리 내어 고조모에게 말했다. 너무 외로워서 누구라도 붙잡고 이야기하고 싶던 때였다.

'새비도 사람이라. 걔라고 무에 다를 기 있나? 내는 너가 상처받을 까봐 걱정된다이. 말이 승한 사람, 무조건 믿지 말라우.' 고조모가 말했다.

'말 때문이 아니야, 어마이. 새비는 달라.' 증조모가 답했다.

새비 아저씨는 군복을 염색하는 공장에 취직했다. 증조부 당숙의 소개를 통해서였다. 고된 일이었지만 부부가 그럭저럭 먹을 만큼의 돈을 벌 수 있었다. 연줄이 없이는 얻을 수 없는 자리라고 했다. 그해 홍수가 심하게 나서 농사짓고 살던 사람들이 당장의 일을 구하러 개성으로 몰려왔던 터였다. 농촌에서는 굶어죽는 사람들까지 나왔지만, 부유한 사람들의 입으로 들어갈 떡의 수요는 어느 때보다도 많았다. 방앗간의 일손이 부족해지자 증조모도 증조부를 따라 방앗간 일을 다녔다.

—내도 자리가 없나.

새비 아주머니가 증조모에게 물었다.

—뭐든 할 수 있다. 손이 야물어서 떡도 잘 빚구.

―너는 우선 더 먹고 살을 찌우라우, 새비야.

증조모의 눈에 새비 아주머니는 너무 작고 약해 보였다. 뼈대가 새처럼 가늘어서 팔짱을 끼면 나뭇가지를 만지는 것 같았다. 돌부리도 없는데 발을 헛디뎌서 앞으로 엎어지기를 잘했고, 밥을 먹고 나면 늘 꾸벅꾸벅 졸았다.

―기운도 없으면서 어떻게 농사를 지었대.

―내가 이래 봬도 손이 빨라서 고추도 빨리 따고 밭도 빠르게 매고 뭐든 척척이었다.

―거짓말도 잘한다우.

―아니야. 진짜다. 한 일 년 쭉 못 먹었더니만 몸이 약골이 된 기야. 영 이상하게 돼서…… 예전엔 안 이랬다, 삼천아.

뭐라고 대꾸를 하고 싶었는데 증조모는 목이 메어 입을 열 수가 없었다.

―고생도 잠깐이었댔다. 여기 와서 잘 먹자네.

―새비야.

―응.

―내가 너 밥 굶을 일 없게 할 기야. 너 이제 다신 안 굶는다. 방앗간에 네 이야기 해놓을 테니 넌 네 몸이나 잘 보하라우.

―걱정 마라.

새비 아주머니가 그렇게 말하고 웃어 보였다.

할머니는 숨을 고르고 컵에 남은 유자차를 마저 마셨다.

"너한테 이야기를 해서 그랬는지, 꿈을 꿨어."

할머니는 자신의 손을 주무르면서 말을 이었다.

"방에 한기가 들어서 마른기침을 하는데 엄마가 방으로 들어오더라."

"증조할머니가요?"

"응. 그 사진을 찍은 시절의 엄마였어. 그러더니 영옥아, 너레 감기 들었나? 손 좀 내한테 줘보라우, 그러는 거야."

할머니는 그 말을 하면서 한 손을 내 쪽으로 내밀었다.

"우리 엄마는 돌아가시기 전에 항상 손이 차가웠어. 너무 추워해서 한여름에도 두꺼운 양말을 신구 겨울이 되면 실내에서도 파카 입구 장갑 끼구. 그래도 춥다 춥다 그랬어. 손발이 얼음장이었지. 그런데 꿈에서 손 좀 내한테 줘보라우, 그래서 손을 내미니까 세상에, 엄마 손이 그렇게 부드럽고 따뜻할 수가 없는 거야."

"꿈 같지 않았겠어요."

"그랬어."

할머니는 나를 보고 미소 짓더니 말을 이었다.

"그랬어, 정말."

4

봄비가 온종일 내리던 날, 퇴근해서 집에 돌아오는 길에 엄마의 유방암 재발 소식을 들었다.

처음 발병한 건 2012년이었다. 초기에 발견되어서 종양 제거 수술을 하고 몇 차례 방사선치료를 받았다. 엄마는 친구가 별로 없어서 문병을 오는 사람이 드물었고, 심지어 엄마의 엄마조차 병원에 오지 않았다. 딸자식이 수술을 한 건 알고 있느냐는 내 말에 엄마는 네 할머니와 연락하지 않고 지낸 게 하루이틀이냐며 말을 돌렸었다. 그로부터 오 년이 지나 엄마가 재수술을 받게 되었을 때에야 내가 엄마 입장이었더라도 그렇게 했을 것 같다는 생각이 들었다.

금요일 오전 수술이어서 하루 연차를 내고 서울로 올라갔다. 우리는 말을 별로 하지 않았다. 아프지 않으냐고 내가 물으면 괜찮다고 엄마가 대답하는 것이 대화의 전부였다. 웬일인지 엄마가 이번에는 아빠 끼니를 걱정하지 않았다.

'아빠 밥 걱정 안 되나보지?'라고 빈정대고 싶었지만, 피 주머니를 달고 누워 있는 엄마를 보니 그런 생각을 한 내가 미워졌다. 그리고 내가 어쩔 수 없이 빈정대게 하고 차갑게 말하게 하는 엄마도 미웠다. 밉다 밉다 다 밉다보니, 아무리 사정이 있어도 자식에게 한 발짝도 먼저 다가가지 않는 할머니도 미워졌다.

할일 없이 보조 침대에 누워 있다가 나도 모르게 충동적으로 말했다.

"할머니 집에 놀러갔었어."

"응."

엄마는 시큰둥하게 답했다.

"할머니가 밥해줬어. 박대 구워서 물미역이랑 총각김치랑 해서 밥 먹고 케이크도 먹었어."

"그래."

"할머니 백내장수술 받았던 거, 엄마 알았어?"

"아니."

"집에 가니까 텔레비전이 엉망이잖아. 화면 흔들리고. 그래서 내 텔레비전 드렸어."

"잘했어."

"나 이혼한 것도 말했어."

"그래?"

"잘했대, 할머니가."

"할머니는 김서방 모르잖아."

"그게 무슨 소리야?"

"정이 없잖아."

"그럼 엄만 그렇게 정들어서 바람피운 사위 감싸줬어?"

"너는 왜 말을 꼬아서 들어?"

나는 침대에서 일어나 밖으로 나갔다. 엄마와 조금이라도 더 같이 있다가는 입에서 심한 말이 나올 것 같아서였다. 밖에 나가 병원 앞 대학가를 한 바퀴 돌았다. 화가 나고 슬플 때는 숨을 제대로 쉬어보라고 했던 지우의 말이 생각났다. 벤치에 앉아서 호흡에 집중하려고 노력했다. 숨을 들이마시고 내쉬고, 그렇게 호흡에 집중하는데도 눈물이 나와서 나중에는 두 손으로 얼굴을 가리고 울었다.

일요일 늦은 저녁, 엄마가 잠자리에 든 것을 확인하고 간병인과 자리를 교대했다. 당분간 주말에는 내가 엄마를 맡고 주중에는 간병인이 맡기로 했다. 한밤중에 운전해서 희령으로 돌아가면서 나는 엄마를 내내 간병할 수 없는 내 상황에 대해 죄책감을 느끼지 않으려고 애썼다.

며칠 지나지 않아 마트 앞에서 할머니와 우연히 만났다. 나는 할머니를 차에 태우고 아파트로 바로 돌아가는 대신에 시내를 한 바퀴 돌았다. 할머니는 차창을 내리고 부드러운 봄바람을 맞았다. 바람에 할머니의 짧은 머리카락이 이리저리 날렸고 천변에는 꽃들이 한창이었다. 라디오에서는 주현미의 노래가 흘러나왔다. 밤공기에 옅은 꽃향기가 섞여 있었다. 기분좋은 바람, 온전한 봄밤이었다. 할머니는 허밍으로 노래를 따라 했다.

"손녀딸 덕분에 드라이브도 다 해보네."

할머니의 목소리가 편안하게 들렸다. 할머니가 엄마의 상황을 몰라서 다행이라는 생각이 들었다.

"할머니는 어디 아프신 데 없죠."

내 말에 할머니는 소리 내어 웃었다.

"내가 하루에 먹는 약만 한줌이야. 근데 난 지연이 너랑 그런 얘기 하고 싶지 않아. 그런 소리 지겹지 않냐. 다 늙어서 손녀딸한테 아프 다고 투정하고 그런 거, 난 싫다. 그런 할머니 안 해. 너랑 재미난 얘 기만 할래."

나는 별로 우습지도 않으면서 할머니를 따라 웃었다. 그 순간에도 엄마에 대한 걱정이 떨쳐지지 않았다. 집으로 바로 돌아가고 싶지 않 던 차에 할머니가 입을 열었다.

"유자차 마시러 갈래?"

할머니는 냉장고에서 유자청 병을 꺼내고 주전자를 가스레인지에 올렸다. 유자차를 끓일 동안 집 구경하고 있으라면서 어느 방이나 다 봐도 좋다고 말했다. 나는 사진첩이 있는 작은방으로 들어갔다. 천장 형광등 하나가 나가 있어서 불을 켜도 방은 여전히 어둑했다. 한쪽 벽 에 놓인 장식장에는 사진첩 몇 개와 책, 과자 상자, 곰 인형, 각종 과 일 병조림이 있었다. 다른 벽에는 벽장 하나가 있었는데 한쪽 문이 열 려 있어서 안에 든 것이 보였다. 나란히 놓인 두 개의 상자 위로 스웨 터 등의 겨울옷들이 차곡차곡 개켜져 있었다.

"정리를 해야 하는데 그럴 수가 없네."

할머니가 방으로 들어와 유자차를 건넸다. 유자차는 달고 뜨거웠다.

"동네 할머니들은 저거 다 내다버리라고 하는데 그럴 수가 없어."

할머니가 상자를 가리키며 말했다. "누가 저런 거 모시고 사냐고."

"저게 뭔데요?"

"오래된 편지들. 내가 받은 것도 있고 우리 엄마가 받은 것도 있고. 작은 집에 살면서도 엄마가 얼마나 편지들을 애지중지했는지 몰라. 신줏단지 모시듯이 정성껏 보관했는데, 엄마 가셨다고 그걸 폐휴지 버리듯이 버릴 수가 없었어. 엄마가 받은 편지들을 읽으면 꼭 엄마가 살아 계신 것 같구 그랬어. 그걸 어떻게 버려. 읽지 못하더라도 그냥 갖고 있는 거지."

"읽기 많이 어려우세요?"

"또 구차한 이야기 하게 되네. 눈이 잘 안 보이잖아. 편지는 책보다 더 심해. 종이며 잉크가 바랬으니까 돋보기를 써도 잘 보이지가 않아. 영 뿌옇기만 하구……"

"제가 읽어드릴까요?"

"괜찮아, 괜찮아." 할머니가 손을 휘휘 저었다. "내일 출근해야지."

"제가 읽어드리는 게 불편해서 그러세요?"

"그런 게 아니야. 네가 자꾸 나한테 뭘 해주면, 내가 되돌려줄 게 없어서 문제가 생겨."

"할머니는 이야기해주시잖아요."

"네가 들어주는 거지."

"아닌데요."

나는 그 순간 할머니에게 서운함을 느꼈고, 서운함을 느꼈다는 사실에 놀랐다. 몇 번이나 만났다고 이 사람에게 친밀감을 느끼는 걸까. 잠시 침묵이 감돌아서 나는 어색함을 이겨보려고 입을 열었다.

"새비 아주머니 얘기 더 해주세요. 그래서 새비 아주머니는 방앗간에 일을 잡았어요?"

"응. 우리 엄마가 애를 낳게 돼서 대타로 들어갔다가, 새비 아주머니가 손재주가 있어서 나중에는 아주 자리를 잡았지."

"그 아이가……"

"맞아. 그 아기가 나야. 39년이었지."

할머니가 웃었다.

꼬박 하루를 넘긴데다 출산 후에도 출혈이 심한 난산이었다. 출혈이 그치고서도 증조모는 자리에서 제대로 일어나지 못했다. 이상하게도 음식이 역하게 느껴져서 묽은 미음도 넘기지 못했다.

어쩌면 친구가 죽을지도 모른다는 생각에 새비 아주머니는 진땀을 흘리듯이 눈물을 흘리면서 자신이 그동안 그녀에게 얼마나 의지했는지, 그녀와 주고받은 마음이 얼마나 간절한 것이었는지 이해했다. 살아나게 된다면, 새비 아주머니는 생각했, 삼천이가 살아나게 된다면 하늘 아래 부끄러울 것 없는 사람으로 살겠다고 하늘에 빌었다.

새비 아주머니는 고봉으로 푼 밥을 챙겨 증조모에게 갔다. 그러고는 음식을 삼키지 못하는 증조모에게 밥을 입에 넣고 씹어서 사발에 뱉으라고 말했다. 증조모는 그녀의 말대로 했다. 밥을 씹어 뱉고, 다시 씹어 뱉었다. 며칠을 계속 그렇게 하니 기운이 조금 돌아왔다. 밥알을 삼키지는 못했지만, 밥을 씹는 동안 나온 밥물이 목에 조금씩 넘어간 것이었다. 그다음은 묽은 미음, 그다음에는 조금 덜 묽은 미음, 다음에는 죽으로 넘어갔다. 그렇게 증조모는 살아났다.

그제야 증조모의 눈에 자기 딸이 들어왔다. 붉은 얼굴에 작고 작은 몸. 그 조그만 것이 살아갈 세상을 생각하니 가슴이 콱 막히고 눈물이 돌았다. 막막했다.

사람들은 여자가 아이를 낳으면 아이를 첫눈에 사랑하게 된다고 말했다. 그러나 그녀는 아이가 백일을 넘길 동안에도 아이에게 별다른 애정을 느끼지 못했고, 그 마음이 부끄러워서 누구에게도 그 이야기를 하지 못했다. 아이를 예뻐하는 척하는 자기 모습이 무서웠다. 아이와 둘만 있을 때는 시큰둥한 얼굴로 아이의 얼굴을 쳐다봤다. 자신이 병든 사람 같았다.

'너는 어마이두 버린 간나잖아.'

그녀는 자기 자신에게 속삭였다.

'어마이도 버린 년이 제 새끼라고 귀여워할까. 징그러운 년.'

아이는 순했고, 백일을 넘기자 밤에 깨지도 않고 이어 잤다. 먹을 것을 투정하지도 않았고 젖니가 나는데도 보채지 않았다. 아무도 자신을 반기지 않는다는 걸 아이가 몸으로 이해하고 있는지도 모른다고 그녀는 생각했다. 아이가 딸이라는 사실을 알고 남편의 실망도 컸으니까. 아이도 누울 자리를 보고 다리를 뻗는 것일지도 몰랐다. 그녀는 아이가 작은 몸과 마음으로 눈치를 살피느라 마음껏 울어보지도 못하는 게 아닐지 근심했다. 그녀의 사랑은 그 근심에서 자랐다. 아이와 눈을 마주치며 웃던 어느 날, 그녀는 자신이 아이를 마음으로 귀하게 여기고 있음을 알았다. 그것이 세상 사람들이 말하는 어미의 본능적 사랑 같은 것은 아닐지 몰라도.

증조모가 몸을 회복해나가는 사이 새비 아주머니는 방앗간에서 증조모가 하던 일을 이어 했다. 방앗간 바닥에 떨어진 쌀알을 비질해서 쓸어 담는 일이었다.

새비 아주머니네 부부는 사이가 좋았다. 동네 노인들이 막걸리를 마시면서 새비 아주머니와 아저씨 얘기를 하다가 말 나온 김에 중신을 선 것이었는데, 둘은 첫눈에 서로가 마음에 찼다. 결혼하고 처음 일 년은 그럭저럭 살 수 있었지만, 두번째 해에 일본인에게 대부분의 땅을 빼앗기고 나서는 제대로 먹지 못하고 지낸 시간이 길었다. 새비 아저씨의 어머니는 모질게 말하는 사람이었다. 집안에 여자가 제대로 들어와야 하는데, 여자 하나 잘못 들여서 망한 집이 여럿이라고 새비 아주머니 들으라는 듯이 말했다.

정말인가. 새비 아주머니는 가만히 앉아서 생각했다. 정말 나 때문에 집안이 기운 건가. 나라는 여자가 잘못 들어와서 이런 일이 생긴 건가. 시모의 그런 이야기를 계속 듣다보니 자신에게도 그 말이 그럴듯하게 들렸던 것이다. 어느 날 시모는 자기 아들이 뒤에 있는지도 모르고 새비 아주머니에게 그런 이야기를 또 했다. 새비 아저씨는 태어나 처음으로 어머니에게 큰소리를 냈다. 한 번만 더 자기 아내 앞에서 그런 말을 하면 다시는 어머니 얼굴을 보지 않을 거라고 했다.

"새비 아저씨랑 새비 아주머니는 서로 친구처럼 지냈지. 새비 아저씨가 원체 그런 사람이었나봐. 도무지, 어떤 경우에라도 남 위에 올라가서 주인 노릇하고 싶어하지 않는 사람이었던 거야. 그때는 아무리 개화된 사람이라고 해도 자기 아내 위에는 올라가야 위신이 선다고 생각하던 세상이었는데도, 아저씨는 그러지 않으려고 했어. 아저씨 고집 같은 거였나봐."

새비 아저씨는 염색 공장에 오래 다니지 못했다. 독한 기체를 마신 것이 폐가 약한 그에게 큰 문제가 되었기 때문이었다. 급성천식 탓에 아저씨는 일을 그만두고 요양을 해야 했다. 새비 아주머니의 벌이만으로 살아야 해서, 새비 아주머니는 방앗간 일 말고도 시멘트 포대에서 나일론 실을 빼내는 부업을 했다. 그즈음 새비 아저씨의 큰형이 도박을 하는 바람에 그나마 있던 땅까지 잃고 말았다. 가족 모두가 아무리 갚아도 계속 빚이 쌓였다.

새비 아저씨가 일본에서 돈을 버는 이종사촌 이야기를 들은 것은 긴 요양을 마치고 난 무렵이었다. 이종사촌은 새비 아저씨에게 편지를 보내서, 이곳에는 널린 게 일자리고 이미 자신이 기반을 다져놓았기 때문에 아저씨가 오면 초기의 고생은 하지 않을 것이라고 말했다. 몇 년만 애쓰면 빚을 갚을 만큼의 돈을 벌어 고향으로 돌아갈 수 있다고 했다.

일자리를 찾아 헤매며 틈틈이 일용직으로 일하던 새비 아저씨에게 이종사촌의 제안은 유일한 희망처럼 느껴졌다. 하지만 아내를 데리고 현해탄을 건너갈 용기는 없었다. 고향에서 개성으로, 개성에서 일본으로, 계속 떠나야 하는 그런 괴로움을 아내에게 주고 싶지 않았기 때문이었다. 아내는 삼천이 아주머니와 정을 붙이고 개성 생활에 잘 적응하는 듯 보였다. 잘 때 말고는 끝없이 일하면서도 시간이 남으면 삼천이 아주머니와 만나서 콩을 까고 푸성귀를 다듬었다. 같이 김장을 하고 장을 담그고 시장에 다녔다. 반찬을 만들어서 서로 나눠 먹고 아이도 같이 돌봤다. 아내는 삼천이 아주머니에게 한글을 가르치기도 하고 어디서 가져온 문고판 소설을 소리 내어 함께 읽기도 했다. 겨우 개성에 정을 붙이고 사는 아내를 다시 이곳에서 떼어낼 수는 없었다.

"새비 아주머니는 행복한 사람이었네요."

내가 말했다.

"그래. 세상 사람들은 새비 아주머니가 복이 없어도 그렇게 없을 수 없다고 말했다지만 난 그렇게 생각하지 않아."

나는 사진 속 새비 아주머니의 모습을 떠올렸다. 어쩐지 그 사람에게 마음이 갔다. 오래 굶은, 시멘트 포대에서 실을 뽑고, 방앗간 바닥에 떨어진 쌀을 쓸고, 밥을 지어 아픈 친구를 살린 사람. 그리고 그 친구의 손등에 손을 올린 채로 미소 지으며 카메라를 바라보는 사람에게 마음이 갔다.

할머니와 나는 증조모와 새비 아주머니에 대한 이야기를 나누면서도 서로의 삶에 대해서는 거의 말하지 않았다. 할머니와 내가 복잡하고 촘촘한 사랑으로 엮여 있었다면 할머니는 내게 이런 식으로 이야기하지 못했을 것이다. 어린 시절 잠시 만난 적이 있을 뿐 평생을 남으로 살아왔으므로 할머니는 별다른 어려움 없이 내게 자기 엄마의 이야기를 할 수 있는지도 몰랐다. 하지만 이야기가 이어지다보면 언젠가는 할머니의 삶에 대해서도 들을 수 있을지 모른다는 생각을 했다. 어쩌다 엄마와 이런 사이가 되어버렸는지, 왜 손녀딸의 결혼식에조차 초대받지 못했는지에 대해서도 들을 수 있을지 모른다고.

"미선이는," 할머니가 입을 열었다. "너희 엄마 미선이는 잘 지내?"

나는 할머니를 물끄러미 바라보다가 고개를 끄덕였다.

"어디 아픈 데는 없고? 아직도 책 읽고 글쓰고 그래?"

"무슨 글요?"

할머니는 뜻밖이라는 얼굴로 나를 바라봤다.

"노트 같은 거 들고 다니면서 이것저것 쓰지 않나. 일기도 쓰고 이야기도 쓰고."

"글쎄요…… 떨어져 산 지 오래돼서 모르겠지만, 저랑 살 때는 그러지 않았어요."

내 말에 할머니는 고개를 끄덕였는데, 아쉬운 소식을 들은 것만 같은 표정이었다.

"엄마한테 안부 전해드릴게요."

"그럴 거 없다." 할머니의 표정이 갑작스럽게 굳었다. "그럴 거 없어."

"할머니."

"응."

"저, 할머니한테 엄마랑 잘 지내라고 하지 않을 거예요. 걱정 마세요."

"약속해."

"그럴게요."

그제야 할머니의 얼굴이 조금 풀린 걸 보며 나는 말을 돌렸다.

"새비 아주머니도 아이가 있었어요?"

"응. 42년에 낳았지."

"할머니랑 세 살 차이네요."

"그래."

새비 아주머니는 입덧이 심했다. 방앗간 일도, 시멘트 포대에서 실을 뽑아내는 일도 할 수가 없었다. 시가에서는 새비 아저씨에게 빚을 더 많이 부담하라고 요구하는 상황이었다. 아저씨가 일용직으로 이곳저곳에서 일했지만 그 돈으로는 겨우 입에 풀칠하는 수준이었다. 그때 이종사촌에게서 다시 연락이 왔다. 좋은 공장에 일자리가 났다고, 이곳에 온다면 먹고 잘 곳을 마련해주겠다고 했다.

새비 아주머니는 남편의 결정을 받아들이지 못했다. 임신한 자신을 두고 현해탄을 건너겠다니. 그녀는 남편을 말렸지만 새비 아저씨는 요지부동이었다.

새비 아저씨는 눈에 뭐가 씐 사람 같았다. 모든 사람이 다 뜯어말리는데도 일본으로 가겠다고 고집을 부렸다. 그렇게 고집을 부리는 사람이 아니었기에 새비 아저씨의 태도는 사람들을 놀라게 했고, 그의 선택에 어쩌면 타당한 이유가 있을지도 모른다고 생각하게 했다.

증조부는 새비 아저씨에게 빚이 있었다. 개성으로 올 수 있도록 도와준 일, 장모님을 보살피고 그녀의 시신을 땅에 묻어준 일. 증조부는 새비 아저씨에게 걱정하지 말라고, 새비 아주머니를 잘 돌보겠다고 약속했다. 대신 꼭 이 년 안에는 돌아와야 한다고 말했다. 더 늦으면 아이가 제 아버지를 못 알아볼 거라면서.

증조모는 새비 아저씨의 결정에 끝까지 반대했다. 떠나는 길이 멀기도 멀거니와 타지에 가서 고생할 것이 뻔했고 심지어 전쟁중이었다. 아무리 집안 사정이 어렵기로서니 고작 편지 몇 통에 일본으로 가서 살 생각을 하는지 증조모는 이해할 수가 없었다. 게다가 새비 아저씨는 몸도 건강한 편이 아니었다. 증조모는 며칠 동안 새비 아저씨네 집에 가서 그를 붙잡고 사정했다.

— 삼촌.

증조모는 새비 아저씨를 그렇게 불렀다.

— 새비를 생각해보시라요. 가족도 없는 개성 땅에서 새비 혼자 아이 낳아 키우라는 말이시까?

— 아내 위해서라요.

— 위하는 마음 모르는 기는 아니지만서두, 방법이 잘못됐시다. 삼촌, 삼촌처럼 밝은 분이 어쩌다 기런 이야기에 넘어갔을까.

— 아즈마이, 아즈마이두 우리집 사정 잘 아시지 않아요. 여기서 몇 푼 버는 걸루는 빚을 갚기도 어렵구 새비가 애를 낳고도 계속 심들게 빤하구. 그걸 내가 보고 있을 수가 없습니다.

— 삼촌.

— 기러니 우리 새비 곁에서 잘 있어주시라요. 난 삼천이 아즈마이만 믿으니.

— 말이 안 통하네, 삼촌. 삼촌, 왜 그러시까.

그런 식의 대화가 며칠 동안 계속됐다. 도무지 새비 아저씨의 결심을 꺾을 수 없다는 것을 확인한 날, 증조모는 발을 구르며 집으로 돌아왔다. 그녀는 몇 번이나 땅바닥을, 담장을 발로 걷어찼다. 속에서 불이 났고 인생의 은인이던 새비 아저씨가 미워졌다.

새비 아저씨와 헤어지던 날에 증조모는 어쩔 수 없이 눈물을 흘리며 그의 무사를 빌었다. 가진 거라고는 쓸모도 없이 사람을 잘 믿는 마음뿐인 그를 위해 빌었다. 약은 사람이 아무리 조심히 다녀도 코가 깨지는 세상에, 무모할 만큼 순진한 그에게는 몇 배 더 큰 행운이 따라야 한다고 생각하면서. 증조모는 그에게 새비를 잘 지킬 것을, 새비의 아이를 잘 돌볼 것을 약속했다. 그날, 새비 아주머니는 방에서 나오지 않았다. 그녀의 남편을 배웅하지 않았다.

새비 아주머니는 증조모와 같은 집 옆방에 세를 얻었다. 방에 누워 있으면 바닥이 꼭 바다 같았다. 출렁거리는 바다 한복판에서 작은 배를 타고 있는 것 같았다. 새비 아주머니는 배를 타고 현해탄을 건넌 남편을 울면서 그리워했다. 그것이 마지막이 될 수도 있는데 순간의 감정으로 그를 배웅조차 하지 않았던 일을 후회했다. 내가 이런 심한 입덧을 하지만 않았더라면, 남편에게 천식이 없었더라면, 아니, 처음에 그 염색 공장에 가지 않았더라면. 여러 가정을 해보았지만 달라지는 일은 없었다. 그녀는 그의 선택을 끝까지 이해하지 못했다.

"아저씨가 일본 가서 어떻게 살았는지 정확히 아는 사람은 아무도 없었어. 그런 건 철저히 숨겼던 거야."

그 말을 하고서 할머니는 한동안 무표정한 얼굴로 바닥을 바라봤다. 마치 그 자리에 할머니 말고는 아무도 없다는 듯, 방심한 것처럼 보였다. 아저씨의 사진은 없느냐고 물었더니 할머니는 고개를 저었다.

"새비 아주머니가 그린 그림은 있었어. 연필로 그린 그림이었는데 서툰 솜씨였지만 누가 봐도 아저씨였어. 그 그림도 없어져버렸지만…… 그래도 네가 내 이야기를 들어주니까, 새비 아저씨는 그만큼 더 사는 거잖아."

나는 고개를 끄덕였다. 얼굴도 모르는 새비 아저씨를 나도 그려볼 수 있었으니까. 키가 크고, 목이 길고, 생전 본 적도 없던 백정의 집에 가서 간병을 하고, 그 누구의 위에도 서려고 하지 않고, 아내를 귀하게 여기고, 그러다 혼자 일본으로 떠난, 지금의 나보다 한참은 어린 이십대 초반의 남자를 그려볼 수 있었으니까. 그 모습이 그 사람의 전부는 아니겠지만, 그는 자신이 죽고 나서 태어난 어느 사람에게 이렇게 기억되고 있었다.

그렇지만 그게 다 무슨 소용일까. 사람이 사람을 기억하는 일, 이 세상에 머물다 사라진 누군가를 기억한다는 것이 무슨 의미가 있을지 알 수 없었다. 나는 기억되고 싶을까. 나 자신에게 물어보면 언제나 답은 기억되고 싶지 않다는 것이었다. 내가 기원하든 그러지 않든 그것이 인간의 최종 결말이기도 했다. 지구가 수명을 다하고, 그보다 더 긴 시간이 지나 엔트로피가 최대가 되는 순간이 오면 시간마저도 사라지게 된다. 그때 인간은 그들이 잠시 우주에 머물렀다는 사실조차도 기억되지 못하는 종족이 된다. 우주는 그들을 기억할 수 있는 마음이 없는 곳이 된다. 그것이 우리의 최종 결말이다.

2부

5

엄마는 내가 모든 것을 다 가진 사람이라고 말했다. 노후가 보장된 부모에 착한 남편, 하고 싶은 일을 하며 살 수 있는 특권을 가졌다고 이야기했다. 그 말은 맞았다. 그것만으로도 내 삶의 복은 차고 넘쳤다.

내가 누리는 특권을 모르지 않았으므로 나는 침묵해야 했다. 내 목소리를 들어주지 않는 부모 밑에서 자라며 느꼈던 외로움에 대해서, 내게 마음이 없는 배우자와 사는 고독에 대해서. 입을 다문 채 일을 하고, 껍데기뿐일지라도 유지되고 있었던 결혼생활을 굴려나가면서, 이해받고 싶고 사랑받고 싶다는 감정에는 눈길을 주지 않아야 했다. 나는 행복한 사람이었으니까. 모든 것을 다 가진 사람이었으니까.

그 껍데기들을 다 치우고 나니 그제야 내가 보였다. 깊이 잠든 남편 옆에서 소리 죽여 울던 내 모습이, 논문이 잘 써지지 않으면 내 존재가 모두 부정되는 것만 같아서 누구보다도 잔인하게 나를 다그치던 내 모습이, 한 걸음 한 걸음 걸을 때마다 숨쉬듯 나를 비난하고 비웃던 내 모습이.

너는 너를 다그쳤기 때문에 더 나은 자리를 잡을 수 있었어. 너에게 조금이라도 관용을 베풀었다면 넌 정말 아무것도 아닌 인간이 되었을 거야. 아빠도 말했잖아. 넌 큰사람이 될 수 없을 거라고. 남편도 얘기했지. 네가 이룬 모든 것은 운일 뿐이라고. 그러니 넌 더 단련되어야 해. 이런 취급에는 이미 익숙해졌잖아.

나는 항상 나를 몰아세우던 목소리로부터 거리를 두고 그 소리를 가만히 들었다. 세상 어느 누구도 나만큼 나를 잔인하게 대할 수는 없었다. 그래서 쉬웠을지도 모르겠다. 나를 함부로 대하는 사람들을 용인하는 일이.

한 주가 지나 엄마를 다시 찾아갔을 때, 엄마는 많이 회복된 듯 보였다. 침대 등판을 비스듬히 세워두고 거기에 기대어서 핸드폰으로 유튜브를 보고 게임을 했다. 혼자서 링거 지지대를 끌고 복도를 걸어다니기도 하고 휴게실에서 텔레비전을 보기도 했다. 명희 아줌마가 거의 매일 문병을 온다고 했다. 오 년 만에 한국에 들어온 그녀가 두 달 넘게 있다 갈 거라고 말하는 엄마의 눈이 빛났다. 명희 아줌마는 엄마가 결혼 전에 우체국에서 근무할 때 함께 일했던 친구였다.

하루는 엄마가 잠들었을 때 명희 아줌마가 문병을 왔다. 어린 시절에 아줌마가 멕시코에서 보낸 국제우편을 본 적은 있지만 아줌마를 만난 기억은 없었다. 아줌마가 잠시 시간을 내줄 수 있느냐고 해서, 우리는 병원 일층에 있는 카페로 갔다.

"엄마 계좌번호 좀 알 수 있을까?"

짧게 안부를 주고받은 뒤에 아줌마가 내게 물었다.

"계좌번호는 왜……"

내 물음에 아줌마가 핸드백 버클을 만지작거리면서 말했다.

"미선이한테 신세 진 거 갚고 싶어서."

"신세요?"

"오래전에…… 우리 엄마가 크게 아팠었어. 수술을 받아야 했는데, 큰 수술인데다 실패 가능성도 작지 않았지. 돈도 많이 드는 수술이었고. 아버지는 기껏 했는데 실패하면 안 하느니만 못하다고 수술을 포기해버리는 거야. 그 결정을 한 밤에 미선이한테 전화를 했었어."

명희 아줌마가 손깍지를 끼고 벽 쪽을 바라봤다.

"그다음날에 미선이가 날 찾아와서 큰돈을 주더라. 언니, 후회할 일 만들지 마. 어머니 살려, 그러면서. 그때 내가 인사치레로라도 그 돈을 받을 수 없다는 말을 하지 못했어. 곧 갚을게, 갚을게, 그러고는 의사를 찾아갔어."

"수술은 잘되셨어요?"

그녀가 커피를 한입 마시고 고개를 끄덕였다.

"미선이가 살린 거야. 이렇게라도 갚고 싶어. 네가 안 알려주면 다른 방법으로라도 꼭 전할 거니까 알려줘."

나는 아줌마에게 엄마의 계좌번호를 적어주면서도, 엄마가 친구를 위해 그런 일을 했다는 사실이 믿기지 않았다. 엄마처럼 차갑고 곁을 내어주지 않는 사람에게 그런 면이 있을 거라고는 상상조차 해보지 않았기 때문이었다.

그날, 명희 아줌마가 떠나고 엄마에게 물었다.

"명희 아줌마 말 진짜야?"

"무슨 말?"

"엄마가 아줌마 어머니 수술비 보냈다면서."

"아."

엄마는 핸드폰 게임을 하면서 내 물음에 건성으로 답했다.

"명희 언니라도 그렇게 했을걸. 멕시코 가기 전에 빌려준 돈도 다 갚고 그랬어, 언니가."

"아직도 잊지 못하시는 것 같았어."

엄마는 별다른 대답을 하지 않더니 휴지에 코를 한 번 풀고는 다시 게임에 집중했다.

나는 엄마에게서 등을 돌리고 보조 침대에 누워서 눈을 감았다. 엄마에게 명희 아줌마는 어떤 의미였을까. 엄마는 명희 아줌마가 멕시코로 떠난 일에 대해서 지나가듯 내게 이야기했었다. 그날의 기온을 말하듯이, 거스름돈이 얼마 나왔는지 말하듯이 아무 감정 없이 이야기했었다. 나는 엄마를 알지 못했다. 명희 아줌마보다 더, 할머니보다 더, 그리고 어쩌면…… 아빠보다 더.

퇴원하던 날, 명희 아줌마가 차를 가지고 와서 엄마를 집으로 데려다줬다. 같이 들어가 차라도 한잔하고 가라는 내 말에 아줌마는 우리 아빠의 눈치가 보인다며 주차장에서 인사를 했다.

"여긴 한국이잖아. 내가 초대받은 것도 아니고. 너희 아빠 안 계실 때 놀러가면 되지."

"한국도 이제 변했어요. 팔십년대 때랑은 달라요."

"지연아, 이게 너희 엄마 위하는 거야. 좀 쉬시게 해드려."

집으로 가자 아빠가 반찬을 꺼내놓고 밥을 먹고 있었다. 아빠는 우리를 보고는 괜찮으냐고 묻더니 다시 밥을 먹기 시작했다. 명희 아줌마의 말이 맞았다. 엄마는 분명 아줌마와 아빠 사이에서 당황했을 것이다. 나는 엄마를 침대에 눕힌 뒤, 밥을 먹고 가라는 아빠의 제안을 거절하고 희령으로 내려갔다. 일요일 오후였고 내게도 휴식이 필요했다.

주말이면 서울에 다녀오는 생활을 반복하는 사이 한 달이 훌쩍 지나서 초여름이 됐다. 나는 거실 창가에 서서 연둣빛 나무들이 짙은 초록빛으로 바뀐 모습을 멍하니 바라봤다. 그와 헤어지고 처음 맞는 여름이었다. 많은 일이 일어났고 그것들을 소화하느라 지쳤지만, 놀랍게도 조금씩 회복되는 감각을 느낄 수 있었다. 책을 읽을 수 있었고 소논문도 하나 발표했다. 작은방에 상자째로 내버려둔 천체망원경을 거실에 꺼내놓은 것도 그즈음이었다. 그걸 창가에 갖다둔 것만으로도 한 걸음 나아간 기분이 들었다.

그러다 엘리베이터에서 오랜만에 우연히 할머니를 만났다. 반가운 마음에 이번에는 우리집으로 오시라고 초대했고, 할머니는 일요일에 집으로 찾아왔다.

나는 마트에서 양념 소불고기와 김치, 반조리된 황태국을 사다가 밥만 새로 지어서 상을 차렸다.

"이거 다 마트에서 산 거예요."

"잘했어. 혼자 살면 사 먹는 게 싸게 먹혀. 일하느라 바쁜데 어느 세월에 밥해 먹어? 나도 그래. 내가 하는 것보다 사 먹는 게 더 맛있더라."

식탁에 앉는 할머니의 얼굴에서 기뻐하는 기색이 느껴졌다. 밥을 다 먹은 뒤 할머니도 나도 밥공기에 물을 부어 마셨다. 그릇을 설거지 통에 넣고 커피를 타서 거실로 가니 할머니가 베란다에 서서 만월이 되어가는 달을 바라보고 있었다.

"이걸로 보실래요?"

나는 거실 구석에 있는 망원경을 가리키며 말했다. 할머니가 고개를 끄덕이고는 들고 온 가방에서 돋보기를 꺼내 썼다.

"내가 눈이 안 좋아서……"

"이걸로 보면 달이 정말 가까이 보여요."

나는 전원을 켜서 리모컨으로 망원경을 조작했다.

"한번 봐보세요."

할머니는 접안렌즈에 눈을 대고 작게 감탄했다.

"이게 다 뭐야……"

"보이세요?"

"어…… 이게 달이야?"

"네."

"손에 잡힐 것 같아."

할머니가 망원경 옆으로 손을 뻗어 무언가를 만지는 시늉을 했다.

"세상에."

그러고는 입을 벌린 채 접안렌즈에서 눈을 떼지 못했다.

"오늘 같은 날씨면 목성도 볼 수 있어요. 한번 보실래요?"

내 말에 할머니는 고개를 저었다.

"이걸로도 충분해. 난 좀 무섭다, 이런 게."

할머니는 접안렌즈에서 눈을 떼고 나를 바라봤다.

"이 망원경으로는 멀리까지 못 봐요. 가까운 천체를 보는 정도지."

"그럼 이보다 더 먼 곳도 볼 수 있다는 거야?"

"그럼요."

"어디까지?"

나는 허블 망원경이 2003년에서 2004년 사이에 찍은 사진을 할머니에게 보여줬다. 천문학자들이 '울트라 디프 필드'라고 부르는 그 사진을. 오렌지빛, 보랏빛, 푸른빛, 흰빛을 내는 은하들이 검은 배경에 흩뿌려진 보석들처럼 보였다.

"백삼십억 년 전 우주의 모습이에요."

"그게 무슨 말이야? 그렇게 먼 옛날의 모습을 우리 눈으로 지금 보고 있다는 거야?"

"맞아요."

"대체 무슨 소린지 모르겠다. 그 오래전 걸 어떻게 본다는 거야."

"그러게요. 근데 그게 가능하더라고요."

할머니가 나를 뚫어져라 바라봤다.

"네가 하는 일이 그런 거니?"

"그렇게 대단한 거 아니에요."

"아니긴 뭐가 아니야."

할머니가 망원경을 만지면서 말을 이었다.

"우리 엄마도 지금 태어났으면 너 같은 일을 했을지도 모르겠다.

뭐든 궁금해하는 사람이었으니까."

나는 고개를 끄덕였다.

새비 아저씨가 일본으로 떠나고 반년이 지난 1942년 겨울, 새비 아주머니가 아이를 낳았다. 아이의 이름은 희자였다. 새비 아주머니는 아이를 낳는 순간까지도 입덧을 했다. 희자는 키우기 어려운 아이였다. 아무때나 깨서 울었다. 밥을 먹거나 새비 아주머니가 안아줄 때 말고는 목이 쉬어라 울어댔다. 우량아에 힘도 세서 다루기가 어려웠다. 새비 아주머니는 점점 기력을 잃었고 살도 많이 빠졌다. 희자를 둘러업고 방앗간에 가서 바닥에 떨어진 쌀을 비로 쓰는 동안 꾸벅꾸벅 졸았다.

증조모는 희자가 미웠다. 새비 아주머니는 하루하루 살이 빠지는데 아이는 포동포동하게 살이 올랐고 제 어미를 집요하게 괴롭히고 있었다. 새비 아주머니의 눈빛에서도 아이에 대한 애정을 발견할 수가 없었다. 단 한 시간도 제대로 이어 자지 못하면서 누군가에 대한 좋은 마음이 어떻게 생길 수 있을까.

증조모를 대하는 새비 아주머니의 태도도 예전과 달라졌다. 증조모가 우스운 이야기를 해도 웃지 않았고, 대수롭지 않은 말에 화를 내기도 했다. 증조모는 새비 아주머니를 위해 할 수 있는 일은 다 했다. 한 달 내내 미역국을 끓여 밥상을 차렸고 새비 아주머니가 잠시라도 잘 수 있도록 희자를 돌봤다. 똥 기저귀를 빨아 널기도 했다.

그런데도 새비 아주머니는 예전처럼 국이 맛있다든가, 도와줘서 고맙다든가 하는 말을 하지 않았다. 때때로 뜻 없이 울음을 터뜨렸고 증조모에게 증조모의 방으로 가라는 말을 하기도 했다. 지쳐가는 새비 아주머니를 바라보는 증조모의 마음이 고됐다. 새비 아주머니는 여러모로 괴로운 시간을 보내고 있었다. 새비 아저씨가 떠난 지 오 개월이 지난 뒤부터 돈을 보내오기는 했지만 그간의 어려움을 갚을 정도의 금액은 아니었다.

희자가 몇 시간이고 그치지 않고 울던 어느 새벽, 증조모는 새비 아주머니의 방으로 갔다. 새비 아주머니는 우는 희자를 멀찍이 눕혀두고 벽에 기대앉아서 두 손으로 귀를 막은 채 울고 있었다. 증조모가 희자를 안자 희자는 몇 번 크게 소리 내어 울다가 울음을 멈췄다.

— 내가 안고 있을게. 눈 붙이라우.

증조모가 말했다.

— 일없다. 내버려두라. 거기서 울게 내버려두라.

증조모가 새비 아주머니의 말을 무시하고 희자를 안고 달랬다.

— 새비 넌 자야 한다이.

증조모가 다가가자 새비 아주머니가 몸을 피했다.

— 애는 내가 볼 테니 얼른 눈 붙이라우.

증조모가 새비 아주머니를 겨우 자리에 눕히고 한 손으로 그녀의 어깨를 토닥였다.

동이 터오며 어둠이 걷히고 있었다. 증조모는 잠든 새비 아주머니의 얼굴을 바라보며 깊은 한숨을 쉬었다. 그러고는 방앗간에서 얻어온 종이에 새비 아주머니에게 줄 짧은 편지를 써내려갔다. 새비 아주머니가 살아야 하는 이유를 적고, 그 이유에 대해 부연 설명을 하는 편지였다. 다음날에도, 그다음날에도 증조모는 그런 식으로 몇 번이고 편지를 썼다.

다행히도 희자는 돌을 넘어가면서 돌보기가 수월해졌다. 여전히 악을 쓰고 울기는 했지만 말귀를 알아들으면서 예전만큼 키우기 어렵지는 않았다.

희자는 세 살 위인 우리 할머니를 좋아해서 많이 따랐다. 할머니에게 악착같이 붙어서 손가락이나 팔을 물기도 했다. 그런 일이 계속되자 할머니는 체념하고 희자를 돌보기 시작했다. 할머니가 다섯 살 때의 일이었다. 할머니는 그때부터 어른들의 눈치를 봐가며 행동했다.

"너네 엄마 백정이라더라. 그런 얘길 언제부터 들었는지 모르겠어. 기억이 시작될 때부터였으니까."

"첫 기억이 뭐였는지 생각나세요?"

"그럼. 냇가에서 물을 보고 있었어. 화창한 날이었고 햇빛이 수면 위로 떨어져서 반짝였지. 그런 나를 엄마가 보고 있었구. 다른 사람들보다 이른 시기를 많이 기억하는 것 같아. 서너 살 때 기억도 또렷이 나니까."

"저도 그래요."

"그치? 사람들한테 말했더니 거짓말하지 말라고 해서 그뒤로는 얘기하지 않았는데, 희자가 아주 아기일 때 어땠는지도 기억이 나. 그애가 얼굴이 빨개지도록 울던 거랑 그 방에 들어가면 달큼한 젖냄새가 끼치던 것두."

"그런데 어른들이 할머니한테 나쁘게 했어요? 백정 딸이라고?"

"사람마다 다 달랐는데, 자기 아이들이랑 어울리지 못하게 하던 사람들도 있었지."

"증조할머니랑 증조할아버지는 가만히 있었어요?"

"난 그런 걸 말하는 애가 아니었어."

할머니가 나를 올려다보며 웃었다. 나는 할머니의 말을 정확히 이해했다. 나도 그랬으니까. 나는 바깥에서 슬픈 일을 겪었을 때 집에 와서 부모에게 이야기하는 아이가 아니었다. 울었다는 걸 들키지 않으려고 차가운 물로 세수를 한 뒤 집으로 가는 아이였다. 그 마음은 무엇이었을까. 부모에게 걱정을 끼치고 싶지 않은 마음만은 아니었던 것 같다. 아무 잘못도 없는데 방어할 힘이 없다는 이유만으로 공격당하곤 하던 내 존재를 부모에게 보여주고 싶지 않은 자존심도 있었던 것 같다.

"그래도 아셨을 거예요."

"그래. 그것 때문에 엄마가 복구네 아주머니랑 싸우기도 했었어."

"증조할아버지는요?"

"아버지는…… 그런 말 신경쓰지 말라고 했지. 나는 아버지 자식이니까, 양민의 씨로 난 자식이니까 그런 말은 신경쓸 것 없다고 했지. 계집은 사내의 씨를 받아 키우는 거라고 하더구나. 나는 아버지의 씨를 받았으니 그걸로 된 거라고."

"너무하네요."

"너무했지. 아버지는 그게 나를 위한 말이라고 생각했겠지만."

할머니는 증조모와 새비 아주머니네 가족과 있을 때만 안전함을 느꼈다면서, 증조모와 새비 아주머니를 따라 방앗간에 가서 지내던 일이 생애 초기 기억의 대부분이라고 했다.

특히 새비 아주머니가 다정하게 대해주던 포근한 기억이 있다고 했다. 새비 아주머니는 할머니에게 댕기 머리를 땋아주기도 했고, 할머니를 무릎에 눕히고 귀지를 파주기도 했다. 할머니가 베고 누운 새비 아주머니의 치마에서는 계절의 냄새가 났다. 쑥 냄새, 미나리 냄새, 수박 냄새, 마른 고추 냄새, 불을 피운 부뚜막 냄새…… 새비 아주머니의 무릎을 베고 따뜻한 햇볕을 받으며 잠들 때의 평화로움을 할머니는 기억했다.

새비 아주머니가 방에서 일할 때 할머니가 일손을 거들기도 했다. 새비 아주머니가 할머니의 두 손에 명주실을 걸어두고서 실패에 실을 감았다. 할머니는 손을 조금씩 움직이면서 새비 아주머니의 손짓으로 실이 실패에 단정하게 감기는 모습을 바라봤다. 가끔 눈이 마주치면 새비 아주머니는 선선히 웃어 보였다. 일이 끝나면 같이 실놀이를 하기도 했다. 두 사람 사이에서 실로 만들어지는 다양한 무늬가 할머니는 늘 신기했다. 그렇게 놀 때면 시간이 어떻게 가는지 가늠하기 어려웠다.

증조모는 할머니를 낳은 이후에 더는 아이가 생기지 않았다. 첫 출산이 난산이었던데다 그뒤 출혈이 심했던 게 원인이었는지도 모르겠다고 할머니는 말했다. 증조부는 부모의 뜻을 저버렸다는 죄책감에서 벗어나지 못했다. 죄를 지었기에 더는 자식을 볼 수 없게 되었다고 생각했다. 여자가 아들을 낳지 못하면 남편이 밖에서 아이를 낳아와도 할말이 없던 시대였다. 그렇지만 그는 그렇게 하지 않았다. 새비 아저씨의 시선이 두려워서였다. 밖에서 아이를 본다면 새비 아저씨는 그를 사람 취급하지 않을 것이 분명했다.

"새비 아저씨한테서는 자주 연락이 왔었어요?"

"한 달에 한 번 정도 엽서와 함께 돈을 보냈다지. 그 엽서를 새비 아주머니랑 엄마랑 아버지가 다 돌려 읽고, 다시 돌려 읽고 했었나봐. 자긴 아주 잘 있고, 모두가 보고 싶다는 이야기가 대부분이었지만 말이야."

어느 정도 시간이 흐르자 새비 아저씨는 생활에 충분한 금액의 돈을 보내기 시작했다. 하지만 아저씨는 약속한 이 년이 지나고도 돌아오지 않았다. 그는 지금 돌아가기엔 아깝다고, 조금만 더 기다려달라고 엽서에 적었다. 그렇게 1945년이 됐다.

아저씨가 처음 계획대로 1944년에 돌아왔다면 많은 일이 달라졌을 것이다. 그렇지만 그는 1945년 8월 6일, 히로시마에 있었다.

그날 히로시마에 원자폭탄이 떨어졌다는 소식을 듣고 증조모와 새비 아주머니는 서로를 붙잡고 소리 내어 울었다. 새비 아주머니는 며칠 동안 잠을 잘 수도, 밥을 넘길 수도 없었다. 증조모도 그런 새비 아주머니를 보며 아무것도 해줄 것이 없어서 괴로워했다. 하지만 그런 상황 속에서도 이상한 믿음이 피어올랐다. 새비 아저씨가 죽지 않았을지도 모른다는, 살아 돌아올지도 모른다는 꿈같은 믿음이었다. 그게 사람 마음일 테니까. 소중한 사람이 살아 돌아오리라고 끝까지 믿는 마음.

증조부는 새비 아저씨의 소식을 백방으로 알아보고 다녔지만, 아저씨의 소식은 어디서도 들을 수 없었다.

그렇게 모두가 괴로워하던 그해 10월의 어느 저녁 무렵, 새비 아저씨가 마당에 나타났다.

꼴이 엉망이었지만 마당에 서 있는 사람은 분명 새비 아저씨였다. 밖에 나갔다가 희자의 손을 잡고 집으로 돌아온 새비 아주머니는 그 모습을 보고 다리에 힘이 풀려 자리에 주저앉았다.

— 삼촌.

그에게 달려간 사람은 증조모였다.

— 삼촌, 삼촌. 이게 무신 일이시까, 삼촌.

무슨 일이냐고 몇 번이나 물으면서 증조모는 눈물을 닦았다. 그 때의 새비 아저씨의 모습이 할머니의 마음에 오래 남았다. 일본에서 돌아온 새비 아저씨는 한참을 못 씻은 듯 무척 지쳐 보였다. 그는 주 저앉아 있는 새비 아주머니에게 다가가서 그녀를 안고 작게 속삭였 다. 그걸 본 희자가 할머니에게 달려가 할머니 뒤에 숨어 울었다. 위 협적으로 보이는 남자가 자기 엄마를 껴안는 모습에 겁에 질린 것이 었다.

"나도 처음에 새비 아저씨를 얼마나 무서워했는지 몰라. 아저씨가 그걸 알고 한동안 내게 말을 붙이지 않았어."

할머니는 자기 아버지가 우는 모습을 그때 처음이자 마지막으로 봤다고 했다. 새비 아저씨와 연락이 끊겼을 때도 별다른 내색을 하지 않던 사람이 살아 돌아온 친구를 보고 감정을 감추지 못한 거였다. 그 는 새비 아저씨를 안고 소리 내어 울었다.

"우리 아버지가 자기 엄마 아버지를 빼고서 사랑한 사람이 하나 있 다면 그건 새비 아저씨였을 거야."

"할머니는요. 할머니는 사랑하지 않으셨어요?"

"우리 아버지가 날 사랑하지 않았느냐고?"

할머니는 입을 벌리고서 한동안 나를 골똘히 바라봤다.

"얘, 나는 오래전 이야기를 하고 있어. 그래, 아마도 어쩌면……"

그렇게 말하다가 할머니는 고개를 작게 저었다.

그날 할머니와 나는 목성을 봤다. 목성의 흐린 줄무늬를 봤다. 할머니는 아이처럼 감탄하면서 접안렌즈에서 오래도록 시선을 떼지 못했다.

할머니가 가고 나서 나는 핸드폰을 꺼내 새비 아주머니의 사진을 보았다. 두 달 동안 잠도 제대로 자지 못하고 밥도 제대로 먹지 못하면서 남편을 기다리다 그가 돌아왔을 때 그녀는 어떤 마음이었을까. 다시 태어난 기분이었을까. 두번째 삶을 선물받은 기분이었을까. 두려울 정도로 행복했을까. 꿈이라고 의심하진 않았을까.

그날 밤 꿈에 전남편이 나왔다. 꿈속에서 나는 그가 내게 준 상처도 잊고, 우리가 다시 만나게 된 것에 그저 행복해했다. 그의 큰 손을 잡아보기도 하고 그를 안아보기도 했다. 편안하고 좋은 기분이었다. 그리고 잠에서 깨었을 때 어떻게 그런 꿈을 꿀 수 있었을까 생각했다. 아직도 내 마음의 일부는 그와 함께했던 시간을 그리워하고 있구나, 오로지 그만이 내게 줄 수 있었던 친밀함을 갈구하고 있구나, 그 편안함과 안락함을 기억하고 있구나. 당연한 일이라고 되뇌면서 나는 조금 울다가 자리에서 일어났다.

내가 새비 아주머니의 입장이었더라도, 나는 남편을 위해 그만큼 울었을 것이고 남편을 다시 만나서도 그만큼 행복했을 것이다. 전남편이 저버린 것은 그런 내 사랑이었다. 내가 잃은 것은 기만을 버리지 못한 인간이었지만, 그가 잃은 건 그런 사랑이었다. 누가 더 많은 것을 잃었는지 경쟁하고 싶지는 않지만 적어도 그 경쟁에서 나는 패자가 아니었다.

6

　서울에서 지우가 내려왔다. 우리는 호수 근처 두붓집에서 두부 정식으로 배를 채우고 호숫가를 천천히 걸었다. 볕은 뜨겁고 바람은 시원한 6월의 일요일이었다. 우리 곁으로 자전거를 탄 사람들이 지나갔다. 우리는 산책로를 걸으면서 별 뜻 없는 싱거운 농담을 주고받았다.

　"회사는 괜찮아?"

　지우가 물었다.

　"응, 적응하는 중이지만 아직까진 괜찮아."

　"어머니는 좀 어떠셔?"

　"집에서 쉬고 있어. 명희 아줌마 얘기했지? 아줌마가 자주 가서 챙겨주고, 나도 주말에 올라가보고 그래. 경과가 좋다니까……"

　"그동안 너 고생 많았어. 그거 알지."

　"알아."

　그렇게 말하고 나는 고개를 숙였다.

"네가 희령으로 내려간다고 했을 때 사실 나 걱정 많이 했었어. 어머니 소식 들었을 때도 그랬고. 근데 널 봐봐. 네가 그 시간을 어떻게 버텼는지."

"……"

"네가 자꾸 괜찮다고만 하니까…… 신경쓰지 말고 말해도 돼."

우리는 말없이 호숫가를 걸었다. 근처 소나무숲에서 바람에 소나무 잎들이 스치는 소리가 났다.

지우와는 대학교 천체연구 동아리에서 만났다. 대학 때 친하게 지내다 졸업하고 각자 다른 길로 가면서 조금 멀어졌고, 내가 결혼하고는 더 만나기 어려워졌다. 그래도 가끔은 전화통화를 하고 만나기도 했는데, 내가 이혼 과정을 지나는 동안 지우가 나를 많이 도왔다.

'넌 사랑받기 충분한 사람이야.' 어느 날 말을 이을 수 없어 눈물만 흘리던 내게 지우가 그렇게 말했다. '앞으로는 내가 널 더 많이 사랑할게. 이제 사랑받는 기분이 뭔지도 느끼며 살아.' 아무 이유 없이 나를 싫어하는 사람이 있듯이, 어떤 이유 없이 나를 사랑해주는 사람도 있다는 것을 나는 지우를 보며 알았다.

"할머니랑 만나면 뭐해?"

지우가 물었다.

"이런저런 얘기 해."

"무슨 할말이 있어? 서로 이십 년 넘게 안 보고 산 거 아니야?"

나는 핸드폰을 꺼내 지우에게 증조모와 새비 아주머니의 사진을 보여줬다.

"너랑 닮았다."

지우가 신기해하며 증조모를 가리켰다.

"재밌지. 증조할머니래. 우리 할머니 엄마."

지우는 사진에서 눈을 떼지 못했다.

"할머니랑 만나면 옛날이야기 들어. 그 얘길 듣다보면 이상하게 그 사람들한테 마음이 가. 본 적도 없는 사람들인데."

나는 지우에게 증조할머니 이야기를 조금 들려줬다. 새비 아저씨가 히로시마에서 돌아온 대목에서 지우가 말을 받았다.

"그때 히로시마에 한국인이 많이 살았다는 얘기는 나도 들었었어. 우리 엄마 먼 친척 할머니도 히로시마에서 돌아왔는데 일찍 돌아가셨다고…… 그래서 그 새비 아저씨라는 분은 어떻게 되셨어?"

"한국으로 돌아왔다는 것까지만 들었어. 이야기하다가 할머니랑 망원경으로 목성 봤거든."

"망원경 꺼냈구나."

"응."

지우는 대견하다는 듯 나를 바라봤다.

이혼하기 전까지 한 번도 혼자 살아본 적 없는 나와 다르게 지우는 예전부터 결혼할 생각이 없었고 오래 혼자 살았다. 나는 이혼하기 전까지는 가족 없이 혼자 사는 삶을 상상하지 못했다. 결혼 제도를 겪고 난 뒤, 어떤 일이 있더라도 다시는 결혼하지 않으리라고 결심했지만.

그렇지만 내 상상력은 거기까지였다. 그렇게 혼자 살면서 나이들어가고, 나의 원가족 모두가 세상에서 사라지고 나면 어떻게 살아야 할지 상상할 수가 없었다. 법적 보호자가 없는 삶, 허술한 가족이나마 사라진 삶이 어떤 것일지 상상할 수 없어서 막막했다.

그가 두고 간 티셔츠의 냄새를 맡으면서 울었던 날을 기억한다. 내 눈에는 그저 귀엽게 보이던 그의 작은 습관들, 약간 비음이 섞인 목소리와 유쾌한 웃음소리, 넓은 등과 두툼한 발등, 입고 나갈 옷을 고르면서 나 어때?라고 묻는 아이 같은 얼굴, 자다가 손을 뻗으면 닿던 뜨거운 몸이 그리웠다.

협의이혼 판결을 받으러 법원에 갔던 날, 대기실에 나란히 앉아 있을 때 나는 그를 만지고 싶었다. 그의 가슴에 손을 얹고, 나는 당신을 용서했으니 이제 우리의 집으로 돌아가자고, 이 끔찍한 일을 그만두자고 말하고 싶었다. 그렇게 그를 포용한다면 얼마나 안락할까, 얼마나 편안할까. 그런 생각을 하면서도 나는 그에게 눈길조차 주지 않았다. 그게 내가 사는 길이라는 걸 알아서.

나는 오랜 시간 혼자 살아온 할머니를 생각했다. 경로당에 다니고, 밭에 나가 일하고, 친구들을 사귀며 지내는 할머니. 할머니는 외롭지 않을까. 할머니는 대체 누구에게 의지하고 사는 걸까. 내게 자기 어머니의 이야기를 전해주는 할머니의 마음은 어떤 것일까. 지우와 호숫가를 걸으며 나는 문득 그런 생각을 했다.

"그렇게 오래 만났는데 아무것도 아닌 게 됐어."

내가 말했다.

"……"

"끝은 결국 같아. 너랑 나도 헤어지게 될 거야, 언젠가는."

"그렇게 되겠지."

"그럴 거야."

"허무해?"

"앞으로 남은 인생이 헤어짐의 연속이라고 생각하면 벅차."

"지금 그런 생각 드는 거 당연해. 그래도, 지연이 너도 그게 전부는 아니라는 거 알잖아."

"모르겠어."

"언젠가 마음 바뀌면, 그때 나한테 얘기해줘."

지우가 말했다. 내 마음이 언젠가는 당연히 변할 것이라고 확신하듯이.

나는 지우를 차에 태우고 희령 일대를 돌았다. 수산물시장에도 가고 거북이 해변에 가서 은박 돗자리를 펼쳐 그 위에 같이 누워 있기도 했다. 누워서 보는 하늘은 푸르렀고 나는 지우의 곁에서 오랜만에 짧지만 깊은 평화를 느꼈다.

우리는 집에 돌아와 시장에서 산 대하를 넣어 라면을 끓여먹었다. 해가 지는 시간이 늦어져서 여섯시인데도 하늘이 밝았다. 거실에 앉아 있으니 하늘이 푸른빛에서 희미한 우윳빛으로, 분홍빛과 주홍빛으로, 감청빛으로 서서히 바뀌는 모습이 바라보였다.

"너 처음 봤을 때가 생각나. 너 옛날에 얼마나 웃긴 애였는지 알아?"

지우가 캔맥주를 한입 마시고는 나를 보며 말했다.

"내가?"

"너 진짜 웃겨. 뭐든 물었잖아. 왜요? 왜? 그러면서."

"아, 맞아. 사람들이 성가셔해서 고치려고 노력했지."

"뭐든 궁금해하고 잘 웃고."

"지우 너는 처음 봤을 때랑 똑같아. 좋은 이야기 많이 해줬잖아. 표현을 잘했지. 그게 부러웠어. 난 그게 그렇게 어려운데."

"아무한테나 그런 건 아니야."

네가 내 친구여서 고마워. 나는 그 말 한마디를 소리 내어 하지 못했다. 지우는 우리집에서 하룻밤을 자고 새벽 일찍 일어나 첫차를 타고 서울로 돌아갔다.

지우를 배웅하고 오는 길에 나는 문득 불안함을 느꼈다. 지우의 눈에 비친 내 모습이 너무 엉망이지 않았을까 두려워서였다. 눈에 띌 정도로 야위고 머리카락이 많이 빠진 꼴로 친구에게 괜찮아, 나는 괜찮아, 라는 말만 반복하던 나의 모습이.

그즈음 증조모와 새비 아주머니의 사진을 자주 봤다. 카메라를 응시하며 작게 웃는 두 사람의 얼굴을 보고 있으면 그들을 실제로 만나보고 싶어졌다. 증조모와 만난다면 우리는 어떤 이야기를 나누게 될까. 매사를 궁금해했다는 증조모는 내게 대기와 천체에 대해 물을지도 모른다. 그러면 나는 내가 아는 대로 대답해주고 그녀가 어릴 때는 어떤 아이였는지 들을 수도 있겠지.

한동안 할머니와는 마주치는 일이 없었다. 평소에는 끌차를 끌고 아파트 단지 안팎을 오가거나 경로당 앞 벤치에 앉아서 다른 할머니들과 이야기를 나누는 모습을 볼 수 있었는데, 몇 주째 할머니가 눈에 띄지 않았다. 나는 걱정이 되어 할머니에게 전화를 했다.

"갈비뼈에 실금이 갔어."

할머니가 심상하게 말했다.

"어쩌다가요?"

"화장실에서 미끄러져서. 별거 아니야."

"걸을 수는 있으세요?"

"걷기는 하는데, 당분간은 집에서 지내야 돼. 곧 낫겠지."

너랑 그런 얘기 하고 싶지 않아. 할머니는 그렇게 말했다. 손녀딸에게 아픈 이야기나 하는 노인이 되고 싶지 않다고. 접안렌즈에 눈을 대고 달과 목성을 보던 할머니의 표정이 떠올랐다. 할머니는 걱정 끼치는 사람, 돌봐야 하는 사람, 짐으로 여겨지는 사람이 되고 싶지 않았던 것이다. 내가 아주 어렸을 때 그랬던 것처럼 그저 나에게 이야기를 해주고 나를 웃게 해주고 말이 통하는 대화 상대가 되기를 원했을 것이다. 내가 조만간 찾아가겠다고 하자 할머니는 그러면 금요일에 퇴근하고 오라고 선뜻 답했다.

할머니는 생각보다 괜찮아 보였다. 보폭을 짧게 해서 천천히 걷기는 했지만 심각해 보이지는 않았다.

"유자차 마실래?"

"병 어딨어요? 제가 딸게요. 힘 쓰지 마세요."

"저기······"

나는 가스레인지 위에 주전자를 올리고 유자청을 떠서 컵에 담았다. 할머니는 나를 가만히 바라보다 입을 열었다.

"거의 다 나았어. 뼈에 금갔다는 소리에 괜히 놀랄까봐 말 안 했어."

"알아요."

할머니가 천천히 소파 쪽으로 걸어갔다. 나는 끓인 물을 컵에 따라 숟가락으로 천천히 저은 뒤 할머니에게 건넸다.

"말할 때 아프거나 하지는 않으세요?"

"처음엔 그랬는데…… 지금은 거의 다 나아서 괜찮네."

"화장실 바닥에 뭐라도 깔아놓으셔야 해요."

"안 그래도 여기 아래층에 사는 인영이 할머니가 와서 바닥에 뭐 깔아줬어."

할머니와 대화를 나누면서 나는 할머니를 보지 못하는 동안 느꼈던 이상한 초조함을 떠올렸다.

"다른 할머니들이랑은 자주 연락하세요?"

"그럼. 나 죽으면 바로 데리러 올 사람들인데."

할머니가 컵을 들고 후후 불어 차를 마셨다. 나도 차를 한입 마시고 할머니를 바라봤다. 할머니의 몸이 몇 주 전보다 조금 더 야윈 듯 보였다.

"진지는 잘 챙겨 드세요?"

"야, 지연아."

"네."

"너 무슨 노인 봉사활동 왔냐? 뭐, 나 늙어서 밥도 못 챙겨 먹고 살까봐 걱정돼?"

할머니는 그렇게 말하고 소리 내어 웃다가 인상을 찌푸렸다. 통증을 느낀 것 같았다. 우리는 한동안 말을 하지 않았다. 베란다에 널린 시래기를 쳐다보다 내가 입을 열었다.

"할머니."

"응."

"처음에 저 보고 왜 알은척 안 했어요?"

할머니가 나를 가만히 바라봤다. 무언가 할말이 있는데, 하지 않는 편이 서로에게 좋을 것 같다는 표정이었다. 몇 달 전 희령에 처음 왔을 때 선글라스를 쓰고 울고 다니던 내 모습이 할머니의 얼굴에서 보이는 듯했다.

"재미있었어, 옛날에." 할머니가 입을 열었다. "지연이 너는 기억 못할 수도 있지만, 열 살 때 네가 우리집에 와서 며칠 있었을 때 말야. 같이 바다도 가고."

"저도 기억나요. 왜 그랬는지 모르겠는데 많이 웃었던 것 같아요. 할머니가 좋았어요."

그렇게 말하며 나는 내가 누군가를 좋아했다고 고백한 게 오랜만이라고 생각했다.

"널 다시는 못 볼 줄 알았어." 할머니가 말했다. "네가 날 영영 잊은 줄 알았지."

"할머니."

"어쩔 수 없었던 거 알아. 미선이랑 나랑 사이가 그러니까. 그래도 가끔은, 너를 볼 수 없었던 시간이 원망스럽기도 했어. 그래, 미선이에게 그런 마음이 들었어."

"그럴 만해요." 내가 답했다. "엄마에게는 엄마만의 이유가 있었겠지만."

"그래. 그랬을 거야."

할머니가 그렇게 말하고 나를 보며 미소 지었다.

"할머니가 해주셨던 이야기 자주 생각했어요."

"그랬어?"

"새비 아저씨 생각도 하고."

"나는 지금도 새비 아저씨 모습이 잊히질 않아."

할머니가 찻잔을 가만히 바라봤다.

"나는 그렇게 목이 긴 사람을 본 적이 없었다. 아이처럼 웃을 때면 눈가에 주름이 깊게 팼어. 훤칠한 키에 등을 쭉 펴고 걷던 모습이 떠올라."

히로시마에서 돌아온 날, 새비 아저씨는 씻지도 않고 잠자리에 들어서 그다음날 해가 질 무렵에야 일어났다. 그러고는 허겁지겁 밥을 먹었다. 그렇게 먹다가는 체해 죽을지도 모른다는 증조모의 타박을 들으면서도 정신없이 밥을 먹었다.

무슨 일이 있었느냐는 증조모의 물음에 아저씨는 별다른 대답을 하지 않았다. 몇 번을 물어도 대답하지 않자 증조모는 아저씨가 그날의 일을 언급하기 싫어하는 걸 눈치채고 입을 다물었다. 아저씨는 그날의 일에 대해 어느 누가 물어도 그저 웃음으로 질문을 피했다. 일요일마다 가던 성당에도 더는 가지 않았다. 성당 사람들이 몇 번이나 찾아와서 아저씨를 위해 기도해주겠다고 했지만 거절했다. 아저씨는 아무 말도 하지 않았지만, 그가 심한 상처를 입었다는 사실까지 감출 수는 없었다. 일곱 살짜리 어린 할머니의 눈에도 보일 정도였으니까.

아저씨는 돌아온 지 얼마 되지 않아서 식료품점에서 일을 시작했다. 증조부가 배달 다니던 거래처 중의 하나였는데, 아저씨의 사정을 들은 사장이 아저씨를 고용한 것이었다. 그 시절에 일본까지 다녀올 정도의 강단과 용기, 책임감을 높이 샀다고 했다. 아저씨의 취직으로 모두가 즐거워하던 모습을 할머니는 기억했다.

하루는 학교에서 백정의 딸이라는 놀림을 받고 집으로 돌아가던 길이었다. 할머니는 길모퉁이에서 울다가 새비 아저씨를 만났다. 당황해서 눈물을 닦는데 아저씨가 집으로 같이 가자고 했다. 아저씨는 할머니와 어느 정도 거리를 두고 걸으면서 할머니가 태어났을 때 얼마나 귀엽고 소중했는지, 할머니의 엄마가 얼마나 용기 있고 사랑이 많은 사람인지 이야기해주었다.

예전에는 부모가 누구인지에 따라 귀한지 천한지를 갈랐다고 아저씨는 말했다. 그러다 일본인들이 조선에 들어온 뒤 조선인들은 양반이고 상민이고 간에 그저 천한 취급을 당하게 되었다고 했다.

— 사람들은 기런 걸 좋아한단다.

아저씨가 씁쓸한 표정으로 중얼거렸다.

— 영옥이 너는 조선인이 일본인보다 천하다고 생각하니?

할머니가 고개를 젓자 아저씨는 진짜 천함은 인간을 그런 식으로 천하다고 말하는 바로 그 입에 있다고 했다.

— 영옥이는 씩씩하고 밥도 잘 먹고, 크게 웃고 공도 잘 차고 달리기도 잘하지. 희자랑도 친하구. 이야기를 재미있게 해.

— 아재빈 키가 크구 목도 길구, 항상 웃구 밥도 잘 자시구.

— 듣기 좋구나.

— 끝이 아니라요. 아재비랑 있으면 우리 어마이랑 아바이랑 모두 웃구, 새비 아즈마이두 웃구, 희자도 웃구. 아재비가 오기 전이랑 달라요. 아재비는 해 같은 사람이라요. 낭중에두 해를 보믄 아재비가 생

각날 것 같아요.

　　—말하는 거 보라우. 영옥이는 낭중에 시인을 해야갔어.

　　아저씨랑 이야기하는 동안 할머니는 학교에서 겪었던 일들을 잊을 수 있었다. 안심이 됐다. 증조부는 할머니가 크게 웃거나 공을 차면 화를 냈지만 새비 아저씨는 그걸 좋게 봐주었다. 새비 아저씨는 일하는 식료품점에서 종종 주전부리를 가져와서 몰래 먹으라고 주기도 했고 할머니가 우스운 얘기를 하면 재미있다고, 더 해보라고 하기도 했다. 그런 새비 아저씨 곁에 있는 새비 아주머니의 얼굴에도 어느새 살이 오르고 웃음이 어렸다.

　　하지만 그즈음 할머니는 새비 아저씨 목의 피부가 늘 붉게 벗어져 있는 것이 조금 마음에 걸렸다. 일을 하지 못할 정도는 아니었지만 기침이 잦았다.

　　그러던 중 봄이 끝날 무렵에 마당에 작은 강아지 한 마리가 들어왔다. 누런 털에 꼬리에는 검은 털이 조금 섞인 날씬한 수캐였다. 증조모는 개의 이름을 봄이라고 지었다. 봄이는 그 누구보다도 증조모를 잘 따랐다. 섬돌 위에 놓인 증조모의 신에 턱을 괴고 잠이 들었고, 증조모가 밖으로 나가면 겅중대면서 그 옆에서 뛰었다. 증조모는 귀찮다는 듯이 봄이를 옆으로 밀치면서도 결국에는 자리에 앉아서 봄이의 머리를 한참 동안 쓰다듬었다. 증조모가 집을 오래 비울 때면 봄이는 동구 밖까지 가서 기다리다가 돌아오는 증조모를 향해 달려갔다. '너는 내가 왜 좋아?' 의아한 표정으로 봄이의 등을 쓰다듬는 증조모의 얼굴에는 늘 작은 서글픔이 서렸다. 자기에게 달라붙는 봄이에게 그러지 말라고 투정하듯 말하는 증조모의 목소리는 따뜻하고 부드러웠다. 누군가에게 그런 사랑을 받는다는 것이 증조모에게는 평범한 일이 아니었을 것이다.

그렇게 삼 년이 흘러갔다. 할머니에게 그 시간은 즐거운 기억으로 남았다. 아저씨가 자주 아팠지만 그렇게 큰일이라고 생각하지 않았다. 아저씨는 그러다가도 다시 일어나곤 했으니까.

새비 아저씨가 오래 아프던 어느 날, 증조부가 아저씨를 데리고 개성에서 가장 유명한 병원에 갔다. 그날 아저씨는 양의에게서 폐병 말기 진단을 받았다. 이미 폐가 심하게 망가져서 손쓸 방법이 없으니 조용한 곳에 가서 요양하는 수밖에 없다는 것이었다. 증조부는 새비 아저씨가 일본에 머물다 돌아온 후부터 아프기 시작했다고 의사에게 말했다. 히로시마에 원자폭탄이 떨어졌을 때 그곳에 있었다고.

당시에 외상이 있었느냐는 의사의 말에 새비 아저씨가 아니라고 답하자, 의사는 그때의 일과 지금의 병에 인과관계가 있는지 의학적으로 알아낼 방법이 없다고 했다.

— 피부는 왜 이런 것이지요?

증조부의 그 물음에도 의사는 고개를 저었다.

한국에서 원폭증이라는 이름으로 병이 처음 진단된 것은 한국전쟁 이후의 일이었다. 하지만 이유를 알지 못했을 때도, 피폭이 무엇인지 알지 못했을 때도 어른들은 일본에서의 일이 아저씨에게 영향을 미쳤으리라고 믿었다. 아저씨의 병은 다른 폐병과는 달랐다. 피부가 벗어져나가고 진물이 흐르는 증상은 폐병만으로는 설명할 수 없었다.

아저씨가 병원에 다녀온 날, 어른들은 어른들끼리 할 이야기가 있다며 할머니와 희자를 방밖으로 내보냈다. 할머니는 희자와 봄이와 함께 장난을 치면서도 무언가 큰일이 벌어지고 있다는 것을 느꼈다. 어른들은 아주 작은 소리로 이야기했고 웃지 않았다. 그러다 새비 아주머니 우는 소리가 마당까지 들려왔다. 그럴수록 할머니는 더 열심히 떠들어댔다. 그런 척을 했다.

"새비 아저씨랑 아주머니는 고향으로 돌아갈 수밖에 없었어."
할머니는 컵을 손에 쥐고 내 얼굴을 가만히 바라봤다.
희자는 떠나기 싫다고 떼를 썼다. 할머니의 팔짱을 끼고 자기는 영옥이 언니랑 같이 있을 거라고 소리치기도 했고, 봄이를 품에 껴안고서 봄이랑 헤어질 수 없다고 울먹이기도 했다. 할머니도 희자와 헤어지고 싶지 않았다. 무엇보다도 새비 아주머니와 헤어지고 싶지 않았다. 할머니는 새비 아주머니에게 몇 번이고 물었다. 꼭 고향으로 가야 하느냐고. 새비 아주머니는 애써 웃으면서 그렇다고 대답하고는 눈물을 보였다.
— 영옥이 너는 많이 배워야 한다이. 계집이 배워 뭐하냐고 쓸데없는 소리 하믄 웃어넘기라. 배워야 네가 산다. 너이 어마이…… 어마이를 잘 챙겨주라우. 끼니 거르면 안 되니 영옥이 니가 잘 살피구.
— 걱정 마시라요, 아즈마이.
— 내, 때때루 편지할 기야. 알간?
— 알갔시다.
— 잊지 말구 살자. 영옥이, 아즈마이 잊을 기야?
할머니는 아무 말도 하지 못한 채로 고개만 젓다가 새비 아주머니의 품에 안겼다.

114

— 우리 대견한 영옥이. 아가 아처럼 울지도 않구, 마음 다 감추고 사느라 얼마나 서럽구 외로웠어. 아즈마이가 다 안다. 아즈마이한테는 영옥이가 딸이나 진배없다이. 오늘은 마음껏 울고 홀홀 털어버리라우.

— 아즈마이, 이제 가면 우리 언제 만나시까. 아즈마이 없이 사는 기를 내는 모른다요. 아즈마이, 아즈마이.

그들은 다 같이 기차역에 갔다. 속눈썹이 얼 정도로 추운 날이었다. 역사 앞에서 증조모가 집에서 챙겨온 삶은 달걀과 고구마를 새비 아주머니에게 건넸다.

새비 아주머니와 증조모 모두 담담해 보였다. 어쩔 수 없는 일이라는 걸 직감한 희자도 더는 떼를 쓰지 않았다. 그렇게 새비 아주머니네 가족이 기차에 올라탔다. 새비 아주머니가 창가에 앉아서 손을 흔들어주다가 기차가 움직이기 시작하자 두 손으로 얼굴을 가리고 고개를 숙였다. 할머니가 새비 아주머니의 얼굴을 보고 싶어서 아즈마이, 아즈마이, 불렀지만 새비 아주머니는 고개를 들지 않은 채 그렇게 갔다. 덤덤해 보이던 증조모는 집에 돌아와서 며칠을 앓아누웠다.

새비 아주머니를 떠나보내야 했던 증조모의 마음이 어떠했을지 상상이 되지 않았다. 살면서 처음으로 사귄 친구와 영영 헤어져야 하는 마음이 어떤 것일지, 자기 자신을 있는 그대로 사랑해준 사람과 어쩔 수 없이 떨어져야 하는 심정이 어떤 것일지 짐작할 수 없었다.

"차라리 만나지 않았던 편이 나았을까요."

"그게 무슨 뜻이니."

"헤어졌을 때 얼마나 고통스러웠을지 상상하니까 그런 생각이 들어요. 차라리 증조할머니랑 새비 아주머니가 처음부터 만나지 않았다면 그런 일을 겪지 않아도 됐을 텐데. 서로를 모르는 채로 살았다면."

"정말 그렇게 생각하니?"

나는 가만히 차를 마셨다. 내가 진짜로 어떻게 생각하는지 나조차도 알 수 없었다.

"끝이 슬프면 그런 생각이 들지도 모르겠구나."

할머니가 나를 보고 다정하게 미소 짓다가 입을 열었다.

"새비 아주머니는 엄마의 상처였어. 그렇지만 자랑이기도 했지. 엄마를 크게 넘어뜨렸지만, 매번 털고 일어날 힘이 되어주기도 했으니까. 엄마가 새비 아주머니를 떠올리며 가장 많이 했던 얘기는 이거였어. 새비가 나를 얼마나 귀애해줬는지 몰라, 새비가 나를 얼마나 애지중지했는지 몰라. 새비 아주머니를 만나 아픈 일이 많았는데도, 새비 아주머니를 기억하는 엄마의 표정은 늘 환했어. 꼭 다른 세상에 있는 사람처럼 말이야. 새비 아주머니를 만나지 않았더라면 그런 상처 같은 거 받지 않아도 됐겠지만 그래도 엄마는……"

"새비 아주머니를 만나는 삶을 택하셨겠네요."

"그래. 그게 우리 엄마야."

할머니는 나를 보며 웃었다. 그 웃음에서 나는 나를 향한 할머니의 안타까운 감정을 읽었다. 차가 차갑게 식어 있었다. 부엌으로 가서 컵에 뜨거운 물을 더 붓고는 할머니에게 건넸다.

"할머니."

"응?"

"그때 보여주셨던 편지 상자 있잖아요. 할머니가 읽고 싶은데 못 읽으신다던 거."

"응. 그게 왜?"

"읽어드릴게요. 저도 보고 싶어요. 증조할머니가 받으셨다는 편지도 궁금하고."

"그렇게 애쓸 필요 없어."

"사실 믿을 수가 없었어요. 그렇게 오래된 편지를 본 적이 없거든요."

할머니는 잠시 생각하다가 입을 열었다.

"나야 고마운 일이지. 하지만 너무 애쓰지는 마. 그냥 한두 통만 읽어줘도 여한 없어."

"지금 가져와도 돼요?"

"그래."

나는 작은방의 벽장에서 상자 하나를 꺼내왔다. 뚜껑을 여니 세로로 나란히 정리된 편지봉투가 여러 층이었다. 빽빽하게 꽂혀 있어서 무엇이 어떤 편지인지 알 수 없었다.

할머니가 상자를 뒤지더니 누렇게 색이 바랜 봉투 세 통을 꺼내들었다.

"이게 엄마가 맨 처음 받은 편지야."

"봉투만 보고 그걸 어떻게 아세요?"

"밤에 잠이 잘 안 올 때가 있었어. 그때 매일 이 편지들을 꺼내 읽었는데, 어느 날은 하도 잠이 안 와서 해가 뜰 때까지 편지를 순서대로 정리했지. 여기부터가 가장 오래된 편지들이야."

할머니가 그중 하나를 아래로 한 번 흔들자 편지지가 할머니의 손바닥으로 떨어졌다. 역시나 누렇게 색이 바래 있었다.

"무슨 박물관 같아요. 어떻게 이걸 보관하신 거예요?"

"나도 모르겠어. 전쟁에, 온갖 일을 다 겪고서도 이게 어떻게 남게 된 건지."

할머니가 편지지를 내게 건넸다.

"읽어줄 수 있겠어?"

나는 고개를 끄덕였다. 한글로만 쓰인 편지였는데 반듯하고 힘이 느껴지는 글씨였다. 한글을 정자로 쓰려고 노력한 듯 보였다. 군데군데 누런 얼룩이 지기는 했지만 글씨가 또박또박 크게 적혀 있어서 읽기 어렵지 않을 것 같았다.

"큰방에 가서 읽자."

할머니가 누워야겠다고 말하면서 큰방으로 갔다. 할머니는 두툼한 요 위에 누워서 내게 부탁한다는 눈짓을 했다.

나는 편지를 읽기 시작했다.

삼천에게

삼천아, 잘 지내누. 영옥이랑 영옥이 아바이도 다들 잘 지내시누. 나는 잘 지낸다. 내 걱정 하지 말라고 편지를 쓰는 기야. 내가 굶을까봐, 아플까봐 걱정하던 네가 눈에 선하다. 걱정 마. 내 잘 먹고 있다. 우리집 아재비도 고향에 돌아와서 안정을 찾은 것 같다.

새비라는 동네에 대해서는 내가 몇 번 이야기했었지. 여긴 사람 살기 아주 좋은 곳이야. 물이 맑기로 유명하고, 물이 잘 빠지는 땅이어서 비가 많이 와도 바닥이 질척대지 않는다. 산으로 둘러싸여 있어서 조용하고, 사람들이 우스운 이야기 좋아하는 마을로도 소문이 나서 어딜 가든 우스운 이야기 하며 웃는다. 음식 솜씨는 얼마나 좋은지, 예로부터 새비 사람들 하면 음식 맛있게 하는 사람들이라고 한다.

내는 너에게 새비 이야기를 그렇게 많이 했었는데, 삼천이 너는 삼천 이야기를 별로 하지 않았더랬어. 지척이지만 내가 가본 적이 없어서 궁금한 게 많았다. 너레 삼천에서 마음 아픈 일들이 있었다는 말만 했던 것 같아. 내레 삼천에서 태어났다믄, 삼천이 너를 어린 시절에 만났더라믄 어떻게든 너를 나쁜 사람들한테서 지켜줬을 기야. 내가 이래 보여도 싸움을 잘했다, 삼천아.

삼천아, 잘 먹고 잘 자고 있지. 너를 생각하면 내가 너에게 소리지르구 나쁘게 말하던 게 자꾸만 떠오른다. 그때 희자가 갓난쟁이고 내가 제정신이 아니었어. 너에게는 체로 거르듯이 거르고 걸러서 가장 고운 말들만 하고 싶었는데, 내가 그러지를 못했다. 인제 와서 무슨 변명을 할 수 있갔니. 미안해, 삼천아.

새비에 와서 네가 나한테 써준 편지들을 읽었다. 내가 살아야 하는 이유를 써서 주었더랬지. 새비에 와서 다시 읽어보니 그저 눈물만 나누나. 그때 네 편지를 받고서야 정신이 번쩍 들었고 내가 살아야 한다고 결심했다. 삼천이 너를 생각해서라도. 네가 나를 얼마나 도왔어. 너 없었으면 난 이 세상 사람이 아니었을 기야. 진짜야. 너가 날 살렸다.

개성 병원에서 의사가 이야기했잖아. 길어야 일 년이라구. 그때 동이 네 아즈마이가 그러더구나. 희자 어마이, 이게 무슨 고생이냐고. 차라리 원폭이 터졌을 때 희자 아바이가 가버렸으면 이런 고생도 없지 않갔냐구. 어쩌면 사람들은 그렇게 생각하는지도 모르갔어. 끝이 같으니까. 이렇게 말하는 게 아직도 두렵지만서두, 희자 아바이가 어차피 가야 한다면…… 차라리 그 모습을 내가 보지 않고 헤어지는 편이 낫지 않았을까……

어쩌면…… 희자 아바이를 생각하면 그게 나았을지도 몰라. 차라리 순간이었으면 어땠을까. 그러면 희자 아바이가 이렇게 아플 일이 없었을 텐데. 그러면서두, 이편이 낫다고 생각한다. 내 욕심이라고 욕해도 좋다. 희자 아바이 말고 내 위주로 생각한다고 욕해도 좋다. 그래두 난 희자 아바이가 살아 돌아오고, 그렇게 살아서 나랑 희자랑 같이 지냈던 시간이 좋았더랬어.

희자 아바이가 히로시마에서 죽었다면 내가 무얼 빌었을까 생각해보면 말이야…… 고저 하루라도, 아니 한 시간이라도, 십 분이라도 희자 아바이를 눈으로 보고 만져보고 안아보는 거, 내 기걸 원했을 것 같아. 돌아와 고작 몇 년 살아보지도 못하고 떠나보낸다고, 마음만 더 아픈 거 아니냐고 말하는 동무들도 있었지. 그런데 삼천아 봐봐라, 한 시간, 한 순간에 비한다면 이 몇 년은 참으루 긴 시간 아니갔어. 나, 희자 아바이가 참 귀해. 기래, 얼마 있으면 희자 아바이가 가겠지. 내 기걸 생각하면 제정신이 아니야. 그런데두 난 이쪽이 더 좋다. 희자 아바이가 어떤 모습이어두 내 곁에 있잖아.

삼천아, 새비에는 지금 진달래가 한창이야. 개성도 그렇니. 너랑 같이 꽃을 뽑다가 꿀을 먹던 게 생각나. 그걸 따다가 전을 부쳐 먹던 것두, 같이 쑥을 캐다가 떡을 만들어 먹던 것도. 인제 나는 꽃을 봐도 풀을 봐도 네 생각을 하는 사람이 됐어. 별을 봐도 달을 봐도 그걸 올려다보

던 삼천이 네 얼굴만 떠올라. 새비야, 참 희한하지 않아? 밤하늘을 보면
서 그리 말하던 네가 떠올라. 이것도 희한하구 저것도 희한한 우리 삼천
이가 생각나누나.

　삼천아, 건강히 잘 있어.

1950년 3월 20일
새비가

　할머니는 반듯이 누운 자세로 천장을 바라보며 편지 낭독을 들었
다. 그러다가도 가끔 내 쪽으로 고개를 돌리기도 했고, 두 손을 마주
잡기도 했다. 나는 그런 할머니를 곁눈질로 보면서 편지를 읽어내려
갔다. 육십칠 년 전에 쓰인 편지가 남아 있다는 것도 신기했지만, 편
지에서 새비 아주머니의 목소리와 손길이 그대로 느껴지는 게 더 놀
라웠다. 마치 새비 아주머니가 내 속으로 들어와서 자기 이야기를 하
는 것 같았다. 그 편지를 받아 읽었을 증조할머니의 마음도 내 안에서
살아났다. 참 희한하지 않아? 밤하늘을 올려다보며 그렇게 말하는 증
조할머니의 모습이 내 눈에도 보였다. 나는 편지를 조심스럽게 접어
서 봉투에 넣었다.

　"다음 편지도 읽을까요?"

　"아니야. 애썼다. 네가 애써서 읽어주는데 이렇게 누워서……"

　"제가 더 읽고 싶어서 그래요."

　나는 두번째 편지를 꺼냈다. 첫번째 편지보다 글씨가 흐리고 종이
상태가 좋지 않아서 가까이 펼쳐 들었다.

삼천에게

삼천아, 잘 지내니. 여기까지 써놓고 한참을 망설였댔어. 내가 너에게 무슨 말을 해야 하는 건지.

삼천이라면 지혜가 있을 텐데. 그냥, 그냥 네가 내 곁에만 있어줘도 그걸루 나는 괜찮을 텐데.

이렇게 편지를 쓰며 삼천이 너와 함께 있다고 생각할래. 너에게 이야기하는 기야.

삼천아…… 희자 아바이가 이제 얼마 남지 않았어. 희자 아바이를 소달구지에 태우고 새비 근처 가장 큰 의원에 와 있어. 가슴이 뛰어서 잠이 오지가 않는다. 그 모습을 가만히 지켜만 봐야 하는 게 힘들어서 지금 희자 아바이 곁에서 너에게 편지를 쓰는 기야.

새비로 와서 희자 아바이는 현실을 받아들인 것처럼 보였다. 그런데 아니었어.

희자 아바이는 일본에서 무슨 일을 겪었는지 이야기하지 않았더랬잖아. 내가 놀랄까봐 그랬겠지. 어느 날인가, 하루 상태가 괜찮았던 날에 희자 아바이가 나를 붙잡고서 묻는 기야. 희자 어마이, 내 이걸 말하고 가야겠어. 기억해주갔어? 하고. 기래요, 아무것도 안고 가지 말고 다 털고 가시오. 내가 말했더니 희자 아바이가 한참을 있다가 입을 열었다.

그날…… 희자 아바이는 다친 곳이 없었댔어. 창문도 없는 공장 지하창고에 있을 때 일이 일어났던 기야. 태어나 듣지 못한 굉음이었댔어. 밖으로 나오니 건물들은 온통 무너져 있구 온몸에 유리가 박혀 죽은 사람들과 죽어가는 사람들이 가득이었댔어. 그러고 하늘에서 검은

122

비가 내리더래. 석유 냄새 같은 게 났다는 기야. 첨엔 비행기에서 석유를 뿌리는 줄 알았다고 했댔어. 그렇게 검은 비를 맞으면서 같이 일하던 사람들을 찾았는데, 그 시간에 바깥에 있던 사람 대부분이 죽은 모양이야.

조선인들이 많이 죽었을 거라고 했어. 그즈음 히로시마에는 조선인들이 많았다구. 희자 아바이처럼 제 발로 간 사람은 드물고 끌려간 사람이 대부분이었는데, 그 수가 얼마나 되는지는 아무도 모른댔다. 나도 희자 아바이가 이야기하기 전까지는 몰랐어. 화천 사람들이 많았더래. 주소라도 받아놓았더라면 편지라도 부쳐서 무슨 일이 있었는지 알려주고 싶었는데, 그럴 수가 없다고 안타까워했어. 그 말을 하면서 희자 아바이가 얼마나 울던지…… 그 얼굴을 내 똑바로 쳐다보기가 어려웠다.

그렇게 죽어야 할 사람은 아무도 없었다고 희자 아바이가 말했어. 조선 사람이고 일본 사람이고 중국 사람이고 간에 그렇게 허무하게 죽을 사람은 세상천지 어디에도 없다고. 사람이 저지른 일이야. 사람이 저지른 일이야. 희자 아바이는 내 손을 붙잡고서 그 말을 몇 번이고 반복했어.

희자 아바이가 어떤 사람이었나. 범사에 감사해하고, 매일 주어지는 삶에 감사하고…… 삼천아, 우리가 새비에서 예전에 그렇게 굶을 때두, 목숨 부지하는 것만으로도 감사해한 사람이 희자 아바이였다. 처음엔 이런 미친 아바이가 있나 싶기도 했는데, 그게 희자 아바이 천성이었더랬어. 나두 집안이 온통 천주교도여서 세례를 받았지만 믿음이라는 것이 없었다. 그런데 희자 아바이는 달랐어.

그러던 사람이 나를 붙잡고 그러는 기야. 희자 어마이, 내레 더이상

밝은 밤 123

기도를 못하겠어. 천주님, 그때 뭐하고 계셨어. 어린아이들, 죄 없는 사람들이 그렇게 찢겨 죽어가는 동안 뭐하고 계셨더랬어.

천주님은 죄가 없소. 내가 말했지. 기런 짓 한 거 다 인간들이오. 천주님도 마음 아프셨을 기라요.

희자 어마이, 전지전능한 천주님이 왜 손을 놓고 계신 기야. 나는 슬퍼만 하는 천주님께 속죄하고 싶지 않아. 천주님 앞에서 내 탓이오, 내 탓이오, 말하고 싶지 않아. 천주님이 정말 계신다면 그때 뭐하고 계셨느냐고 따지고 들고 싶어. 예전처럼 무릎 꿇고 천주님, 천주님 감사합니다, 말하고 싶지 않아. 기래, 나를 살려주셨지. 기래서 감사하다고 말한다면 다른 사람들 목숨은 뭐가 되나.

삼천아, 내레 믿음은 없지만 배워 들은 것이 있는데, 희자 아바이 이야기는 무서울 정도였더랬어. 누군가에게 그렇게 화를 내는 모습을 처음 봤는데, 그게 천주님이라니. 희자 아바이, 죄받아요. 이제 그만하시라요. 말려도 소용없었어. 예전의 희자 아바이였다면 천주님께 감사합니다, 이렇게 살아서 조선으로 올 수 있게 해주셔서 감사합니다, 했을 텐데, 희자 아바이는 천주님한테 사과받고 싶댔어. 그게 얼마나 무서운 소리간.

희자 아바이는 그날 이럴 수 있는가 싶을 정도로 많은 말을 하고 그 다음날부터 상태가 아주 나빠졌다. 희자 아바이가 이렇게 화가 난 채로, 사람들에게도 화가 나고, 천주님에게도 화가 나고, 슬프고 또 슬픈 채로 떠난다고 생각하니 뼈가 삭는 것 같아.

기억해주갔어? 희자 아바이는 몇 번이고 내게 그 말을 했어. 기래요, 희자 아바이, 내 희자 아바이 이야기 다 기억하갔시오. 희자 아바이 기억하갔시오. 기래 대답했지. 그게 내가 희자 아바이에게 마지막으로 해줄 수 있는 일인 것만 같아서.

삼천아, 내 너한테 허풍을 떨었다. 희자 아바이가 곁에 있는 시간이 짧아도 괜찮다고 했지. 아예 다시 보지도 못하고 헤어지는 것보다 낫다면서. 그런데 아니야. 희자 아바이가 고통받는 모습을 보는 거이 내가 할 짓이 아니구나. 지옥이 있대두 이보다 더할 수는 없을 기야, 삼천아. 내가 허풍을 떨어도 심하게 떨었어. 난 이걸 버틸 수가 없다. 버틸 수가 없어.

삼천아, 희자 아바이를 기억해줘. 그게 희자 아바이 유언이다. 희자 아바이를 기억해줘, 삼천아.

1950년 4월 30일

새비가

편지를 읽는데 목소리가 떨려서 몇 번을 멈춰야 했다.

"힘들지."

할머니가 말했다.

"……"

"혼자 눈으로 읽을 때랑은 다르네. 네 목소리로 들으니까."

할머니는 눈을 감은 채로 숨을 길게 내쉬었다.

"할머니는 개성에서 헤어지고 나서 새비 아저씨를 다시는 못 보셨던 거네요."

"그래. 그날 기차역에서 본 게 마지막이었어. 새비 아저씨가 날 보고 웃어줬지. 그 싱거운 웃음이 기억나. 아저씨 돌아가셨을 때도 아무도 새비에 가지 못했어."

"증조할아버지도요?"

"아버지도 무슨 일 때문이었는지 새비에 가지 못했지. 엄마랑 아버지는 우는 사람들이 아니었어. 내 생각일지 모르지만, 적어도 내 앞에서는 우는 모습을 잘 보이지 않았어. 아버지는 화가 난 것처럼 보였고, 어머니는 쉴새없이 일을 했지. 새비 아저씨 말을 꺼낼 수가 없는 분위기였어. 그래서 외로웠던 것 같아. 혼자 돌담 아래 앉아서 아재비, 말을 걸고, 잘 지내시오, 아재비, 다시 말하고 그랬어. 내가 여든이 다 되도록 살면서 떠나보낸 사람들이 많아. 그런데도 그게 처음 겪은 죽음이어서 그런지 잊히질 않네. 분명히 가까이 있는데, 마음으로는 그렇게 지척인데 볼 수도, 만져볼 수도 없다는 게, 영영 없어져버렸다는 게 지금도 믿기지 않아."

할머니는 거기까지 말하고 인상을 찌푸렸다. 잠시 몸을 움직이다 통증을 느낀 것 같았다.

"너에게 이야기하고 있으니 참 이상하지만…… 아저씨가 떠난 지 그렇게나 오래되었는데도, 난 이제 아저씨 생각을 하면 그냥 웃음이 나."

할머니가 미소 지으며 나를 바라봤다. 그 모습을 마주 바라보다 나는 다른 편지 하나를 꺼내 읽기 시작했다.

삼천에게

희자 아바이 장례는 잘 치렀다. 나는 다시 시어마이 집으로 왔어. 큰형님이랑 희자 말고는 아무도 내한테 말을 걸지 않아. 나를 피한다.

서럽다, 문득 생각하다가 삼천이 너가 했던 말이 생각났댔어. 방앗간 사장이 내한테 뭐라 지랄한 적 있지 않간. 내가 빨리빨리 일을 못한다구 몰아붙였던 적이 있었더랬잖아. 내가 집에 가는 길에 서럽다, 서럽다 하니 삼천이 너가 그랬지. 서럽다는 기 무슨 말이간. 슬프믄 슬프구 화가 나믄 화가 나지, 서럽다는 기 뭐야. 나 기 말 싫구만. 너레 화가 나믄 화가 난다구 말을 하라요. 나한테 기런 말두 못하믄 내가 너이 동문가. 그래서 마당에 앉아 내 가만히 생각해보니 서럽다는 말이 거짓 같았어. 서럽긴 뭐가 서럽나. 화가 나지. 삼천이 너가 그러지 않았어. 섧다, 섧다 하면서 화도 한 번 내보지 못하구 속병 드는 거 아니라고. 그 말을 나 생각해.

5월의 새비에 따뜻한 바람이 불구, 내레 떨지 않구 희자 아바이 보내줬다. 땅이 녹아서 파기가 어렵지 않았더랬다. 내레 추울 때 가믄 땅이 얼어 심이 들 테니 조금만 더 버텨보갔어. 기깟 걸 농이라고 하던 희자 아바이가 마음놓았을까.

희자 아바이가 내게 신신당부했던 말이 있었어. 종부성사를 받지 않겠다는 기였어. 아바이가 의식을 잃기 전에 편지까지 써놓았다. 아바이 제정신이까, 물어도 아바이는 받을 수 없다구, 그러고 싶지 않다는 말만 반복하는 기야. 아바이 가기 전에, 우리 집안이랑 아는 신부님이 병원에 오셨어. 가족들 다 있는 데서 내가 아바이가 쓴 편지를 보여드리면서 말했다. 희자 아바이가 종부성사 받지 않겠다 했다구. 그러니까 신부님이 기럼 자기두 성사를 줄 수 없다고 하는 기야. 시어마이랑 시숙이 비는데도 신부님은 그럴 수 없다구, 본인이 원하지 않는 걸 할 수는 없다고 말하고 자리를 떴다.

그러구는…… 미친 에미나이라고, 시어마이가 내 얼굴을 쳤다. 얼굴을 맞은 건 처음이었댔어. 내레 맞서서 같이 칠 수는 없지 않간. 그래두 눈 똑바로 뜨고 할말은 했다. 내레 아바이랑 약속한 건 아무리 작은 것이라도 깨지 않겠다구. 그러니까 어마이가 그러는 기야. 너 따위 간나가 내 아들 천국 문을 닫아버렸다구. 내 어마이 어깨를 꼭 잡고 소리쳤지. 어마이, 기 말 취소하시라요. 희자 아바이가 천국에 못 간다면 세상 갈 수 있는 사람 어데 있시까. 천주님은 크신 분이라 희자 아바이 뜻을 품어주실 분이라요. 입조심하시라요.

내 천주님 믿는 마음이 크지 않은데두, 그렇게 말하면서 그렇겠구나, 천주님 크신 분이어서 희자 아바이 품어주시갔구나, 싶었더랬어. 첨엔 내 마음도 편치 않았다. 희자 아바이가 천주님에게 사과받고 싶다고 화내는 기를 보는 마음이. 내레 겁이 많잖아. 그런데 아니야…… 희자 아바이가 진짜 천주님을 버렸다믄, 화도 안 내고 사람들이 하란 대루 종부성사도 받았을 기야. 천주님을 사랑하지 않았다믄 기냥 미적지근하니 미사 가서 앉아 있다 왔을 기야. 그런 고집 부리지도 않았을 기야.

희자 아바이 묻어주고 오는 길에 하늘에 뜬 낮달을 봤다. 아, 희자 아바이가 이제 그 고운 눈으로 저 달을 보지 못하갔구나. 푸른 하늘두, 5월의 보리밭두, 우리 희자두…… 그 좋아하는 것들을 보지 못하갔구나. 울면서 한참을 타박타박 걷다보니 달이 나를 앞서 걷는 것 같지 않갔어. 마치 내게 할말이 있는 것처럼. 기래 뭐이야, 하구 달을 보는데 그 둥근 달이 하늘로 가는 문처럼 보였다. 저 문을 열고 들어갔겠지…… 우리 희자 아바이…… 저짝으로 가서 그렇게 미워하고 사랑하는 천주님 얼굴 보갔구나…… 그런 생각이 그 어떤 의심도 없이 들었어. 내 고저 이런 생각을 하구 회자 아바이 보내고 있어.

삼천아, 보고 싶어. 이게 뭐라고 너에게 편지로도 말하지 못했을까. 항상 건강해야 한다, 우리 삼천이.

1950년 5월 14일

새비가

우리는 잠시 아무 말도 하지 않았다. 새비 아주머니의 목소리에 잠긴 채로. 나는 편지를 봉투에 넣어 제자리에 꽂아두고 상자 뚜껑을 닫았다.

"이제 좀 쉬세요."

"내가 널 너무 오래 잡아둔 것 같다."

할머니가 벽시계에 눈길을 주며 말했다.

"어차피 집에서 할일도 없어요."

"젊은 애를 잡아두고서 편지나 읽게 시키구."

"아니에요. 나중에 더 읽어드릴게요."

"고맙구나."

할머니는 그렇게 말하고 내 손등에 손가락을 살짝 올려놓았다. 얼마 지나지 않아 할머니는 고른 숨을 쉬면서 잠들었다. 나는 내 손등 위에 놓인 할머니의 손가락을 조심스레 내려놓고 컵을 챙겨 부엌으로 갔다. 설거지를 하고 큰방으로 돌아와 할머니의 잠든 얼굴을 가만히 바라봤다. 반듯이 누운 자세에서 고개는 왼쪽으로 조금 기울어져 있었고 입을 작게 벌리고 있었다. 미간의 주름 때문에 심각한 꿈을 꾸는 것처럼 보였다. 돌담 아래에서 새비 아저씨를 부르며 아무에게도 말하지 못하는 그리움을 묻어야 했을 열두 살 영옥의 모습이 이 얼굴 어딘가에 숨어 있으리라는 생각을 했다. 나는 한쪽에 놓인 담요를 가져다가 할머니에게 덮어주었다. 그리고 조용히 밖으로 나와 현관문을 닫았다.

우리는 둥글고 푸른 배를 타고 컴컴한 바다를 떠돌다 대부분 백 년도 되지 않아 떠나야 한다. 그래서 어디로 가나. 나는 종종 그런 생각을 했다. 우주의 나이에 비한다면, 아니, 그보다 훨씬 짧은 지구의 나이에 비한다고 하더라도 우리의 삶은 너무도 찰나가 아닐까. 찰나에 불과한 삶이 왜 때로는 이렇게 길고 고통스럽게 느껴지는 것인지 이해할 수 없었다. 참나무로, 기러기로 태어날 수도 있었을 텐데, 어째서 인간이었던 걸까.

원자폭탄으로 그 많은 사람을 찢어 죽이고자 한 마음과 그 마음을 실행으로 옮긴 힘은 모두 인간에게서 나왔다. 나는 그들과 같은 인간이다. 별의 먼지로 만들어진 인간이 빚어내는 고통에 대해, 별의 먼지가 어떻게 배열되었기에 인간 존재가 되었는지에 대해 가만히 생각했다. 언젠가 별이었을, 그리고 언젠가는 초신성의 파편이었을 나의 몸을 만져보면서. 모든 것이 새삼스러웠다.

7

서울에 올라간 주말, 엄마 집에서 가까운 봉화산으로 엄마와 함께 산책을 하러 갔다. 산꼭대기에 봉화대가 있어서 봉화산이라고 불리지만 높이가 백육십 미터밖에 되지 않는 구릉이었다. 엄마는 기운이 조금 나면서부터 봉화산 둘레길을 걷기도 하고 가끔은 무리해서 정상까지 올라간다고 했다. 작은 구릉이지만 나무가 빽빽하게 심겨 있어서 초록의 냄새가 났고, 나름대로 산행을 하는 기분이 들었다.

엄마는 천천히 걸으면서 양팔을 앞뒤로 크게 흔들었는데 그 모습이 귀여워 보여서 엄마의 행동을 따라 하며 몇 번이고 크게 웃었다. 엄마는 더 과장해 팔을 흔들면서 자기도 자기 모습이 웃긴다는 듯이 웃음을 터뜨렸다. 가만히 있어도 땀이 날 정도로 더운 7월의 정오였다. 쨍한 날씨 때문인지, 간만에 산책을 나와서인지 마음이 느슨해져서 엄마와 오랜만에 긴장감 없는 대화를 나눴다. 내가 엄마의 걱정과는 다르게 잘 지내고 있다는 걸 보여주고 싶은 마음도 있었다.

"명희 아줌마랑은 자주 만나?"

"응. 명희 언니가 6호선 라인에 사니까, 동네에 자주 와서 같이 밥도 먹고 그래."

"멕시코…… 언제 가셔?"

내가 조심스럽게 물었다.

"곧. 안 그래도 너한테 말하려고 했는데……"

엄마는 내 시선을 피해 벤치에 눈길을 주었다.

"나, 명희 언니 따라서 멕시코 한번 다녀오려고."

나는 엄마의 말에 놀랐다. 엄마가 그런 결정을 하리라고는 한 번도 생각해본 적이 없었으니까. 엄마는 자신이 원하는 게 무엇인지 이야기하는 사람이 아니었다. 그런 엄마의 모습이 낯설었지만 어쩐지 그 말이 듣기 좋았다.

"아빠 밥이 걱정인데…… 집 앞에 반찬가게 크게 하나 생겨서 거기서 사 먹으라고 했어."

"아빠가 뭐래?"

"미쳤냐고 하지 뭐."

엄마는 그렇게 말하고 크게 웃었다.

"맞아. 나 미친 거야. 남편 밥도 안 하고 어딜 나돌아다닌다는 거야. 멕시코?"

엄마는 잠시 웃다가 덤덤하게 말을 이었다.

"언니가 예전에 멕시코로 놀러오라고 했을 때는 불가능한 일이라고 생각했어. 너 기억나지. 나 처음 수술받았을 때 너한테 집에 가서 아빠 밥 차려드리라고 했던 거. 내가 그렇게 제정신이 아니었어, 그때는. 그런데 이번에 명희 언니 만나면서 잡고 싶어졌어."

"뭘?"

"인생을."

친구들과 1박 2일로도 여행을 가본 적이 없는 사람이, 외국이라고는 부부 동반으로 일본에 가본 것이 전부인 사람이 인생을 잡고 싶다고 이야기하고 있었다.

"명희 언니가 그러는 거야. 우리 같이 우체국에서 일했을 때 내가 그렇게 얘기했대. 세상을 구경해보고 싶다고. 여기저기 돌아다녀보고 싶다고. 그러다 결혼했고. 그다음은 너도 잘 알잖아."

엄마는 벤치로 걸어가서 앉았다.

"길지 않아. 한 달만 있다 올 거야. 언니 집에서 그냥 쉬다 오는 거야."

엄마는 처음으로 배낭여행을 가겠다고 부모를 설득하는 이십대 초반 아이처럼 나를 올려다봤다.

"엄마 좋을 대로 살아, 이제. 대신 안전하게 다녀야 돼. 그것만 걱정해. 아빠 밥 같은 거 걱정하지 말고."

"그래. 고맙다."

엄마는 그렇게 말하고 한숨을 내쉬었다. 마치 내 허락 없이는 갈 수 없었던 것처럼. 아빠의 격렬한 반대에도 불구하고 엄마는 멕시코행 비행기표를 끊었다고 했다. 엄마에게 그런 면이 있을 줄은 몰랐다고 말하니 엄마는 자기도 자기에게 이런 모습이 있는지 몰랐다고 답했다.

"혁명이네."

내 말에 엄마는 손뼉을 치며 웃었다.

분위기가 부드러워진 틈을 타서 나는 엄마에게 그동안 할머니와 몇 번 만난 이야기를 했다. 집에 할머니를 초대해서 같이 밥을 먹기도 했고, 할머니가 옛날이야기를 해주기도 했다고. 엄마는 입술을 핥으면서 내 말을 듣다가 고개를 끄덕였다.

"아무리 나랑 사이가 안 좋아도 너랑 할머니를 못 보게 한 건 아니었다는 생각을 종종 했어."

"결혼식까지 못 오시게 한 건 좀 너무한 거 아니었어?"

"그런가……"

엄마가 벤치에서 일어나 나를 바라봤다.

"이상한 일이야. 누군가에게는 아픈 상처를 준 사람이, 다른 누군가에게는 정말 좋은 사람이 될 수도 있다는 게."

그렇게 말하는 엄마를 보며 나는 엄마의 마음을 짐작하려고 노력했다. 엄마는 별다른 감정 없이 나지막하게 이야기했지만 화가 난 것처럼 보이기도 했고, 그런 말을 해야 하는 상황 자체에 지쳐 보이기도 했다. 엄마는 나를 등지고서 정상을 향해 천천히 걸어갔다. 나도 엄마 곁에서 나란히 걸었다.

"그래도 다행이야. 네가 거기서 마음 붙일 곳이 생겨서."

엄마가 말했다.

"연구소 사람들도 좋아."

"그래?"

"정말이야."

"이러다 거기 영영 눌러사는 거 아닌지 모르겠다."

"내가 알아서 잘할게."

엄마는 내 말에 답하지 않고 굳은 얼굴로 앞으로 걸어갔다.

"날 한 번이라도 그냥 믿어줄 순 없어? 그게 안 돼?"

엄마가 걸음을 멈추고 뒤돌아서서 지친 표정으로 나를 바라봤다.

"넌 이보다 잘 살 수 있는 애였어. 똑똑하고 밝고, 너 같은 애가 내 딸이라는 게 믿기지 않을 정도였어."

"지금 내가 사는 모습이 그렇게 엄마 마음에 안 차?"

내가 울컥해서 말하자 엄마가 당황스럽다는 표정을 지었다.

"그런 말이 아니잖아. 엄만 네가 더 잘 살았으면 하는 거지."

"엄마, 이게 나한텐 최선이야. 나보다 더 똑똑한 사람들이 세상에 널리고 널렸어. 나 그렇게 특별하지 않아. 지금 직장도 내 능력에 과분한 곳이야."

"직장 얘기만 하는 게 아니잖아."

"엄마, 그만해."

"알았어."

엄마는 그렇게 말하고 속도를 높여 걸었다. 대화가 진행될수록 서로에게 좋을 게 없다는 것을 엄마도 알 테니까.

엄마는 일평생 내게 기대하고, 실망했다. 너 정도로 똑똑하고 너 정도로 배운 사람이라면 응당 자신은 꿈도 꿔보지 못한 삶을 사는 게 마땅하다는 것이 엄마의 주장이었다. 가난한 집안에서 태어나 가진 것 별로 없는 그와 결혼한다고 했을 때 엄마는 내게 크게 실망했지만, 내가 결혼을 하고 정상 가족을 꾸린다는 사실 자체에 만족하는 것으로 마음을 돌렸다. 엄마는 사위를 살뜰히 챙겼다. 우리가 우리의 가족을 잘 굴려나가서 남들 보기에 그럴듯한 모습으로 살기를 기대했다.

나는 엄마의 그 작은 기대마저도 충족시키지 못했다. 엄마를 철저히 실망시켰다. 엄마에게 인정받기를 기대하고 번번이 상처받기보다는 내 일에서 인정받고 친구들에게 지지를 받는 것으로 충분하다는 것을 알고 있었다. 그러나 머리로는 아는 일을 내 가슴은 잘 받아들이지 못했다. 자식은 엄마가 전시할 기념품이 아니야. 마음속으로는 그렇게 소리치면서도, 엄마의 바람이 단지 사람들에게 딸을 전시하고 싶은 것만은 아니라는 사실을 알고 있었기에 마음이 아팠다.

우리는 아무 말도 하지 않은 채로 천천히 걸어서 정상에 도착했다. 조망대에 서자 아래쪽 풍경이 멀리 바라보였다.

"건물 진짜 많네."

내가 말했다.

"서울이잖아. 지연아, 저기 봐봐."

엄마가 시야의 끝에 보이는 산을 손가락으로 가리켰다.

"저게 남산이다. 저기 왼쪽이 관악산."

"그래?"

"응."

천천히 올라왔는데도 엄마는 밭은 숨을 쉬고 있었다.

"열심히 운동해야겠어, 엄마. 멕시코 가려면."

"응. 그때까지 열심히 걸을 거야."

"약속해."

"약속할게."

엄마는 나를 보며 무안한 듯 웃어 보였다. 그런 엄마가 예전처럼 가깝게 느껴지지 않았다. 나를 보는 엄마의 표정에서 엄마 또한 내게 거리감을 느끼고 있다는 걸 알아챌 수 있었다. 예전처럼 며칠씩 서로 말도 붙이지 않을 정도로 신경전을 벌일 만한 일이 우리에게는 더이상 없었다. 큰불이 나기 전에 꺼버렸고, 상대에게 작은 불씨를 던졌다는 것에 문득 무안해지기도 하는 사이가 된 것이었다. 그건 우리가 그만큼 친밀한 사이가 아니라는 뜻이기도 했다. 서로에게 큰 상처를 입혔다가 돌이킬 수 없게 될지도 모른다는 두려움을 우리는 눈빛으로 공유하고 있었다. 우리는 더이상 끝까지 싸울 수 없는 사이가 되었다. 정말 끝이 날까봐 끝까지 싸울 수 없는 사이가. 우리는 싱거운 이야기를 나누면서 산을 내려왔다.

그리고 며칠이 지난 어느 날, 퇴근길에 맞은편에서 보라색 체크무늬 끌차를 끌고 걸어가는 할머니를 봤다. 나는 가던 길을 돌아서 할머니 옆에 차를 세웠다.

"그렇게 돌아다니셔도 돼요? 차에 타세요."

나는 차에서 내려 끌차를 뒷좌석에 실었다.

"어디 가세요?"

"아무데도 안 가는데요."

할머니는 그렇게 말하더니 장난스럽게 웃었다.

"가고 계셨잖아요."

"이거 끌고 운동했지. 걷는 연습. 하도 집에만 있으니까 근육이 다 빠졌다고 걸으래, 의사가. 넌 어디 가는 길이었어?"

"퇴근하다가 차 돌려서 할머니 태운 길이에요."

"저녁은?"

"할머니는요?"

"아직 안 먹었어."

"그럼 옹심이 드시러 가실래요? 터미널 근처에."

할머니가 고개를 끄덕였다.

해수욕장이 개장하면서 시내에는 활기가 돌았다. 맛집이라고 입소문이 난 식당들 앞에 줄을 선 사람들도 심심찮게 볼 수 있었다. 겨울의 희령과는 전혀 다른 모습이었다. 옹심이집으로 가는 길도 평소보다 사람이 붐볐다.

"몸은 좀 어떠세요?"

할머니와 마주앉아 들깨옹심이를 시키고 물었다.

"아, 갈비뼈? 거의 다 나았대."

할머니는 대수롭지 않은 일이라는 듯이 말하고는 컵에 물을 따랐다.

"저번에는 네가 가는 줄도 모르고 잠이 들어서…… 누워만 있으면 잠이 와요."

우리는 그때 읽은 편지에 대해서는 별다른 말을 하지 않았다. 할머니는 편지를 읽게 시켜서 미안하다고 했고, 나는 그런 말에 서운함을 느꼈을 뿐이었다. 정말 친한 손녀였대도 이런 식으로 예의를 차렸을까 싶은 마음이 컸다.

우리는 별말 없이 옹심이를 먹었다. 할머니는 옹심이를 숟가락 위에 올린 후에 여러 번 후후 불어 먹었는데 그 모습이 꼭 엄마 같았다. 엄마도 뜨거운 음식을 잘 먹지 못해서 국수 한 그릇을 먹어도 식혀 먹느라 시간이 걸렸다.

후식으로 나온 수정과까지 다 마시고 일어나 계산을 하려는데 할머니가 자기 때문에 돈 쓰지 말라고, 자신이 사주고 싶다면서 주머니에서 돈을 꺼내 계산했다.

"다음엔 네가 사면 되잖아."

할머니가 말했다.

저녁을 먹고 나왔는데도 해가 아직 지지 않아서 하늘에 푸른빛이 어려 있었다. 할머니를 태우고 해수욕장 근처로 차를 몰았다. 피곤했지만 이런 여름밤을 그냥 흘려보내고 싶지는 않았다.

해수욕장 맞은편에는 횟집이 일렬로 늘어서 있었고, 해수욕장과 음식점들 사이로 찻길과 넓게 포장한 인도가 이어져 있었다. 뒷좌석에서 끌차를 꺼내 할머니에게 건넸다. 할머니는 끌차 손잡이에 두 손을 얹고 천천히 걸어가기 시작했다. 해변에는 관광객들이 모여서 이야기를 나누거나 폭죽을 터뜨리고 있었다. 음식점 야외 좌석에도 사람들이 삼삼오오 모여 술을 마시고 있었다. 완연한 여름 해변의 냄새가 났다.

"그런데 그 사진이요…… 아무리 봐도 증조할머니랑 새비 아주머니가 사십대 정도로 보이던데, 두 분이 그후에 다시 만난 거예요?"

"아, 그 사진. 그건 전쟁 끝나고 찍은 사진이야."

"새비 아주머니가 다시 개성으로 온 거예요?"

할머니는 작게 미소 짓다가 타박하듯이 말했다.

"전쟁 끝나고 어떻게 개성에 있었겠어? 그럼 우리가 지금 북한에 있어야지."

"그럼……"

"희령이다."

할머니는 그렇게 말하고 장난스레 웃었다.

"여기요?"

"그래. 전쟁 끝나고 희령에서 찍은 사진이야."

나는 핸드폰을 꺼내 사진을 다시 한번 확인했다.

"저기 봐라."

할머니가 멀리 떠 있는 흰 연을 가리켰다. 두 개의 꼬리를 단 마름모꼴 연이 바다 위 높은 하늘에 떠 있었다. 우리는 발걸음을 멈추고 가만히 그 연을 바라봤다. 파도치는 소리가 시원하게 들렸다.

"할머니."

"응."

"증조할머니는 어쩌다 희령에 오시게 된 거예요?"

"글쎄……"

할머니는 거기까지 말하고 한동안 침묵했다. 그러다 주저하듯 입을 열었다.

그날 아침에 비가 내렸다. 멀리서 쿵쿵 소리가 들렸다. 그러더니 군복을 입은 사람들이 줄을 지어서 이동했다. 계속 쿵쿵 소리가 났는데, 시간이 갈수록 그 소리가 가까워졌다. 밤에는 하늘이 갈라지는 소리가 들렸다. 돌이켜보면 전투기가 낮게 나는 소리였던 것 같다고 할머니가 말했다.

하루는 동네에서 놀고 있는데 길 건너편에서 증조부가 일하던 방앗간 주인아저씨가 사람들과 함께 손이 묶인 채 끌려가는 모습이 보였다. 그가 잠깐 자신에게 눈길을 줬던 순간을 할머니는 잊지 못했다. 언제나 대단해 보이던 사람이 포박된 채로 자신을 바라보던 그 순간을.

주인아저씨는 그다음날 할머니가 다니던 국민학교 운동장에서 총살됐다. 인근 주민들은 자신이 사상범이 아니라는 것을 증명하기 위해 아이들까지 데리고 운동장에 가야 했다. 증조모와 증조부도 그 무리에 끼어 있었다. 열두 살짜리 딸 영옥과 함께.

왜 그런 광경을 아이들에게까지 보였는지 모를 일이라고 할머니는 말했다. 할머니는 한 사람에게 총을 여러 번씩 쏘는 장면을 무기력하게 바라봐야만 했다. 소리를 지르거나 눈물을 흘려서는 안 됐으므로, 감정 없는 사람을 연기하며 나무처럼 서 있었다. 더운 날이었지만 식은땀이 흐르고 추웠다. 차라리 빨리 끝나기를, 한 번에 죽기를, 한순간에 끝나기를 바라면서 할머니는 손바닥에 피가 날 때까지 손톱으로 찔러댔다. 그렇게라도 정신을 차리려 노력했다.

모두 열 명이 총살되는 것을 끝까지 보고 나서야 운동장에서 빠져나올 수 있었다. 집으로 돌아가는 길에 증조모는 앞만 보면서 걸었다. 감정적인 동요가 위험한 일이라는 것을 열두 살 할머니도 알고 있었다. 할머니는 누군가 지켜보고 있으리라는 생각에 아무렇지도 않은 척을 하려 애썼다. 증조모는 집으로 돌아와 방문을 닫은 뒤에도 그저 정신 차려야 한다, 정신을 똑똑히 차려야 죽지 않는다는 말만 반복했다.

그때 죽은 사람이 그 열 명만은 아니었다고 할머니는 말했다. 첫번째 영옥이도 그때 죽었고, 다시 태어난 영옥이는 그전의 영옥이와는 다른 형편없는 사람이 되었다고 했다. 증조모, 증조부, 할머니는 죽음으로 서로 헤어질 때까지 그날의 일을 입에 올리지 않았다. 그리고 셋 다 각자의 방식으로 조금씩 부서졌다. 겉으로 보아 가장 달라진 사람은 증조모였다. 증조모는 전쟁이 끝나고 나서도 약이 없이는 밤에 잠을 자지 못했다. 사람을 쉽게 의심했고, 자신이 언제든지 아무렇게나 처리될 수 있다는 생각에 시달렸다. 그 마음을 누구도 고쳐주지 못했다.

"이런 이야기는 처음 해봐. 힘드니까, 그냥 기억이 잘 안 납니다, 하고 흘렸지. 기억이 안 나기는. 나이가 드니까 더 생생해지는 것 같아. 그런 일을 어떻게 잊어."

그러면서 할머니는 전쟁이 아니었다면 지금처럼 마음의 병이 깊지 않았을 거라고 했다.

"마음의 병요?"

"그래. 나…… 형편없는 어른이었어. 너희 엄마한테도."

할머니는 그 말을 하면서 조금 울먹였다. 나는 그 모습에 놀랐지만 대수롭지 않은 척하면서 할머니를 따라 걸었다.

할머니는 그 무렵의 어떤 장면들은 지금도 생생히 기억난다고 했다. 증조모와 증조부가 남쪽으로 내려가야 한다고 속삭이며 이야기를 나누던 일도, 멀리서 쿵쿵, 폭격 소리가 나던 일도.

그러던 어느 날 밤, 할머니는 영옥아, 영옥아, 하고 누군가 자신을 부르는 목소리를 들었다. 봄이가 짖는 소리를 들어서는 낯선 사람이 아닌 듯했다. 증조부가 어둠 속에서 일어나 누구시오, 누구신데…… 하는 사이 증조모가 새비야, 하고 문을 열었다. 가을이 끝나가던 무렵이어서 찬바람이 방안으로 불어닥쳤다. 문밖에 새비 아주머니와 희자가 서 있었다.

—영옥이 아바이, 한밤중에 죄송합네다.

새비 아주머니는 그렇게 말하고는 희자를 방으로 들여보내고 자신도 뒤따라 들어왔다. 증조모가 석유 등잔을 켰다. 옅은 불빛에 비친 새비 아주머니와 희자의 군은 얼굴이 보였다. 새비 아주머니는 커다란 보따리를 들고 있었고, 희자도 짐을 끼고 있었다. 예전이었으면 같이 끌어안고 기뻐했을 증조모와 증조부가 새비 아주머니와 희자의 얼굴을 보고 걱정스러운 표정을 지었다.

—무슨 일이시까, 희자 어마이.

증조부가 새비 아주머니에게 물었다.

—영옥이 아바이, 며칠만 재워주실 수 있시까. 내레 대구로 내려갈 깁니다. 거기 친정 고모님이 계셔서리……

—며칠이 아니라 희자 어마이 지내고 싶은 대로 지내도 되지만 이렇게 갑작시럽게…… 무신 일인지 말이나 해주시라요.

—영옥이네에 해가 되지는 않을 기라요. 며칠만……

새비 아주머니가 머뭇거리고 있을 때 희자가 입을 열었다.

—새비에서 난리가 나서리…… 우리 외삼촌이 산에 끌려가……

—희자야.

새비 아주머니가 희자의 말을 끊었다. 그리고 망설이다가 그간의 이야기를 들려주었다. 자신의 오빠가 밭에 가던 길에 잡혀서 산으로 끌려가 총에 맞았다는 거였다. 새비 아주머니는 오빠가 사상과는 무관한 사람이라는 것을 몇 번이고 강조했다.

새비 아주머니의 시모는 그 소식을 듣고는 새비 아주머니에게 집에서 나가라고 했다. 새비 아주머니의 오빠가 사상범으로 죽었으니 사돈을 맺은 자기들에게 해가 올지도 모른다는 이유였다. 희자가 아들이었으면 이야기가 달랐겠지만, 시모는 희자에게 정이 없었다. 빨리 애를 데리고 어디로든 가서 다시는 돌아오지 말라는 말을 듣자마자 새비 아주머니는 짐을 싸서 집을 나왔다.

— 며칠만 있다가 갈 깁니다. 해가 가지 않을 기라요.

새비 아주머니의 말이 끝나자마자 증조부가 입을 열었다.

— 기래요. 기럼 며칠만입니다. 내가 대구로 가는 길을 터보갔어요.

— 고맙습니다. 영옥이 아바이, 고맙습니다.

고맙다고 말하면서도 당황한 새비 아주머니의 표정을 할머니는 안타까운 마음으로 지켜봤다. 처음에는 얼마든지 있어도 괜찮다고 말하던 증조부가 새비 아주머니의 얘기를 듣더니 말을 바꿔서 며칠만 있으라고 한 것이었다. 새비 아저씨가 살아 계셨더라도 아버지가 그런 식으로 이야기했을까. 할머니는 새비 아주머니의 서운함을 가까이서 바라봤다.

— 기러구 희자 너는 이제부터 너이 외삼촌이 기래 돌아가신 것을 아무한테도 말하면 안 된다이. 앞으로 어디서두. 기게 너이 어마이랑 너를 위한 일이다. 알간? 영옥이 너도 어디 가서 기런 이야기 하면 안된다.

— 알갔시다, 아재비.

희자가 새비 아주머니의 품에 머리를 기댔다.

— 기래, 먼길 오느라 고생 많았디. 오늘은 우선 쉬어라.

증조부가 그렇게 말하고 먼저 자리에 들었다. 그제야 새비 아주머니와 증조모는 재회의 정을 나눌 수 있었다. 희자도 할머니의 품에 파고들었다.

다음날 새비 아주머니와 증조모는 동이 트지 않은 새벽에 일찍 일어났다. 새비 아주머니는 이부자리 위에서 증조모에게 자신이 새비를 떠나던 날의 일을 아주 작은 목소리로 이야기했다.

시모가 집을 나가라고 했을 때 큰형님이 울면서 새비 아주머니를 붙잡았지만 새비 아주머니는 그저 묵묵히 짐을 쌌다. 뒤도 안 돌아보고 집을 나오는데 뒤에서 뭔가가 깨지는 소리가 났다. 돌아보니 희자가 큰 돌을 간장 장독대에 던진 것이었다. 씨간장을 저장한 독은 시모가 가장 소중히 여기는 것 중 하나였다. 간장 냄새가 코를 찔렀다.

─저 간나가 돌았구나, 돌았어.

시모가 소리치며 달려와서 희자의 머리를 쳤다. 시모는 전에도 희자를 몇 번 그렇게 때린 적이 있었지만 그때마다 새비 아주머니는 시모에게 아무 말도 하지 못했었다. 그렇지만 전쟁통에 아홉 살짜리 아이를 던져버리듯 쫓아내면서 때리기까지 하는 모습을 보자 더는 참을 수 없었다.

─희자한테서 손 떼시라요. 이젠 어마이 손녀 아니지 않시까? 짐승두 머리 위로는 때리디 않는 법이라고 배웠시다.

─이거이 말대답하는 거 보라요.

─당신이 기러고도 인간이시까? 해도 해도 너무하디.

새비 아주머니는 시모의 발치에 침을 뱉은 뒤 희자의 손을 잡고 집을 나왔다.

증조모는 새비 아주머니의 말을 들으면서 마음이 무거워졌다. 새비 아주머니는 오빠를 그렇게 잃고도 정신을 차려야 한다는 생각에 한 번도 제대로 울지 못한 것처럼 보였다. 남편도 없이 어린 딸을 데리고 가본 적 없는 곳을 찾아가려 하고 있었다. 마음 같아서는 새비 아주머니에게 개성에서 함께 지내자고 하고 싶었지만, 증조부는 혹여 새비 아주머니 때문에 자신의 삶에 불똥이 튈까봐 두려워했다.

―몸조심해라, 새비야. 내레 걱정이 되어서리……

증조모의 눈에 눈물이 고였다. 증조모는 더는 사람들을 믿을 수가 없었다. 새비 아주머니 혼자 여자아이를 데리고 대구로 가다가 무슨 일을 겪을지, 도무지 낙관적으로 생각할 수가 없었다.

―너레 왜 우나……

새비 아주머니가 증조모의 등을 두드렸다.

―내레 안 죽었어. 이봐라, 내 여기 있다.

―내레 새비 너를 다시 보믄 그저 웃을 일만 있을 줄 알았다이. 그간 못했던 얘기나 실컷 하면서 기래, 기랬어? 기러면서 예전처럼 웃을 줄 알았다이.

―삼천이가 울기도 하누나. 나더러 울보라고 기렇게 놀리더니, 인제 보니 삼천이가 울보야.

―너 아니면 울지도 않는다.

증조모가 소매에 눈물 콧물을 닦고 새비 아주머니를 봤다. 자신이 새비 아주머니였어도 그렇게 집을 나올 수 있었을까. 증조모는 자신 할 수 없었다. 아무리 생각해봐도 아홉 살짜리 딸 하나를 데리고 피난 길에 오를 수는 없을 것 같았다.

―다른 방법은 없나.

증조모의 물음에 새비 아주머니가 고개를 저었다.

—개성에서 서울까지 걸어서 사흘이면 간다 했더랬어. 우선 서울까지 가보고……

—너레 시어마이, 사람 거죽 쓰구 기런 짓을 했더래?

—시어마이가 쫓아내지 않았더래도 나와야 했다. 요새 사람들이 아무 트집이나 잡아갖구 사람을 죽이는데 나라고 온전했겠어?

새비 아주머니가 마른세수를 하고 증조모를 바라봤다.

—삼천아.

—기래.

—우리 오라바이, 아무것도 모르는 사람이야.

—알디.

—사상이구 뭐구 기딴 거 아무것도 모른다.

—기래, 알디.

—정말이다.

—기래, 기래, 새비야.

새비 아주머니는 몇 번이고 그렇게 말했다. 할머니는 그런 새비 아주머니를 불안한 마음으로 지켜봤다.

희자는 할머니에게 대구에 사는 고모할머니가 굉장한 부자에 방이 많은 집에 살고 있다고 말했다. 대구는 겨울에도 따뜻하다면서 그곳에서 엄마랑 아주 잘 살 거라고, 북쪽은 쳐다도 보지 않을 거라고 했다.

—기래두 영옥이 언니는 보고 싶을 기야.

그러면서 희자는 개성에서 함께 살던 때에 대해 계속해서 이야기했다. 언니 있잖아, 그때 기억나우? 물으면서 할머니도 자신만큼 기억하고 있는지를 확인하고 싶어했다. 할머니는 기억나지 않는 일도 있었지만 희자가 마음이 상할까봐 다 기억난다고 답했다. 물론 할머니도 많은 일을 기억하고 있었다. 증조모가 방앗간에서 얻어온 인절미를 할머니와 희자에게 하나씩 줘서 조금씩 아껴 먹던 일, 할머니가 학교 앞 언덕에서 엎어져서 종아리를 심하게 다쳤던 일, 새비 아저씨와 희자와 함께 줄넘기 놀이를 하던 일, 떨어진 목련 꽃잎으로 풍선을 불던 일, 희자와 공기놀이를 하다가 다퉈서 며칠이고 말하지 않고 지내던 일 같은 것들이었다.

희자의 기억은 놀라울 정도로 구체적이었고 그 양 또한 방대했다. 희자는 그때 일을 이야기하는 데 목마른 사람처럼 쉴새없이 얘기했다. 할머니는 한참 듣다가 새비에서는 어떻게 지냈느냐고 물었다.

—별거 없디. 학교 다니구, 돌아와서 농사일 돕구.

하지만 거기까지였다. 희자는 말을 잘 이어나가지 못했고, 다시금 개성에서 살 때의 이야기로 화제를 돌렸다. 열두 살 할머니는 그런 희자를 잘 이해할 수가 없었다. 희자는 개성에서 겪은 작고 작은 일들도 마치 아주 중요한 이야기인 것처럼 의미를 두며 말했다. 할머니가 그만 지겨움을 느낄 때까지.

—아이고, 희자야. 우리 이제 다른 이야기 할까.

그러자 희자의 얼굴에서 웃음이 사라졌다.

—언니는 다 잊었구만.

—잊기는, 모두 기억한다. 근데 희자 너레 그때 이야기를 너무 많이 하니까.

—기게 싫은가, 언니는.

—싫은 기 아니라 다른 이야기두 하고 싶어 기러디.

—무신 이야기를 하나. 새비에서 있었던 일, 피난 가야 하는 일 이야기하나. 기럼 내는 할말이 없어.

그렇게 말하고 땅바닥에 돌로 그림을 그리는 희자를 보며 할머니는 자신이 희자의 마음을 헤아리지 못했다는 걸 알아차렸다.

—희자 너레 콩 볶은 거 몰래 먹다가 새비 아재비한테 걸렸던 거 기억나나.

—기래. 하도 먹어서리 방구가 많이 나왔디.

희자가 활짝 웃으며 말했다. 희자의 웃는 얼굴을 보며 할머니는 새비 아저씨의 얼굴을 떠올릴 수밖에 없었다.

—새비 아재비가 널 쫓아다니면서 놀리던 거 생각나누나. 희자가 방구 귀신이다이, 하믄서.

—기랬디. 우리 다 같이 웃다가 눈물 나오지 않았더랬어.

—기랬디.

둘은 서로를 마주보고 웃었다.

—이 난리가 다 끝나믄 우리 다 같이 살자이. 언니랑 삼천이 아즈마이랑 우리 어마이랑 봄이랑 같이.

—기러자.

—내레 혼인하디 않구 언니랑 살 기야. 언니가 제일 좋다.

—싱거운 소리 하누나.

할머니는 작게 미소 지으며 희자의 단발머리를 쓰다듬었다. 희자는 아홉 살이지만 또래보다 작았고, 할머니는 열두 살이지만 또래 중에서 큰 축에 들어서 둘은 나이 차가 더 커 보였다. 그만큼이나 할머니는 막냇동생을 사랑하듯 희자를 대했고, 희자는 큰언니에게 의지하듯이 할머니에게 마음을 기댔다. 그렇지만 언제까지고 희자가 할머니의 집에 머물 수는 없었다. 희자는 사흘 밤을 자고 피난길에 올랐다. 동이 터오는 새벽이었다.

증조모는 위급시에 사용할 목적으로 모아둔 돈을 새비 아주머니에게 건넸다. 쌀과 보리, 콩도 최대한 많이 챙겨 짐에 넣었다. 새비 아주머니는 예의로라도 그러지 말라는 말을 하지 못하고 증조모가 건넨 것들을 받았다.

—너레 혹여 남으로 피난 가야 하면 갈 데가 있나?

새비 아주머니가 물었다. 증조모에게 의지할 친척이 없다는 걸 새비 아주머니는 알고 있었다.

—영옥이 아바이 삼촌이 서울에 사신댔어.

—우리 고모님 주소를 알려줄게. 혹여 갈 곳이 없으면 언제든지 일루 오라.

새비 아주머니가 종이에 대구 주소를 적어서 증조모에게 건넸다.

—조심히 가야 한다, 새비야, 희자야.

목이 메어서 증조모의 목소리가 점점 작아졌다.

—희자야, 우리 난리 끝나면 꼭 다시 만나자. 새비 아즈마이, 우리 꼭 다시 만나요.

—기래, 기래. 건강히 잘 있다가 우리 다시 만나자.

새비 아주머니는 피난 보따리를 들고 뒤를 돌아보지 않고 떠났다. 새비 아주머니의 손을 잡은 희자가 자꾸만 돌아보는데도. 증조모는 그런 새비 아주머니의 뒷모습을 바라보며 다시 보자, 다시 보자, 몇 번 외치다가 새비 아주머니가 보이지 않게 되어서야 주저앉았다. 그러고는 고개를 숙인 채 한동안 일어나지 않았다. 할머니는 어쩔 줄 몰라하며 증조모의 곁을 맴돌았다. 새비 아주머니를 따라 밖으로 나갔던 봄이가 한참이 지나서야 마당으로 돌아와 할머니의 손등에 코를 대고 할머니를 올려다봤다.

"그냥 가끔은 모든 게 다 꿈만 같아. 내가 언제 개성에 있었나. 내가 언제 그 마당에서 피난 짐을 들고 떠나는 새비 아주머니랑 희자를 봤었나 싶어."

할머니는 지쳐 보이는 얼굴로 나를 올려다봤다.

"그때 얘길 하니 왜 이렇게 진이 빠지는지 모르겠어. 이렇게나 오랜 시간이 지난 일인데도."

"이제 그만 차로 돌아갈까요?"

"잠깐만…… 바다를 조금 더 보고 싶어."

할머니는 백사장 입구에 끌차를 세워놓은 뒤 한 걸음 한 걸음 바다 쪽으로 걸어갔다. 백사장에 발이 푹푹 빠져서 걸음이 더뎠지만 이윽고 바다 가까이까지 갔다.

"신발 젖겠어요."

할머니는 뒷걸음질로 파도를 피하면서 작게 소리 내어 웃었다.

"잠깐 앉을래?"

우리는 차가운 백사장에 앉아서 하늘을 올려다봤다. 반달이 환한 밤이었다. 흰 연이 반달 근처에서 꼬리를 날리며 떠 있었다.

할머니는 그때의 희자가 지금 여기에 있으면 언니 기억나우? 물으며 새비 아저씨와 함께 연을 날리던 일을 이야기할 것 같다고 말했다. 함께 만든 연을 들고 언덕 위에 올라가서 바람을 맞으며 앞으로 달려가던 아저씨의 모습이 눈에 보이는 것 같다고. 그때 희자와 할머니가 얼마나 깔깔대며 웃었는지, 겨울바람에 얼굴에 감각이 없어질 때까지 얼마나 오래 연 놀이를 했었는지 이야기할 것 같다고 말이다. 그러면 할머니도 희자야, 나도 기억난다, 하고는 희자를 보며 같이 웃었으리라고.

나는 희자가 높은 하늘에 연을 띄우듯이, 기억이라는 바람으로 잊고 싶지 않은 순간을 마음에 띄워 올리곤 했으리라고 생각했다. 그런 바람을 마음에 품고 살아가는 일이 항상 즐거운 것만은 아니었으리라고 짐작하면서.

잠깐만 앉아 있자고 했으면서도 우리는 말없이 오래도록 바다와 달과 흰 연을 바라봤다.

멀리서 폭죽 터뜨리는 사람들의 웃음소리가 들렸다.

3부

8

의사와 상의하지 않고 약을 끊은 지 한 달 만에 정신과에 가서 약을 받았다. 그간 조금씩 나아지고 있다고 믿었는데 갑자기 상태가 안 좋아져서였다. 해가 질 무렵이면 입이 마르면서 심장이 빠르게 뛰기 시작했다. 피곤함이 가시지 않았고 잠들기가 어려웠다.

친구들은 내가 잘 사는 것이 전남편에게 할 수 있는 유일한 복수라면서 앞만 보고 가라고 말했다. 그래서, 그러려고 노력했다. 뒤돌아보지 않으려고, 신경쓰지 않으려고, 분노하고 슬퍼하는 마음에 귀를 기울이지 않으려고, 잊으려고, 현재에 집중하려고, 괜찮아지려고 했다. 한동안은 조금씩 나아지고 있다고 생각했다. 그래서 약을 줄여나갔고, 끊어보려고도 했다. 내가 정말 나아졌다고 내게 보여주고 싶어서.

예전의 나는 시간이 지나면 나아질 수 있다고 믿었던 것 같다. 겨울보다는 봄에, 봄보다는 여름에 더 좋아질 거라고 믿고 싶었는지도 모르겠다. 그래서 조바심이 났다. 내가 기대하는 것만큼 회복되지 않는 듯해서 불안했다. 이혼 전보다 더 나은 모습으로, 더 행복한 모습으로 살아야 한다고 강박적으로 생각했다. 잘 사는 것이 복수라고, 보란듯이 잘 살면 된다고 말하는 응원의 목소리가 내 등을 천천히 두드리는 손길에서 내 등을 후려치는 채찍이 되는 동안에.

고통 안에서 시간은 직선으로 흐르지 않았다. 나는 자꾸만 뒷걸음질쳤고 익숙한 구덩이로 굴러떨어졌다. 다시는 회복될 수 없을지도 모른다는 조바심 서린 두려움이 나를 장악했다. 나는 왜 내가 원하는 만큼 강해질 수가 없을까. 이렇게까지 노력하는데도 왜 나아지지 않는 걸까. 그런 생각을 하며 오래 울던 밤에 나는 나의 약함을, 나의 작음을 직시했다.

인내심 강한 성격이 내 장점이라고 생각했었다. 인내심 덕분에 내 능력보다도 더 많이 성취할 수 있었으니까. 왜 내 한계를 넘어서면서까지 인내하려고 했을까. 나의 존재를 증명해야 한다고 생각해서였을까. 언제부터였을까. 삶이 누려야 할 무언가가 아니라 수행해야 할 일더미처럼 느껴진 것은. 삶이 천장까지 쌓인 어렵고 재미없는 문제집을 하나하나 풀어나가고, 오답 노트를 만들고, 시험을 치고, 점수를 받고, 다음 단계로 가는 서바이벌 게임으로 느껴진 것은. 나는 내 존재를 증명하지 않고 사는 법을 몰랐다. 어떤 성취로 증명되지 않는 나는 무가치한 쓰레기나 마찬가지라고 생각했다. 그 믿음은 나를 절망하게 했고 그래서 과도하게 노력하게 만들었다. 존재 자체만으로도 의미와 가치가 있는 사람들은 자기 존재를 증명할 필요 없을 것이다. 하지만 나는 애초에 그런 사람이 아니었다.

우리 팀은 태양계 내의 소행성 데이터를 수집하는 일을 했다. 나를 포함해 연구원이 셋이었는데 팀장은 나보다 열 살 많은 대학원 선배였고 지도교수도 같았다. 그래서 그녀는 내가 무슨 이유로 이혼을 했는지, 어떤 상황인지 얼추 알았지만 내 앞에서 티를 내지는 않았다.

장마가 시작된 날 팀장과 단둘이 야근을 했는데, 그녀의 오래된 차가 출근길에 멈춰 서서 견인되는 바람에 일이 끝난 후 그녀를 집에 데려다줘야 했다. 피곤한 내색을 하지 않으려고 애쓰면서 그녀를 차에 태웠다. 한동안 우리는 어떤 대화도 나누지 않았다. 침묵 속에서 그녀가 말을 고르고 있다는 것을 느낄 수 있었다.

"여기 일 어때요?"

"항상 잘해주셔서 별로 어려운 거 없어요."

그리고 다시 침묵이 이어졌다.

"석사 들어왔을 때 몇 살이었죠?"

"스물셋이요. 빠른 연생이거든요."

"그때 모습이 지금도 생생한데 벌써 십 년 전이네요. 지도 학생 모임에서 지연씨가 왜 이 전공을 택했는지 이야기하면서 눈을 빛내던 게 기억나요. 그때 내가 많이 지쳐 있었거든. 지금 지연씨 나이 정도였을 거예요. 만사가 지겹고 재미가 없었는데, 어린 친구가 왜 이 공부를 택했는지 밝게 이야기하던 모습이 마음에 남았어요."

"……제가요? 그런 적도 있었어요?"

"네, 지연씨가 그랬어요."

다시 대화가 끊어졌다. 빗방울이 자동차 지붕을 두드리는 소리를 들으며 나는 문득 소리 내어 말하고 싶어졌다. 그 말씀을 하고 싶으신 거죠. 예전에는 그렇게 반짝이고 희망이 있던 사람이 업무만 겨우겨우 따라가는, 지치고 재미없는 사람이 된 게 안타깝다는 말요.

"그때 지연씨 말이 오래 기억에 남았어요. 이게 숨구멍이라는 말. 이 공부를 할 때 가장 자유롭고 편안하다고 했어요."

그때의 내 마음은 누구보다도 내가 잘 알고 있었다. 인간이 측량할 수 없는 무한한 세계가 지구 밖에 있다는 사실은 나의 유한함을 위로했다. 우주에 비하자면 나는 풀잎에 맺히는 물방울이나 입도 없이 살다 죽는 작은 벌레와 같았다. 언제나 무겁게만 느껴지던 내 존재가 그런 생각 안에서 가벼워지던 느낌을 나는 기억했다. 무리를 이루는 듯 보이는 밤하늘의 별들도 철저히 혼자이며, 하나의 점으로 응축되어 있던 물질들이 팽창하는 우주 속에서 빠른 속도로 서로에게서 멀어져가고 있다는 사실은 내가 어린 시절부터 줄곧 느껴왔던 슬픔을 설명해주는 것 같았다. 하지만 나의 그 순진무구한 사랑은 대학원에 진학하면서 차츰 빛을 잃어갔고, 그 자리는 현실적인 크기의 희망으로 대체됐다. 나의 숨쉴 구멍이었던 존재가 일이 되고, 나의 가능성이 한계가 되는 데는 긴 시간이 걸리지 않았다.

"팀장님은 왜 천문학을 선택하셨어요?"

"어릴 때 극장에서 〈E.T.〉를 봤거든요."

썰렁한 농담이어서 어떻게 반응해야 할지 생각하고 있는데 팀장이 말을 이었다.

"이티가 착한 애잖아요. 손가락으로 빛을 밝혀서 사람들 다친 데도 고쳐주고, 친구도 되어주고. 엄마 따라 극장 가서 그 영화를 봤는데 어느 장면에선가 이티가 저를 보는 거예요. 카메라를 보는 게 아니라,

모두를 보는 게 아니라, 극장 맨 앞좌석에 앉아 있는 나를 보는 거죠. 내가 자기를 보는 걸 알고 있다는 표정을 지었어요. 아직도 그 순간을 기억해요. 이티가 마지막에 자기 별로 돌아갈 때 얼마나 울었는지 엄마가 부끄럽다고 할 정도였어요. 그 이후로 밤이 되면 하늘을 올려다보는 습관이 생겼어요. 어릴 때 친구가 없었거든요. 그런데 하늘을 올려다보면 거기 어딘가에는 내 친구가 있다는 생각이 들었어요."

팀장을 데려다주고 집으로 가는 동안 나는 하늘을 올려다보는 어린 팀장의 얼굴을 상상해봤다. 예의바르고 말을 가려 하고 자신의 사적인 부분을 잘 얘기하지 않는 그녀가 내게 틈을 보인 순간이었다. 이상하게도 그녀의 말이 위안이 되어서 나는 조금 놀랐다. 잠자리에 누워서야 어쩌면 그것이 그녀 방식의 위로였을지도 모른다는 생각이 들었다.

엄마는 명희 아줌마와 함께 여행하면서 찍은 사진을 보내왔다. 선인장 농장에서 테킬라를 시음하는 사진, 바다에서 햇볕을 쬐는 사진, 너른 벌판에서 공놀이하는 사진과 온갖 종류의 음식 사진이었다. 피부는 보기 좋게 탔고 얼굴에는 화장기가 없었다. 엄마는 여자가 나이 들어서 화장 안 하면 민폐라면서 마트에 갈 때도 꼭 화장을 하는 사람이었는데. 나는 엄마에게 좋아 보인다는 답장을 보냈다. 내가 다시 정신과에 다니기 시작했다는 걸 알면 엄마는 무슨 말을 할까. 그것이 어떤 말이든 내게는 상처가 될 거라는 확신이 들었다.

토요일 오후에 할머니에게서 전화가 왔다. 느지막이 일어나 인스턴트 우동을 끓여먹고 나서 약을 먹은 참이었다. 할머니는 시간이 되

면 예전에 할머니가 살던 집에 같이 가보지 않겠느냐고 했다. 아무것
도 할 수 없을 것 같아서 누워 있으려고 했는데 그 말을 듣자 마음이
동했다. 그 집을 다시 보면 어떤 마음이 들지 궁금했다.

할머니의 옛집은 종종 꿈에 나왔다. 하늘색 슬레이트 지붕을 얹고
흰 페인트를 바른 콘크리트 주택이었다. 작은 마당에는 할머니가 심
어놓은 고추와 상추, 키가 작은 꽃들이 있었다. 집 앞을 둘러싼 낮은
돌담 위로 올라가면 언덕 아래로 바다가 보였다. 그곳에 서 있으면 풀
냄새, 물에 젖은 흙냄새가 났다.

할머니와 단지 입구에서 만나 천천히 걸어갔다. 얼마 지나지 않아
오른쪽으로 바다가 펼쳐졌다. 우리는 그 앞에 서서 말없이 바다를 바
라봤다.

"너 요즘 괜찮냐."

"네."

할머니를 속일 수 없다는 걸 알면서도 나는 거짓말을 했다.

"괜찮아 보이지 않아서 하는 말이야."

"괜찮아요."

내 목소리가 내 귀에도 조금 신경질적으로 들렸다. 할머니는 한동
안 아무 말도 하지 않았다.

"잠시만 여기 앉아서 쉴까."

할머니가 버스 정류장 벤치에 앉으며 나를 올려다봤다. 나도 할머
니 곁으로 가서 앉았다. 할머니에게서 생강과 마늘이 섞인 냄새가 났
다. 걱정스러운 표정을 감추지 못한 채 나를 보던 할머니가 입을 열
었다.

"개성에서 계속 살았다면 평생 바다를 못 봤을지도 모르겠어. 이렇게 좋은 바다를 말이야."

"그럼 남한에는 전쟁 때 내려오셨던 거예요?"

"전쟁 나던 해 겨울이었지. 엄마랑 아버지랑…… 고추같이 매운 날에 떠났지, 개성을."

매서운 칼바람과 싸라기눈이 내리치던 추운 날이었다. 할머니는 피난 짐을 싸고 남은 음식을 모아 봄이에게 줬다. 반쯤 말린 숭어를 정신없이 먹는 봄이의 모습을 보며 할머니는 아무 말도 할 수 없었다. 짐을 다 꾸리고 집밖으로 나가자 봄이가 낑낑거리며 따라 나왔다. 평소 봄이는 꼬리를 치면서 따라오다가도 집으로 돌아가라고 하면 바로 알아듣고 돌아가던 아이였다. 하지만 그날은 할머니가 따라오지 말라고 아무리 얘기해도 신작로까지 쫓아왔다. 사람들이 자신을 떠난다는 것을 알아챈 듯이 낑낑대면서 돌아가지 않겠다고 고집을 부렸다. 증조모가 신작로 모퉁이에 쪼그리고 앉아서 봄이를 쓰다듬으며 말했다.

— 봄이야, 우리 봄이야.

봄이가 바닥에 배를 깔고 엎드려서 증조모를 올려봤다.

— 여기서 헤어지자. 이제 우리를 따라오지 말라는 말이야. 내레 미안해……

증조모의 말이 끝나자 봄이는 자리에서 일어나 가족들의 냄새를 한 번씩 맡더니 집 쪽으로 걸어가기 시작했다. 한참 멀어졌을 때야 한 번 뒤돌아봤을 뿐이었다. 할머니는 혹시나 봄이가 돌아올까봐 봄이의 이름도 부르지 못했다. 등을 돌린 채로 걸어가는 봄이를 보며 할머니는 목에 두른 목도리가 다 젖도록 소리 없이 울었다. 그후로 누구도 다시는 봄이를 언급하지 않았다. 봄이가 존재하지도 않았다는 듯이. 그냥 개일 뿐이야. 할머니는 그렇게 생각하려 했지만 그런 거짓말로 스스로를 위로할 수는 없었다.

세 사람의 목적지는 혜화동에 있는 증조부의 삼촌 집이었다. 증조부의 부모도 그곳으로 피난 갔다는 소식을 들은 뒤였다. 피난길에 오르고 나서야 증조부는 서울 사람들도 남으로 피난을 떠나는 중이라는 이야기를 듣게 됐다. 난리라는 말이 맞았다. 소달구지를 끌고 나온 사람들과 아이를 업거나 안고 머리에 짐을 인 사람들, 그리고 어린아이들과 노인들이 무리를 지어서 신작로를, 논둑길을 걸었다. 할머니는 지금도 쓰러진 버드나무 가로수와 전봇대, 끊어져 땅에 떨어진 전선이 생생하게 기억난다고 했다. 군용 지프차가 지나갈 때면 인파가 갈라졌다. 길바닥에는 탄피와 벽돌 조각이 굴러다녔다. 반쯤 타거나 폭격을 당해 부서진 집도 자주 보였다. 증조부와 증조모는 도민증이 있었음에도 불구하고 헌병대 검문소를 지날 때마다 긴장했다.

세 사람은 집에서 들고 온 풍로에 불을 피워서 밥을 해 먹었다. 해가 지면 민가의 부엌이나 창고에서 잠을 잤고, 자리가 없으면 마당에서 눈을 붙였다. 목화솜 이불 한 채를 세 식구가 같이 덮고 누워 서로의 체온으로 추위를 버텼다. 배가 고프고 추워서 피곤한데도 잠이 오지 않았다. 가끔 쌕쌕이가 낮게 날 때는 오금이 저렸다. 그렇게 며칠을 걸어 서울에 도착했다.

구파발을 지나 독립문 쪽으로 걸어가던 어느 날이었다. 속바지가 축축했고 몸이 얼어붙을 것 같았다. 할머니는 소변을 보러 갔다가 자신이 초경을 시작했다는 사실을 알았다. 국민학교에 다닐 적에 언니들이 초경에 대해서 이야기해준 것이 유일한 정보였던 탓에 할머니는 어떻게 해야 할지 몰라 그저 버텼다. 그러다 속바지가 차가워서 견딜 수 없을 지경이 되어서야 증조모에게 그 사실을 말했다.

증조모는 잠시 당황하다가 짐에서 속바지와 천조각을 꺼내 할머니에게 주면서 천조각이 무거운 느낌이 들면 다른 천조각으로 바꿔야 한다고 알려줬다. 허리가 끊어질 것처럼 아팠고 속도 울렁거렸다. 할머니는 행렬에서 이탈해 전봇대 앞에다 먹은 것을 다 토했다.

민가의 한 창고에 자리를 잡고 누운 그날 밤, 잠이 까무룩 들 즈음에 증조모가 할머니를 깨웠다.

—영옥아, 따라와라.

증조모가 할머니를 데리고 간 곳은 우물이었다.

—물이 있을 때 해야 한다.

증조모는 양동이에다가 물을 가득 받아들고 뒷마당으로 갔다. 그러고는 품에서 피가 묻은 천조각을 꺼내더니 할머니에게 그 위로 물을 부으라고 말했다. 물에 손이 닿자 너무 차가웠다. 한겨울의 추위로 손에 감각이 없었는데도 그랬다.

—어마이, 물이 얼음장이라요.

—붓지 않고 뭐하나.

—어마이.

—손이 얼었을 때는 차가운 물을 만져야 한다이. 이럴 때 따뜻한 물 만지면 손에 얼음 배긴다. 어여 부어라.

할머니는 피 묻은 천조각 위로 차가운 물을 부었다. 그리고 천을 빨아 물기를 짠 다음 뒷마당의 잘 보이지 않는 곳에다가 널어뒀다. 손이 찢어질 것같이 아팠다.

그들은 얼어붙은 발로 신촌과 이화여대를 지났다. 물어물어 증조부의 삼촌 집을 찾아갔지만 집은 전소되어 원래 형상조차 그려지지 않을 정도였다. 양동이를 들고 길을 가던 젊은 여자가 그들에게 다가와 말했다.

─그저께 밤에 큰 폭격이 있었어요. 아침에 물 뜨러 나왔다 보니까 이렇게 다 타버렸지 뭐예요.

─사람이 있었습니까?

증조부가 떨리는 목소리로 물었다.

─사람은커녕 개미 새끼 한 마리도 보이지 않았어요. 피난 가지 않은 집이 드무니…… 가셨겠지요.

여자는 그 말을 하고 자리를 떴다. 증조부는 기다란 나무막대기 하나를 들고서 잿더미가 된 집터를 한참 동안 뒤졌다. 혹시나 잔해에 깔린 사람이 있는지 찾는 것 같았다. 할머니도 숯처럼 탄 나뭇조각들과 깨진 기와 조각들을 발로 건드리면서 사람을 찾는 체했다. 추운 날이었음에도 증조부는 땀을 흘려가며 잔해를 뒤지고 또 뒤졌다. 배가 고프고 추웠지만 그만하고 떠나자는 말을 할 수 없을 정도로 그는 그 일에 몰두했다. 깔린 사람이 아무도 없다는 것을 완전히 확인했을 때는 이미 해가 진 뒤였다. 그들은 근처의 빈집을 찾아서 그곳에서 하루를 잤다. 며칠 동안 증조부는 입을 열지 않았다.

다음날 다시 피난길에 올랐다. 새비 아주머니가 알려준 대구 주소가 새로운 목적지였다. 그들은 지푸라기 끈을 신발에 감아서 꽁꽁 얼어붙은 한강 위를 걸었다. 셀 수도 없이 많은 피난민들이 서로를 밀치며 언 강을 가로질러 걸어갔다.

— 새비가 서울에서 기차를 탔을지, 걸어서 갔을지……

증조모가 증조부를 보며 말했다. 하지만 증조부는 대답하지 않았기에 그런 물음은 혼잣말에 가까웠다.

— 작은 간나가 애 하나 데리고 기렇게 내려가기가……

증조모는 거기까지 말하고 입을 다물었다. 새비 아주머니가 걱정되어 견딜 수 없을 때면 증조모는 그런 말을 입 밖으로 꺼냈지만 곧 침묵했다. 할머니는 피난을 떠나려는 새비 아주머니와 희자를 만류하지 않았던 증조부가 미워졌다. 그래서는 안 됐다고, 다른 누구도 아닌 새비 아주머니와 희자를 그런 식으로 보내는 건 아니었다고.

— 기래두 아바이가 있어서 다행인 기야.

증조모가 말했다. 하지만 할머니는 두려웠다. 헛간에서, 마당에서, 뒤뜰에서 잘 때, 때로는 운이 좋아 사랑채나 행랑채에서 잘 때에도 두려움은 사그라지지 않았다. 피난길을 가는 여자에게는 인민군, 국군, 미군, 중공군의 구분이 중요하지 않았다. 밤마다 민가를 다니면서 여자를 강간하는 군인들이 어느 쪽인지 구분하는 것은 의미 없는 일이었으니까.

그렇게 며칠을 더 걸어서 대전에 도착한 그들은 경부선 철길을 따라 대구 쪽으로 걸어갔다. 대구에 가까워지면서 가져온 양식도 바닥을 드러냈다. 가끔 마주치는 민가에서 주먹밥이나 물을 건네기도 했지만 대부분 하루에 겨우 한끼를 먹었다. 하루는 민가에서 내놓은 주먹밥을 먹다가 어떤 아이를 만나게 됐다. 많아봐야 대여섯 살 정도로 보이는 여자아이였는데 가족 없이 혼자였다. 한쪽 눈은 다래끼 때문에 부어올랐고 봄에나 입을 만한 얇은 겉옷을 걸치고 있었다. 아이는 증조모의 치맛자락을 붙잡고 증조모를 한참 동안 쳐다봤다.

증조모는 짐에서 할머니의 겉옷을 꺼내 아이에게 입히고 목도리로 머리를 싸매줬다. 삶은 감자와 고구마 몇 개를 보자기로 싸서 아이의 손에 들려줬다. 그러고는 자신을 잡고 있는 아이의 손을 떼어내고 걷기 시작했다. 아이가 증조모에게 달려가서 치맛자락을 잡았지만 증조모는 아이의 손을 다시 한번 떼어내고는 따라오지 마라, 따라오지 마, 소리를 질렀다.

—어마이, 같이 가도 되지 않갔어요.

그 말을 들은 아이가 할머니를 꼭 안았다. 그 와중에도 피난민들은 빠른 속도로 그들을 지나쳐 걸어가고 있었다. 여자애 둘이 길 한복판에 서 있으니 방해가 된다는 듯이 화를 내는 사람들도 있었다. 증조모가 짐을 내려놓고는 아이를 할머니로부터 떼어냈다.

—어마이.

—됐다.

—이렇기 간다는 말이시까.

—기래.

—어마이, 이러지 마시라요.

말이 끝나자마자 증조모가 할머니의 얼굴을 때렸다. 한 번, 두 번, 다음에는 머리를 쳤다. 바닥에 쓰러질 정도로, 증조부가 말릴 때까지. 아이는 더이상 그들을 따라오지 않았다. 입을 다물고 길을 걷다보니

166

해가 졌다. 그믐밤이었다. 별 무리가 아주 낮게까지 내려와 밝게 빛났다. 그걸 보면서 할머니는 생각했다. 우리는 이런 아름다움을 보고 느낄 자격이 없는 존재들이라고. 짐승만도 못한 존재들, 천한 존재들, 세상에서 사라져야 할 존재들이라고.

할머니는 증조모 이야기를 할 때에는 능숙하게 말을 이어나가다가도 그때의 자신에 대해 말할 때에는 여러 번 망설였다.

해변 도로를 따라 한참을 걸어가다보니 길가에 콩국숫집이 하나 보였다. 할머니가 콩국숫집 뒤의 낮은 언덕을 가리켰다. 언덕 위로 올라가자 그 아래로 2차선 찻길이 보였다. 찻길 오른쪽으로는 고추와 호박을 심은 밭이 넓게 이어져 있었고, 왼쪽으로는 작은 집들이 드문드문 보였다. 거기에 다다르니 예전 모습이 퍽 세세하게 기억났다.

"저기 찻길 아니지 않았어요?"

"응. 그냥 흙길이었지."

"저랑 할머니랑 저쯤에서 배드민턴 쳤었잖아요."

나는 반가운 마음에 중국집 옆 주차장을 가리켰다. 할머니가 고개를 끄덕였다.

"할머니 집은 어디 있어요? 분명 이 근천데……"

내 말에 할머니가 길 건너편 공터를 가리켰다. 길쭉한 개망초꽃이 빽빽하게 피어 있고 벽돌 조각이 바닥에 드문드문 흩어져 있었다. 공터 뒤로는 바다가 보였다. 할머니가 공터 쪽으로 걸어갔다.

"여기야."

할머니가 나를 향해 쓸쓸하게 웃어 보였다. 나는 할머니의 집이 당연히 남아 있으리라고 생각했다. 예전 모습 그대로는 아니더라도 그 자리에 있으리라고. 나는 할말을 잃고 공터를 향해 걸어갔다. 어디선가 마른풀을 태우는 냄새가 났다.

"나 다음에 살던 주인이 땅을 팔았나봐. 뭔가를 하려고 했던 것 같은데, 지금은……"

할머니는 그렇게 말하고 공터에 쪼그리고 앉았다.

"나도 여기 오랜만이야. 이렇게 되고 나서부터는 속이 상해서 보고 싶지가 않았어. 그런데 오늘 문득, 너랑 함께면 올 수 있겠다는 생각이 들더라고."

할머니의 말이 부드럽게 내 마음을 건드렸다.

"너희 증조할머니가 돌아가신 것도 이런 계절이었어. 장례 치르고 집으로 돌아왔는데 도무지…… 안에 들어갈 수가 없는 거야. 그래서 여기 길가에 서서 계속 맴돌았어. 겁이 나더라고. 집에 아무도 없다는 걸 눈으로 확인하면 세상에 엄마가 없다는 게 진짜가 될 것 같다는 생각이 들었어. 그래서 계속 맴돌았지. 옛날 사람들 말이 맞아. 딸의 곡성은 저승까지 들린다고…… 그렇게 한 해를 괴롭게 지내다가 네가 놀러왔을 때 얼마나 반갑고 좋았던지 몰라. 세상에는 끝나는 것들만 있다고 생각했거든. 근데 너를 보니 그게 아니라는 걸 알겠더라."

할머니가 개망초꽃을 손등으로 툭툭 쳤다. 지금 너도 남몰래 울고 있다는 걸 알고 있어. 할머니의 말이 내게 꼭 그렇게 들렸다. 끝나는 것들만 생각하지 마.

"저도 증조할머니를 만났으면 좋았을 것 같아요."

"만났었어. 너는 기억이 없겠지만, 너 세 살 때쯤 미선이가 너랑 네 언니를 데리고 희령에 왔었거든. 며칠 있는 동안 네가 우리 엄마를 얼마나 잘 따랐는지 몰라."

　나는 공터 뒤로 펼쳐진 바다를 바라봤다. 세 살 때 나는 증조할머니와 할머니와 엄마와 함께 지금 공터가 된 이 자리에 있었다. 같이 밥을 먹고 잠을 자고 웃었겠지. 나는 세 살의 내가 머물렀던 할머니의 집을 그려볼 수 있었다. 그리고 늘 함께 붙어다녔던 언니의 모습도.

9

다섯 살의 나는 죽음을 정확히 이해하지 못했다. 언니는 여전히 내 곁에 있었으니까. 앞니가 두 개 빠진 언니는 언니가 제일 좋아하는 하늘색 티셔츠에 데님 반바지를 입고 있었다. 나랑 노는 건 어른들한테 비밀이야. 언니가 내게 속삭였다. 우리는 비가 온 다음날 놀이터에서 모래로 도시를 지었다. 놀이터에 생긴 큰 웅덩이를 바다라고 하고 도랑을 파서 물길을 만들고 다리를 만들었다. 공터 벤치에 앉아 롤러스케이트를 타는 애들을 같이 구경했다. 언니는 내가 자전거를 탈 때면 뒷자리에 앉아서 노래를 불렀다. 밤이 되면 이불 속으로 들어와서 내 귀에 대고 재미있는 이야기를 들려주기도 했다. 나는 새된 소리로 자주 웃었다. 길을 걷다가 나무를 올려다보면 언니가 높은 나뭇가지 위에 앉아서 손을 흔들었다. 지연아, 하고 내 이름을 부르는 언니의 모습을 볼 때면 나는 언니가 지금 여기에 있으면서도 다른 곳에 있다는 것을 알았고 거기에는 어떤 모순도 없다고 느꼈다.

내가 죽은 언니와 같이 논다는 말을 했을 때 엄마는 내 등을 때리면서 울었다. '너, 그런 거짓말 하는 거 아니야. 그런 나쁜 거짓말 해서 엄마 마음 아프게 하는 거 아니야.' 그런 엄마 앞에서 나는 내 이야기가 거짓이 아니라고 주장하지 못했다. 그래서 엄마에게 거짓말을 했다. '엄마, 미안해. 거짓말해서 미안해요.' 엄마가 나를 용서해줄 때까지 빌고 또 빌었다. 언니는 방 한구석에 앉아서 우리를 바라보다가 이불을 머리끝까지 뒤집어썼다.

그뒤로 언니가 다시 내 옆에 올 때면 나는 언니를 밀어냈다. '가까이 오지 마.' 언니는 슬퍼 보였고 그런 언니를 보는 내 마음도 그랬다. 얼마 지나지 않아 언니는 나의 세계에서 사라졌다. 가끔은 언니가 해줬던 재미있는 이야기를 떠올렸고, 언니와 함께 놀 때의 감각을 떠올리기도 했지만 모든 것은 낮잠을 자다 꿨던 꿈처럼 실감을 잃어갔다.

나는 학교에 들어갔고 한글과 숫자를 배웠고 시계를 읽는 법을 배웠고 죽은 사람은 결코 다시 살아날 수 없다는 사실을, 거기에 있으면서 동시에 여기에 존재할 수는 없다는 당연한 사실을 배웠다. 나는 엄마에게 죽은 언니와 놀았다고 말하던 날을 떠올렸다. 내가 상상할 수도 없는 고통을 겪은 사람 앞에서 나의 진실을 떠벌리는 것이 대체 무슨 의미였을까. 엄마의 고통 앞에서 나의 진실은 가치가 없었다. 어떤 경우에도 엄마의 불행에 나의 불행을 견줄 수 없었다. 그래서 나는 계속 거짓말을 했다. 괜찮다고, 잘 지내고 있다고, 잘 자고 잘 먹고 있다고, 문제가 없다고. 나는 언제나 잘 웃는 아이였고, 자라서는 잘 웃는 어른이 됐다. 마음속으로 울고 있을 때도 얼굴에서는 미소가 사라지지 않았다.

공터가 되어버린 할머니의 집을 보고 온 지 얼마 지나지 않아 여름 감기에 걸렸다. 긴 옷을 입고 이불을 덮고 자는데도 추웠던 밤, 열이 나기 시작했다. 일어나니 목이 부어서 침을 삼킬 때마다 귓속이 아팠다.

그렇게 8월 첫째 주로 예정되어 있던 여름휴가를 병상에서 보내게 됐다. 입사한 지 얼마 되지 않은 신입이 병가를 내겠다고 말하기가 어려우니 차라리 휴가 때 아픈 게 다행일지도 몰랐다. 내과에 가서 수액을 맞으며 누워 있는데 나의 일부가 내 몸에서 흘러나오는 기분이 들었다. 혼자 지내는 것쯤 어떻게든 해낼 수 있다고 생각했으면서도 막상 열이 오르고 몸을 제대로 추스르지 못하게 되자 마음이 약해졌다.

약을 먹고 물을 마시고 계속 식은땀을 흘리면서 낮에도 밤에도 잠만 잤다. 마트에서 사온 레토르트 죽을 데워먹고 아침에는 다시 내과에 가서 수액을 맞았다. 그렇게 지내면서 나는 내가 정말 오랜만에 온전하게 쉬고 있다는 것을 알았다. 박사논문을 쓰고, 박사 후 과정을 밟고, 프로젝트에 참여하고, 남편의 배신을 알게 되고, 이혼하고, 서울 생활을 정리하고 희령으로 와 낯선 환경에 적응하기까지 제대로 쉰 적이 없었다는 사실을 뒤늦게 깨달았다. 그동안 나는 앞만 보며 달려왔었다. 상처를 받으면 그 상처를 느끼고 싶지 않아 나에게 더 큰 상처를 주면서.

감기약을 먹고 잠을 자면 총천연색의 꿈을 꿨다. 할머니가 이야기해준 피난민 무리에 속해서 한참 동안 쉬지 않고 걷는 꿈을 꾸기도 했다. 애써 어느 집을 찾아갔는데 집이 전소된 것을 보고 크게 놀라 잠에서 깨기도 했다. 꿈에서는 시간이 의미가 없었다. 하루는 전남편이 꿈에 나왔다. 꿈속에서 우리는 이혼을 한 이후였는데도 부부였다. 우리는 어두운 거리를 걷고 있었다. 내가 말했다. 너는 나를 배신할 거야. 넌 내게 상처를 줄 거야. 그의 외도가 이미 일어난 사건이라고 인식하면서도 나는 계속해서 미래형으로 말하고 있었다. 그는 말도 안되는 소리 하지 말라고 화를 냈다. 돌이킬 수 없는 일이야. 거짓말하지 마. 나는 소리치면서 꿈에서 깨어났다.

전남편에게는 일어날 일은 일어난다는 믿음이 있었다. 그는 시간은 흘러가는 강물이 아니라 얼어붙은 강물이라는 말을 즐겨 했다. 시간은 환상일 뿐이며 과거와 현재와 미래는 동시에 존재한다는 것이었다. 인간의 자유의지나 선택이라는 것 또한 커다란 환상일지 모른다고 그는 말했다. 그런 식의 생각에는 분명 이점이 있었다. 그런 믿음은 무엇보다도 인간을 후회의 덫에서 구원해준다. 과거의 내가 다른 선택을 했더라면 현재의 고통이 없었으리라는 사고의 공회전에서 빠져나올 수 있는 힘을 준다. 그는 오랜 시간 동안 나를 속이면서도 그런 생각을 했을까. 이건 일어날 일이었으니 어쩔 수 없다고.

여름휴가가 끝날 무렵에야 감기가 다 나았다. 일주일 만에 사무실로 출근해 자리를 정리하는데 사수인 P선배가 오더니 파일 하나를 건넸다.

"지연씨가 휴가 가기 전에 수집한 데이터가 정확하지 않아요."

단순한 작업이어서 오류가 날 일이 없다고 생각했는데 확인해보니 선배의 말이 맞았다. 선배는 잘못된 데이터 때문에 며칠을 고생했다면서 다시는 이런 일이 없었으면 좋겠다고 했다. 일 처리에 꼼꼼한 편이었고 간단한 일이라도 두세 번 거듭해서 확인하는 성격이었기에 이런 실수를 저질렀다는 사실을 나조차도 잘 납득할 수 없었다. 부끄러움에 얼굴이 달아올랐다. 나는 여러 번 사과하면서 신세를 꼭 갚겠다고 했다. P선배가 나를 빤히 바라봤다. 내가 안타깝다는 듯한 표정이었다.

"그럴 수 있죠. 앞으로 안 그러면 되는 거니까."

그는 미소 짓더니 말을 이었다.

"지연씨 사정은 나도 들어서 알고 있어요. 하지만 사적 영역의 감정이 공적 영역에까지 영향을 줘선 안 되는 거잖아요."

나는 그에게 다시 한번 사과했다. P선배가 자기 자리로 돌아가고 나서 나는 선배가 건넨 파일을 한번 더 봤다. 있을 수 없는 실수였다. 지연씨 사정은 나도 들어서 알고 있어요. 내 사정을 들어서 안다니 그게 무슨 말일까. 나의 실수가 사생활 때문일 거라고 어떻게 확신할 수 있으며 그 생각을 어떻게 내게 전할 수 있을까. 아니야. 그런 이야기를 듣도록 빌미를 제공한 나의 실수가 문제인 거야. 이런 말도 안 되는 일을 저지르다니. 에어컨의 차가운 바람에 몸이 떨렸다. 나는 정신을 차려야 했다. 흠 잡힐 일이 없도록 어느 때보다도 더 노력해야 했다.

온종일 몸이 굳은 채로 일을 한 뒤 기진맥진해져서 집으로 돌아왔다. 옷도 갈아입지 않고 침대에 엎드려 있다가 까무룩 잠이 들었다. 얼마나 그러고 있었는지, 초인종 소리에 잠에서 깼다. 현관문을 여니 할머니가 끌차를 옆에 두고 나를 바라보았다. 할머니의 얼굴은 안 본 새 검붉게 타 있었다.

"오늘 이 시간에 오라며."

얼떨떨한 표정으로 서 있는 나를 보며 할머니가 나무라듯이 말했다. 그제야 감기약 기운에 취해서 할머니와 통화를 한 일이 떠올랐다. 할머니는 집으로 들어와 끌차 안에 든 것들을 거실 바닥에 벌여놓았다. 커다란 보온병, 깍둑썰기한 수박이 담긴 락앤락 통, 반찬통, 생강청, 참외 세 알이었다. 할머니가 보온병을 들고 부엌으로 가서 뭔가를 찾았다.

"대접 어딨냐?"

내가 하나 있는 대접을 꺼내서 싱크대 위에 올려놓자 할머니가 대접을 물로 한 번 헹구고는 보온병에 든 것을 옮겨 담았다. 전복죽의 고소한 냄새가 부엌을 가득 채웠다. 지는 해의 끝자락 빛이 기다랗게 거실을 타고 부엌으로 넘어오고 있었다. 그 빛이 할머니의 손과 죽 위에도 내려앉았다. 허기가 졌다. 나는 뜨거운 죽을 식혀가면서 허겁지겁 먹었다. 할머니의 다른 음식처럼 간이 조금 셌지만 레토르트 죽과는 비교가 되지 않을 정도로 맛이 깊었다.

"맛있어요."

내가 말하자 할머니가 작게 웃었다.

"할머니는 안 드세요?"

"난 먹고 왔어."

할머니는 그러면서 들고 온 반찬통을 열어 내 쪽으로 건넸다. 볶음김치와 오이지무침이 담겨 있었다. 내가 먹는 동안 할머니는 락앤락 통과 참외, 생강청을 텅 빈 냉장고에 넣고는 베란다 쪽으로 걸어가서 창밖을 바라봤다. 죽을 먹으니 속이 뜨거워져서 땀이 흐르고 기운이 났다. 한 대접을 다 먹고 보온병에 남은 죽까지 긁어먹었다. 다 먹을 즈음 할머니가 식탁으로 와서 그런 내 모습을 지켜봤다.

"정말 잘 먹었어요."

할머니는 내 말을 듣자마자 냉장고에서 락앤락 통을 꺼내 뚜껑을 열었다.

"수박도 먹어."

나는 앉은자리에서 수박을 다 먹었다. 아프고 난 뒤 그렇게 뭔가를 많이 먹은 건 처음이었다. 더이상 음식에서 쓴맛이 나지 않았고 입안 도 예전처럼 깔깔하지 않았다.

"오늘 일하느라 고생 많았을 텐데 이제 쉬어. 나 갈게."

내 모습을 보는 할머니의 얼굴이 굳어 있었다. 화장이 온통 번지고 머리는 헝클어진 내 모습을 보며 할머니가 걱정스러워한다는 걸 느낄 수가 있었다. 할머니가 내 곁에 계속 있었으면 좋겠다고 생각했다. 잠 시라도 함께 있고 싶었다. 혼자 있고 싶지 않았다.

"뭐라도 드시고 가세요. 차라도."

어느새 나는 애원하고 있었다. 할머니는 그런 나를 잠시 바라보고 는 식탁 의자에 앉았다. 나는 선반에서 머그컵 두 개를 꺼내 할머니가 가져온 생강청을 덜어 넣었다. 할머니는 나를 등지고 앉아서 바깥 풍 경을 보고 있었다. 커피포트의 물이 다 끓을 때까지 우리는 아무 말도 하지 않았다. 내가 생강차를 건네자 할머니가 부드럽게 미소 짓더니 입을 열었다.

"생강차 좋아해?"

"네, 제가 워낙에 몸이 차서요."

"우리 엄마도 좋아하셨어. 여름에도 생강차를 끓여 드셨었지. 아마 피난 때부터 그랬을 거야."

할머니는 후후 불어서 차를 한 모금 마시고는 나를 바라봤다.

새비 아주머니의 고모 집은 대구의 비산동이라는 곳에 있었다. 피난민 수용소가 있는 곳이어서 골목은 물론이고 큰길을 걸을 때도 사람과 부딪치지 않는 게 어려울 정도로 붐볐다.

아이를 업거나 안은 사람, 머리에 보따리를 이고 걷는 사람, 금숙아, 금숙아, 누군가를 부르는 사람, 엿장수, 주먹밥 장수, 구석에 앉아서 시든 사과를 파는 사람, 임신부, 소리치는 사람, 말없이 우는 사람, 지팡이를 짚고 걸어가는 사람, 국군, 미군, 반쯤 넋이 나간 사람, 맨발로 걷는 사람과 악을 쓰고 다투는 사람, 그 모든 사람들이 너무 가까이 붙어 있었다. 서울 사투리, 충청도 사투리, 경상도 사투리, 황해도 사투리 등 온갖 말씨가 다 섞여 있었고 가끔 일본어와 영어가 들리기도 했다. 마치 죽 속 밥풀처럼, 모두가 개어져서 하나의 대접 안에 들어 있는 것 같았다. 그 밀접함이 아득했다. 모두가 살고자 연고도 없는 그곳으로 모인 것이었다.

새비 아주머니의 고모 집에 다다른 것은 해가 지고 나서였다. 집은 동네에서도 가장 높은 지대에 있었다. 나무로 된 명패에 박명숙이라는 이름이 새겨져 있었는데, 여자 이름을 명패에 새기는 건 드문 일이었기에 할머니는 의아하게 생각했다. 증조부가 문을 몇 번 두드렸지만 안에서는 아무 소리도 들리지 않았다. 할머니는 그저 길에라도 눕고 싶은 심정이었다. 드디어 목적지에 도착했다는 생각에 몸이 부서

지는 듯한 피로감이 밀려왔다.

— 새비야.

— 새비 아즈마이.

증조모와 할머니가 큰 목소리로 새비 아주머니를 불렀다. 하지만 안에서는 여전히 아무 소리도 들리지 않았다. 가는 비가 내리기 시작했다.

— 새비 아즈마이.

그때 할머니의 가족은 그간 내비치지 않았던 두려움을 눈빛으로 공유했다. 그 집에 새비 아주머니가 없으리라는 생각, 새비 아주머니가 피난에 성공하지 못했으리라는 생각이었다.

— 새비야, 거기 있지. 문 좀 열어보라우. 내다, 삼천이.

증조모의 목소리가 점점 작아졌다. 빗줄기가 굵어지기 시작해서 셋은 몸을 떨며 처마 아래로 들어갔다. 증조부는 조금만 더 기다려보고 그래도 대답이 없으면 피난민 수용소를 찾아가자고 했다. 증조모는 별말 없이 고개를 끄덕였다. 할머니는 증조모 곁에 서서 새비 아주머니와 희자를 생각했다. 개성에 찾아온 두 사람을 피난길로 몰았던 것은 그녀의 가족이었다. 떠올리지 않으려고 애써봤지만 개성에 두고 온 봄이 생각도 났다. 피난길에서 본 광경들이 눈앞을 스치고 지나갔다. 되도록 생각이라는 것을 하지 않으려고 노력했었는데, 처마밑에 서서 내리는 비를 바라보는 동안 그간 한쪽에 밀쳐뒀던 생각이 기다렸다는 듯이 쏟아져나왔다. 쌀 한 톨, 장작 한 조각도 나오지 않는 쓸모없는 생각이라는 것이.

그렇게 한참을 서 있다보니 계속해서 잔기침이 나왔다. 대구는 겨울에도 따뜻하다고 했던 희자의 말이 떠올랐다. 몸이 약해진데다 옷이 비에 젖어서 온몸이 후들후들 떨렸다. 할머니는 골목길에 흐르는 물줄기를 바라보았다. 피난길에 홀로 남겨졌던 어린 여자아이의 얼굴 위로 희자의 얼굴이 겹쳐 보였고, 그러자 정수리에 차갑고 날카로운 통증이 느껴졌다. 얼마나 그렇게 있었을까. 멀리서 여자들이 낮은 목소리로 이야기하는 소리가 들렸다. 시간이 갈수록 소리가 점점 더 가까워졌다. 낮은 목소리가 꼭 새비 아주머니의 목소리 같았지만 할머니는 소리가 나는 쪽을 쳐다보지 못했다.

— 영옥아.

자신의 이름을 듣고서야 할머니는 고개를 들 수 있었다. 할머니의 눈앞에 새비 아주머니와 희자, 그리고 처음 보는 여자가 서 있었다. 희자는 물기가 서린 안경을 쓰고 할머니를 바라봤다.

— 영옥이 언니.

할머니는 희자야, 라고 말하지도 못한 채로 자리에 주저앉아서 손으로 얼굴을 감싸고 울음을 터뜨렸다. 반가움 때문만이 아니었다. 그동안 입 밖으로 내지 않았지만 하루에도 몇 번씩이고 치밀던 두려움이 그제야 몸밖으로 빠져나왔기 때문이었다. 두려움이란 신기한 감정이었다. 사라지는 순간 가장 강렬하게 느껴지니까. 할머니는 자신이 단 한 번도 새비 아주머니와 희자가 대구까지 무사히 왔으리라고 믿지 않았다는 사실을 인정했다. 희망이 꺾였을 때의 충격을 감당할 수 없을 것 같아서 작은 희망까지도 모두 버린 채로 피난길을 걸어왔다는 사실을. 할머니는 한동안 고개를 들지 못하고 울다가 일어나서 희자를 끌어안았다. 할머니의 품에 안긴 희자도 울기 시작했다. 빗줄기가 차츰 진눈깨비로 변해갔다.

— 이러다 다 같이 감기 들갔어. 자, 고조 진정들 하구 들어가시
라요.

처음 보는 여자가 타박하는 투로 말하더니 대문을 열고 그들을 마
당으로 이끌었다.

— 긴 이야기는 내일 하고 우선 자리에 드시라요. 숭늉부터 자시
고……

건조하게 말하는 여자를 보며 할머니는 여자가 자기 가족을 환영
하지 않는 것 같다고 생각했다. 적어도 환갑은 넘어 보이는 여자는 흰
양말에 검은 구두를 신고 머리를 뒤로 동그랗게 말아서 핀으로 고정
하고 있었다. 그 사람이 새비 아주머니의 고모, 명숙 할머니였다.

아랫목에 앉아서 명숙 할머니가 내온 숭늉을 마시자 잠이 쏟아졌
다. 그날 할머니는 피난길에 오른 이후 처음으로 깊은 잠을 잤다. 옷
을 갈아입지도 않고 숭늉을 마신 그 자리에서 그대로 잠이 들었다.

다음날 아침, 할머니는 처음 들어보는 소리에 눈을 떴다. 방 한구
석에서 명숙 할머니가 의자에 앉아 재봉틀 페달을 밟으며 작업을 하
고 있었다. 실 냄새와 재봉틀에서 나는 기름 냄새를 맡으며 할머니는
자리에서 일어나 쭈뼛대면서 이불을 정리했다. 방에는 명숙 할머니와
할머니밖에 없었다. 그녀는 할머니를 곁눈으로 힐끗 보더니 다시 옷
감으로 눈길을 돌렸다. 잘 잤느냐는 말 한마디가 없었다.

— 어마이는……

할머니의 물음에 그녀는 한동안 침묵하다 입을 열었다.

— 배급 받으러 갔다이. 간나가 흔들어 깨워두 일어나지를 못하고.

명숙 할머니는 여전히 할머니 쪽으로는 고개를 돌리지 않은 채 작은 목소리로 말했다. 그녀가 할머니 가족을 이 집에 머무르게 해야 할 이유는 없었다. 자신은 명숙 할머니에게 아무것도 아닌 사람이었다. 그런데도 할머니는 명숙 할머니의 차가운 반응이 마음에 남았다.

— 저짝에 물 끓여놓았으니 씻고 옷 갈아입어라.

할머니는 미닫이문을 열고 마루로 나갔다. 간밤에 비가 내려서인지 하늘이 환했다. 마루에 서 있으니 그제야 집의 모양이 눈에 들어왔다. 마루에서 대문까지 몇 걸음 되지 않을 정도로 마당이 작았고 높은 담 위에 뾰족한 사금파리들이 박혀 있었다. 개성에서는 그렇게 담이 높은 집을 본 적이 없었다. 방 두 개에 부엌 하나, 변소 하나가 전부인 작은 집에 그렇게 높은 담이 필요한 이유가 무엇일까. 할머니는 마당을 지나 부엌으로 가서 명숙 할머니가 끓여놓은 뜨거운 물에 찬물을 부어 간만에 몸을 씻었다. 옷을 갈아입고 바깥으로 나가자 그새 증조모와 새비 아주머니, 희자가 집에 도착해서 마루에 앉아 이야기를 하고 있었다. 여전히 큰방에서는 재봉틀을 돌리는 소리가 났다.

— 큰일 치렀다이, 영옥아. 얼마나 피곤했으면 기래 잠을 잤나.

새비 아주머니가 할머니를 보고 웃으며 말했다. 그 모습이 현실처럼 느껴지지 않았다. 새비 아주머니와 증조모 옆에 곡식 주머니가 놓여 있었다. 그들은 행복해 보였고 무엇보다 편안해 보였다. 희자는 새비 아주머니 곁에 가만히 앉아서 할머니를 보고 있었다. 예전 같았으면 언니, 언니 하며 벌써 달려왔을 희자가 할머니를 꼭 낯선 사람처럼 바라보고 있었다. 그 몇 달 새 눈썹이 조금 짙어졌고 얼굴 살이 빠지고 키도 큰 것 같았다. 할머니는 마당에 우두커니 서 있다가 희자 옆으로 가서 앉았다. 그제야 희자도 할머니를 향해 희미하게 웃어 보였다.

명숙 할머니는 조선 말기에 새비에서 태어나 일제하에서 젊은 시절을 보냈다. 열여덟 살이 되었을 때 그녀는 제 손으로 댕기를 자르고 개성에 있는 수녀회에 입회했다. 프랑스에 본원이 있는 수녀회는 당시 개성과 대구에 분원을 두고 있었는데, 명숙 할머니는 수련수녀 기간이 끝나고 대구로 발령받아 그때부터 대구에서 살기 시작했다. 명숙 할머니는 손재주가 좋아서 사제복을 짓기도 하고 쉬는 시간에는 다른 수녀들의 옷을 수선해주기도 했다. 그렇게 이십 년을 수녀로 지내다가 서른여덟이 되었을 때 그녀는 수녀복을 벗었다.

— 왜 그랬을까.

할머니의 말에 희자는 고개를 저었다. 명숙 할머니는 수녀회를 나와서 고향집으로 돌아가지 않고 대구에 남았다. 수녀 일을 하면서 조금씩 모은 돈과 집안에서 보태준 돈으로 작은 집을 얻어서 담을 높게 개조하고 옷 수선 일을 시작했다. 솜씨가 보통이 아니어서 먼 동네에서도 일을 맡기는 사람들이 많았고 맞춤 양장 같은 비싼 옷을 맡기는 손님들도 꽤 있는 편이었다. 명숙 할머니는 어떤 옷이건 가리지 않고 주문을 받아서 해가 질 때까지 재봉틀을 돌렸다.

명숙 할머니는 할머니 가족이 군식구여서 차갑게 대하는 것이 아니었다. 그녀는 사람을 가리지 않았다. 손님들에게도 미소 짓는 일이 드물었다. 한 계절을 같이 지내며 할머니는 명숙 할머니가 감정 표현에 조금 서툰 사람이라는 것을 알 수 있었다.

— 고모는 특별한 사람이야.

새비 아주머니는 종종 그렇게 이야기하곤 했다. 특이한 사람이 아니라 특별한 사람이라고. 생각해보면 할머니네 식구를 데리고 지내는 것부터가 그랬다. 명숙 할머니 덕에 할머니는 전쟁중에 특권을 누릴 수 있었다. 대구시청에서 남쪽으로 뻗은 삼덕동 도로, 신천동 건너편과 대구역 뒤편, 동부, 북부 지대와 비산동 같은 서부 외곽지 일대는 피난민들로 가득했다. 전국 각지에서 피난민들이 밀려와서 피난민 수용소에 모두 들어갈 수 없었다. 거기에 비교한다면 어엿한 집에서 따뜻하게 지내며 보리죽이라도 먹을 수 있는 상황은 꿈같은 것이었다. 명숙 할머니가 아니었더라면 다리 밑에서 생활해야 했을지도 몰랐다. 새비 아주머니의 말대로 명숙 할머니는 할머니의 가족에게도 특별한 사람이었다.

그 집에는 하루에도 손님이 몇 명씩 찾아왔다. 손님들은 전부 대구 토박이 여자였는데 쪽을 찌고 흰 한복을 입은 사람, 몽당치마에 히사시가미 머리를 한 사람, 단발머리를 한 사람, 아이들을 업거나 안고 온 사람, 화려하게 화장하고 핸드백을 든 사람 등 그 모습이 제각각이었다. 별다른 말 없이 수선 맡길 옷을 두고 가는 사람도 있었고 재봉틀을 돌리는 명숙 할머니 옆에서 이런저런 이야기를 하는 사람도 있었다. 모두 명숙 할머니와 오래 알고 지낸 사이 같았다. 명숙 할머니는 손님들과 이야기할 때는 대구 사투리를 능숙하게 썼다. 할머니는 처음엔 대구 말을 이해하기가 어려웠지만, 차츰 손님들의 말씨를 익히다보니 어느 정도는 알아들을 수 있게 됐다. 가끔씩 손님들이 명숙 할머니에게 할머니에 관해 묻기도 했다.

— 이 아는 누군데.

— 내 조카 딸내미.

— 그럼 야도 북에서 왔나.

— 어. 개성에서 왔다.

— 아이고마, 우리 형님, 그래 안 봤는데 조카딸들 다 품어주고, 딸의 딸들까지 챙겨주고 세상에 이런 사람 없다 아이가. 야야, 니 할매한테 고마워해야 한데이. 밖에 나가봐라. 난리도 아이다, 난리도.

— 아 듣는데 니 뭔 소리고.

명숙 할머니가 온종일 재봉틀을 돌리는 동안 새비 아주머니는 도매시장에서 과일을 사다가 길가 한 모퉁이에 자리를 잡고 장사를 했다. 증조모도 같이 일했는데 나중에는 양담배와 미제 껌을 떼다가 팔기도 했다. 증조부는 지게꾼으로 날품팔이를 했다. 희자는 임시 학교에 다녔다. 백 명도 넘는 아이들이 빽빽하게 모여서 책도 없이 수업을 듣는 막사에서 희자는 늘 맨 앞자리에 앉았다. 수년 전에 개성에서 맞춘 안경이 이제 희자의 시력을 온전히 교정해주지 못했던 것이다.

희자는 할머니에게 더이상 개성에서 함께 살던 시절에 대해 이야기하지 않았다. 대화를 하다가도 개성에 관한 이야기가 나오면 입을 다물었다. 그래서인지 희자는 점점 말수가 적어졌다. 피곤할 정도로 떠들던 예전 희자의 모습이 할머니는 잘 그려지지 않았다.

다음해 봄이 되기 전에 증조부는 국군에 자원입대했다.

다 같이 모여 점심을 먹던 어느 날, 증조부가 그 주 주말에 훈련소로 들어가게 되었다고 말했다. 대구에 머무는 많은 피난민이 국군에 입대하고 있으며, 훈련소도 가까운 거리에 있고 면회가 가능하다고 했다. 할머니는 말을 잃은 채로 증조부의 얼굴을 바라봤다. 증조모는 아무 말도 못 들은 사람처럼 증조부 옆에서 수제비를 천천히 먹었다.

감자가 들어간 수제비를. 할머니는 수제비를 먹을 때마다 그날이 떠오른다고 했다.

햇살 좋고 따뜻한 4월의 어느 하루였다. 희자가 책을 한 권 들고 나와 마루에 앉았다. 심한 근시 때문에 책을 얼굴 가까이에 대고 읽기 시작하더니 얼마 지나지 않아서 덮었다. 할머니는 희자에게 다가가 책을 만져봤다. 명숙 할머니가 귀하게 여기는 듯해 차마 만져보지 못한 책이었다. 책표지에는 '로빈슨 크루소'라고 적혀 있었다. 할머니는 책을 코에 가져다대고 냄새를 맡았다. 국민학교에 다니던 시절이 떠올랐다.

— 로빈슨 크루소. 다니엘 디포.

할머니는 소리 내어 책 제목을 읽고 희자를 봤다.

— 계속 읽어보라우.

희자가 그렇게 말하고 할머니를 바라봤다. 할머니는 책을 낭독하기 시작했다. 희자는 할머니의 낭독을 들으면서 작게 탄식하기도 하고 우습네, 재미나네, 같은 말을 하기도 했다. 희자가 그렇게 생기 있어 보이는 게 오랜만이어서 할머니는 더 정성껏 낭독하려고 노력했다. 얼마나 읽었을까. 문득 돌아보니 명숙 할머니가 뒤에서 다리를 앞으로 쭉 펴고 앉아 있었다.

— 계속 읽으라우.

명숙 할머니의 말에 할머니는 이어서 책을 읽기 시작했다. 명숙 할머니는 골똘한 표정으로 할머니의 낭독을 들었다. 할머니도 오랜만에 무거운 생각에서 벗어나 순수하게 시간을 즐길 수 있었다. 그날 이후로 할머니는 거의 매일, 희자가 학교에 다녀오면 마루에 앉아서 책을 낭독했다. 그럴 때면 명숙 할머니도 재봉틀에서 손을 놓고 할머니 곁에 앉아 이야기를 들었다.

그날도 여느 날처럼 낭독을 마치고 물을 마시는데 명숙 할머니가 말을 걸었다. 얼굴이 아니라 대문을 바라보고 이야기해서 꼭 혼잣말을 하는 것처럼 보였다.

—내레 어릴 적에 소설 읽어주던 이들이 있었다이. 책방에서 『홍길동전』두 읽어주구 『사씨남정기』랑 『임진록』두 읽어주구. 내레 기걸 참 좋아했더랬어. 넋을 놓구선 이야기를 들었다이. 어마이가 이야기 좋아하믄 가난해진다고 해두 어쩔 수가 없었디. 기게 참 좋았더랬어.

그 말을 하는 명숙 할머니의 얼굴에 부드러운 미소가 어렸다.

10

엄마가 멕시코에서 돌아온 주 주말에 서울에 올라갔다. 그날은 장시간 운전할 자신이 없어서 시외버스와 택시를 갈아타고 집으로 갔다. 엄마의 피부는 보기 좋게 그을었고 표정도 예전보다 밝아 보였다.

"엄마 귀 뚫었어?"

"응. 예전부터 뚫어보고 싶었는데 명희 언니 친구가 뚫어줬어."

엄마가 대수롭지 않다는 표정으로 고개를 흔들었다. 귀에 걸린 드롭형 진주 귀걸이가 찰랑댔다.

"명희 언니가 준 귀걸이야. 하고 다니면 기분이 좋아."

엄마는 핸드폰을 꺼내 멕시코에서 찍은 사진과 동영상들을 보여줬다. 챙모자를 쓰고 선글라스를 낀 엄마가 자연스럽게 웃고 있었다. 여행에 대해 이야기하는 엄마의 모습이 그 어느 때보다도 즐거워 보였다.

엄마는 멕시코에서 사온 기념품들을 늘어놓았다. 프리다 칼로의 얼굴이 그려진 마그넷, 돈 훌리오 테킬라, 과카몰레와 살사 소스, 색

색의 실로 꼬아 만든 알파벳 모양의 수공예 장식품들이었다. 엄마는 그것들을 하나하나 가리켜가며 멕시코 과카몰레가 한국에서 먹어본 것과 어떻게 달랐는지, 아보카도 농사가 얼마나 대규모로 이루어지고 있는지 한참 동안 이야기했다. 그러고는 과달루페에서 샀다는 묵주를 건네며 과달루페 성당에 가서 나를 위해 기도했다는 말을 했다. 엄마에게는 종교가 없었다.

"날 위해 무슨 기도를 했대."

"네가 강해지기를 기도했지."

"내가 여기서 뭘 어떻게 더 강해져."

엄마 말에 저항심이 들었지만 나는 애써 미소 지으며 묵주를 바라봤다. 검은 플라스틱 구슬로 엮은 반짝이는 묵주에 푸른 망토를 걸친 과달루페 성모의 메달이 달려 있었다.

"표정이 왜 그래?"

엄마가 내 얼굴을 살피더니 물었다.

"아니야."

"아니긴 뭘 아니야. 말을 해봐."

"내가 무슨 말을 해. 그런 얘기 다시는 하지 말라며. 이혼한 이야기도 입에 올리지 말라며. 그럼 내가 엄마한테 무슨 얘길 해."

"넌 나한테 할말이 그런 것밖에 없어? 긍정적으로 생각하라는 거야. 과거는 끝난 일이야. 자꾸 들여다봐서 뭐해. 미래를 바라봐야지. 넌 어릴 때부터 이미 지난 일을 곱씹는 버릇이 있었어. 그래서 자꾸 없는 것도 보고……"

엄마는 그 말을 하면서 감정적으로 동요된 것 같았다. 그런 엄마의 얼굴 위로 어린 나를 바라보던 젊은 엄마의 표정이 겹쳐 보였다. 두려움과 혐오감이 섞인 그 표정이.

"넌 너무 나약해서 자꾸 과거의 일에 매달렸어. 정신이 늘 붕 떠 있었고 혼잣말을 자주 했지. 네가 또 그럴까봐……"

그렇게 말하는 엄마의 얼굴에 당황스러운 표정이 스쳤다. 충동적으로 말을 뱉어놓고 놀란 것 같았다.

"피곤하니까 좀 쉴게. 내버려둬."

나는 벽을 보고 모로 누워서 눈을 감았다. 엄마가 방을 나갔다. 밖에서 싱크대에 물이 흐르는 소리, 그릇 부딪치는 소리, 냉장고 문을 여닫는 소리가 들렸다. 소리에 집중해서 신경을 분산하고 싶었지만 심장이 다시 빠른 속도로 뛰기 시작했고 속이 울렁였다.

얼마 지나지 않아 엄마가 다시 방문을 열고 들어왔다.

"너 요즘 정말 괜찮은 거야?"

엄마가 내 곁에 앉으며 물었다.

"괜찮아."

"괜찮아 보이지 않아서 하는 말이야. 너 정말 약 끊었어?"

"끊었다니까."

그렇지만 나는 말하고 싶었다. 약을 끊어보려고 했지만 오히려 더 힘들어졌다고, 그래서 다시 복용하기 시작했다고, 엄마의 바람이나 내 결심만큼 빠르게 회복하지 못하고 있다고. 하지만 그런 말을 한다면 나는 곧장 비난받을 수밖에 없다는 걸 알았다.

"그럼 이건 뭔데?"

엄마가 반투명 약봉지를 내밀었다. 나는 엄마 손에서 약봉지를 빼앗았다.

"일부러 뒤진 거 아니야. 전화 오길래 전해주려고 가방 보니까 이게 있었어."

"그냥 모른 척할 순 없었어?"

"너무 쉽게만 가려고 하지 마. 세상에 그런 거 없다."

내가 아직 서울에 살 때 엄마가 집에 왔다가 정신과 약을 발견한 적이 있었다. 봉투에 인쇄된 약 이름을 핸드폰으로 하나하나 검색해보고 나서 엄마는 차갑게 말했다. 내게 실망했다고, 힘든 일이 있다고 무턱대고 약을 먹는 건 옳지 않다고 했다. 나는 싸우고 싶지 않아서 곧 끊을 거라고 약속했었다. 엄마와 맞서 싸웠다면 엄마는 결국 자신이 나와 비교할 수 없는 고통을 겪었음에도 정신과에 의지하지 않았다는 말을 했을 것이다.

"내가 뭘 쉽게 가려고 했는데."

"네 힘으로 견딜 수 있는 것들을 포기하니까 그렇잖아. 결혼도……"

"그만해, 엄마. 다 끝났어. 엄마는 아직도 내가 결혼을 쉽게 포기했다고 생각해?"

"그래."

엄마는 그것만으로는 부족하다는 듯이 말을 이었다.

"나랑 네 아빠는 너희 언니 일 있고도 우리 가정 포기하지 않았어. 근데 너는……"

"차라리 포기하지 그랬어. 그 그늘에서 사느니 그냥 포기하지 그랬어. 병원이 필요한 사람은 엄마였어. 약에라도 의지해야 할 사람은 엄마였다고."

정신을 차려보니 나는 엄마 얼굴 앞에 약봉지를 흔들어대고 있었다. 엄마는 손등으로 눈물을 닦고 내 시선을 피했다.

"미안해, 엄마."

엄마는 아무 대답 없이 고개를 숙인 채로 눈물을 흘렸다.

"내가 제정신이 아니었어. 미안해."

나는 울면서 엄마에게 다가갔다. 엄마는 그런 나를 손으로 쳐냈다.

"당분간은 보지 말자."

엄마가 그렇게 말하고는 자리를 떴다. 가방을 챙겨서 밖으로 나오는데 심장이 빠른 속도로 뛰기 시작했다. 이런 갈등을 만들지 않기 위해서 엄마나 나나 서로에 대해 많은 걸 포기했었다. 그런데 어째서 다시 이렇게 부딪치게 된 걸까. 나를 방어하기 위해서 결국 엄마를 공격하게 되는 패턴을 반복하고야 말았다. 상처 주고 싶지 않았지만 끝내 자신을 꺾지 않고 나를 비난하는 엄마를 견딜 힘이 내게는 없었다.

자정이 넘어서야 희령 터미널에 도착해서 택시를 타고 집으로 갔다. 아파트 단지 입구에서 내려 걸어가는데 어디선가 개가 낑낑대는 소리가 났다. 소리가 나는 쪽으로 고개를 돌려보니 작은 개가 아파트 화단에서 나를 보고 있었다. 가까이 다가가 손을 내밀자 개가 철쭉나무 뒤쪽으로 뒷걸음질을 쳤다. 내가 자리를 뜨려는 시늉을 하자 그제야 개는 내 쪽으로 걸어나왔다. 눈가가 거뭇한 황구였다. 두 손으로 안아보니 뼈가 만져질 정도로 말랐고, 오래 씻지 못한 냄새가 났다. 기운이 없어서인지 빠져나가려고 애쓰지도 않았다. 나는 그대로 개를 안은 채 집으로 들어갔다.

거실에 개를 내려놓고 대접에 물을 떠서 내밀자 개가 정신없이 마셨다. 밝은 곳에서 보니 겨우 강아지 태를 벗은 어린 개였다. 냉장고에 있는 닭 가슴살을 구워서 주자 제대로 씹지도 않고 빠른 속도로 먹었다. 배가 많이 고팠구나. 마땅한 게 없어서 건넨 식빵 한 장도 허겁지겁 먹었다. 달걀 두 개를 부쳐서 주니 그것도 그릇 바닥까지 핥아먹었다. 더는 줄 게 없어. 나는 개를 보며 말했다. 고된 날이었어. 우선 우리 둘 다 오늘은 쉬자. 그다음 일은 아침에 일어나서 생각하자.

샤워하고 나오니 개가 싱크대 발 매트 위에서 엎드려 자고 있었다. 무슨 일이 있었던 걸까. 곁에 가서 들여다봐도 깨지 않을 만큼 개는 깊게 자고 있었다. 밖에서 오래 지냈는지 발바닥이 거뭇했고 코가 말라 있었다. 잘 자. 개에게 말하고 나도 잠자리에 들었다.

"넌 누구냐?"

할머니는 개를 보고 귀여워서 어쩔 줄 모르겠다는 표정을 지었다. 처음에는 할머니를 경계하던 개도 할머니가 자기를 좋아한다는 걸 알아채고는 두 발로 서서 할머니에게 달라붙었다. 나는 그간의 사정을 할머니에게 말했다. 주인을 알아보는 중이지만 좋은 사람을 찾을 수 없다면 내가 키울 생각도 있다고.

"이름이 뭐야?"

"귀리요. 병원 가서 검사하는데 이름이 뭐냐고 해서 그때 막 지었어요."

"귀리구나. 귀리야, 귀리야."

할머니는 네발로 걷는 시늉을 하며 귀리에게 다가갔다.

"어디 가야 하거나 도움 필요할 땐 나한테 맡겨. 봐줄게."

그러고는 들고 온 내 옷가지를 식탁 위에 올려놓았다. 단추가 떨어지거나 밑단이 뜯어진 옷들을 수선한 거였다. 할머니는 집안 여기저기에 널려 있는 내 옷들을 보더니 수선이 필요한 것들을 집으로 가져갔다. 할머니가 갖고 온 옷들은 어디를 수선했는지 모를 정도로 말끔하게 마무리되어 있었다.

"감사해요."

내 말에 할머니는 손사래를 쳤다.

"이건 일도 아니야. 오히려 재밌어. 뭐, 더 없냐?"

할머니의 목소리에는 분명한 자부심이 묻어 있었다. 내가 어린 시절 할머니 집에서 지냈을 때만 하더라도 할머니는 옷 수선 일을 하고 있었다. 할머니는 손재주가 좋았다.

"열 살 때 희령에 왔을 때 할머니가 재봉틀로 원피스 만들어주셨던 게 생각나요. 색 도화지로 왕관도 만들어주시고."

내 말에 할머니가 미소 지으며 고개를 끄덕였다.

"수선 일은 눈 때문에…… 그만두신 거예요?"

나는 조심스럽게 할머니에게 물었다.

"눈도 잘 안 보이고 뭣보다 손이……"

"손이 왜요?"

"좀 아팠어. 잠깐잠깐 바늘 잡는 건 괜찮은데 오래 잡으면……"

할머니는 그 이야기를 별로 하고 싶어하지 않는 것 같았다.

"바느질은 언제 처음 배우신 거예요?"

내가 말을 돌렸다.

"대구 살 때."

할머니는 그때를 회상하며 미소 지었다.

하루는 빗자루로 바닥을 쓸고 있는데 명숙 할머니가 할머니를 손
짓으로 불렀다.

— 이것 좀 잡아보라.

명숙 할머니가 작은 바늘 하나를 건네며 말했다.

— 거기에 실을 꿰어보라.

할머니가 흰 무명실 끝에 침을 묻혀서 바늘구멍에 넣자 명숙 할머
니가 검지에 실을 놓고 바늘을 얹으라고 했다. 할머니는 명숙 할머니
의 말대로 했다.

— 기러구 바늘에 실을 세 바퀴 감구, 기렇지, 이제 엄지로 꼭 잡구
서는 바늘을 빼라.

그렇게 하니 실 끝에 작은 매듭이 생겼다.

— 너레 손이 야물구나.

명숙 할머니가 매듭을 보며 말했다.

— 자, 이제 천 뒤에서 바늘을 빼라우. 들어가는 땀이랑 나오는 땀
이 같은 간격이어야 한다이.

명숙 할머니가 시범을 보인 후 할머니도 천천히 홈질을 시작했다.
바늘을 잡고 있자니 어지러웠던 마음이 신기하게도 잠잠해졌다. 명숙
할머니는 그 자리에서 할머니에게 박음질, 감침질, 공그르기를 가르
쳐줬다. 할머니는 명숙 할머니가 알려주는 대로 따라 했다.

— 보통이 아니구만.

혼잣말하듯 무심하게 한 말이었지만 명숙 할머니에게 칭찬을 듣자 할머니는 가슴이 뛰었다. 명숙 할머니가 보기에 할머니의 바느질은 엉성하기 짝이 없었을 것이다. 처음 하는 것치고는 나쁘지 않다는 말이었을 것이다. 그런데도 그 말을 듣자 할머니는 자신에게 특별한 재능이 있는지도 모른다는 생각이 들었다. 그런 칭찬을 받아본 건 처음이었으니까. 할머니는 그후로 매일 명숙 할머니 곁에 붙어서 바느질을 손에 익혔다.

명숙 할머니는 다감한 사람도, 감정 표현에 능숙한 사람도 아니었다. 일할 때는 작업에 집중하느라 늘 미간을 찌푸리고 있었고, 사람들이 말을 걸어도 듣지 못할 정도로 자기만의 세계에 빠져 있었다. 작업할 때만 그랬던 건 아니었다. 증조모가 우스운 이야기를 해서 모두가 웃을 때도 혼자서 심각한 표정을 지을 정도로 분위기를 잘 맞추지 못했다.

앞에서는 듣기 좋은 말을 하면서 뒤에선 다른 말을 하는 사람들, 악의 없는 웃음을 보이면서 다른 마음을 품는 사람들이 흔하고 흔했다. 그런 모습은 어쩌면 인간이 지닌 보편적인 성질인지도 몰랐다. 그런 의미에서 명숙 할머니는 인간이라기보다는 고양이 같았다. 움직이는 소리가 잘 들리지 않을 정도로 조용히 걷는 것은 물론이고 사람을 대하는 방식도 그랬다. 고양이 중에서도 결코 인간의 무릎에 앉지 않고, 인간에게 치대지 않는 고양이라고 해야 할까. 늘 인간에게서 등을 돌려 앉고, 인간이 자신을 보지 않을 때는 멀리서 바라보다가도 눈길을 주면 외면하는 척하는 고양이. 명숙 할머니는 그런 고양이를 닮아 있었다. 능숙하게 페달을 밟으며 재봉질을 하는 고양이라니. 그런 상상을 하자 할머니는 웃음이 나왔다.

할머니는 명숙 할머니 곁에서 바느질을 하면서 이런저런 이야기를 하는 걸 좋아했다. 증조모나 희자에게 하지 않았던 말을 할 때도 있었다. 명숙 할머니는 할머니가 무슨 말을 하든 할머니의 생각을 판단하지 않았고 교정하려 하지 않았다. 대개는 아무런 대답도 하지 않았지만 할머니의 말을 끊은 적은 한 번도 없었다.

— 피난 와서 미친 여자들을 많이 봤어요.

명숙 할머니가 재봉틀 노루발에 엉킨 실을 빼내고 있을 때였다.

— 이상하게두 미친 여자들을 보면 막 다가가고 싶어요. 가깝게 느껴지구.

명숙 할머니가 동작을 멈추고 할머니를 바라보더니 딴소리를 했다.

— 너레 평생 바늘 쥐고 살 팔자일지 어떨지는 모르갔다. 기래두 내레 너를 가만히 보니까 기건 너 마음먹기 달린 일 같아.

그러곤 의자에서 일어나 할머니에게 손짓했다.

— 앉아보라우.

할머니가 쭈뼛거리자 명숙 할머니가 말했다.

— 앉디 않구 뭐하나.

할머니는 조심스럽게 의자에 앉았다. 명숙 할머니는 그날 처음으로 할머니에게 재봉틀에 실을 끼우는 법, 페달을 밟는 법, 노루발에 실이 끼었을 때 빼내는 법, 무엇보다도 손이 다치지 않게 조심하는 법을 가르쳤다.

— 정신 놓치면 바늘이 손에 박힌다이.

명숙 할머니가 인상을 찌푸리고 말했다.

─할마이는 기래본 적 있시까.

명숙 할머니의 얼굴에 희미한 미소가 어렸다.

─예나 지금이나 잠이 많아서리, 꾸벅 졸다가 기린 적 있다.

─아이그.

할머니가 어깨를 움츠리자 명숙 할머니가 원래의 표정으로 돌아와 말을 이었다.

─자, 이제 일어나라. 일해야 하디 않갔어.

명숙 할머니는 그뒤 매일 짬을 내어 할머니에게 재봉틀 사용법을 가르쳤다. 실패가 돌아가는 느낌, 페달을 밟으며 옷감에 바느질 길을 내어가는 느낌이 할머니는 좋았다.

밤에 잠이 들면 증조부가 나오는 꿈을 꿨다. 전쟁이 다 끝나고 나서 할머니는 집으로 돌아온 증조부를 맞는다. 그 장소는 늘 개성의 집이다. 이상하게 봄이는 귀도 아직 펴지기 전인 어린 시절 모습이다. 봄이가 전쟁을 지나고 다시 아기 강아지가 됐구나, 감탄하면서 할머니는 봄이와 함께 증조부를 환영한다. 그가 증조부라는 건 알지만, 그의 얼굴은 언제나 구체적으로 보이지 않는다. 그런 꿈을 꾸고 일어나면 가슴이 서늘했고 증조부가 다시는 돌아오지 못할지도 모른다는 예감에 휩싸였다. 국군에 입대하기로 결정한 증조부의 마음이 무엇인지 할머니는 알 수 없었다. 할머니는 증조부가 죽지 않기만을 바랐다.

밥을 먹을 때도, 바느질할 때도, 증조모와 새비 아주머니가 일을 나가는 모습을 볼 때도, 희자와 이야기할 때도 할머니는 이상한 죄책감에 사로잡혔다. 이야기하다 웃음이 나올 때는 더 그랬다. 웃는 소리가 담장을 넘어가서는 안 되는 법이라도 있는 것처럼 할머니는 웃음을 삼갔다.

　겨울이 시작되던 어느 날, 새비 아주머니가 맑은 술을 한 병 가지고
왔다. 한 할머니가 사과를 사면서 돈 대신 술을 내놓은 것이었다. 새
비 아주머니는 어쩐지 마음이 동해서 술을 받아들었다. 새비 아주머
니, 증조모, 할머니, 희자, 명숙 할머니가 소반에 깍두기를 올려놓고
큰방에 둘러앉아서 술을 나눠 마셨다. 증조모는 할머니에게도 재미로
한입 맛보게 해주었다. 술은 쓰고 역했다. 희자도 한 모금 마시더니
인상을 썼다. 새비 아주머니는 술을 한 잔 마시고는 손뼉을 치면서 숨
이 넘어가라 웃기 시작했다. 얼굴이며 목이 온통 울긋불긋했다.

　ー 너이 아바이 닮아서 기렇구나. 우리 아바이고 오라비고 다 술을
못 먹어서 저랬디.

　명숙 할머니가 새비 아주머니를 보고 혀를 찼다. 명숙 할머니는 깍
두기를 안주 삼아 빠르게 술을 마셨다.

　ー 고모는 수녀회에서 술 마시는 거나 배워왔더래?

　새비 아주머니가 명숙 할머니를 가리키면서 웃었다.

　ー 에이, 미친년. 술이나 먹고 실컷 웃어라.

　그때 명숙 할머니가 새비 아주머니를 어떤 표정으로 보았는지 할
머니는 기억했다. 평소 감정을 잘 드러내지 않던 얼굴에 어리던 슬픈
마음을, 다가가 어루만져주고 싶지만 어떻게 해야 할지 알 수 없어 안
타까운 마음을, 그리고 그 마음에 깃든 깊은 애정을 할머니는 새비 아
주머니를 보는 명숙 할머니의 얼굴에서 발견했다.

　새비 아주머니가 한참을 웃더니 증조모의 어깨에 팔을 걸치고 기
댔다.

― 우리 삼천이, 우리 삼천이.

그러고는 증조모의 무릎을 베고 누워서 눈을 감았다. 증조모가 새비 아주머니의 이마에 손을 올렸다.

― 이렇게 술 못 먹는 간나인 줄은……

증조모는 그렇게 말하고 재미있다는 듯이 미소 지었다.

술 때문이었는지, 새비 아주머니가 웃기 시작해서였는지 그날 그들은 가벼운 이야기를 나누며 웃었다. 증조모의 얼굴에도 예전의 천진한 표정이 떠올랐고 증조모의 무릎에 누운 새비 아주머니도 아이처럼 떠들었다. 무거웠던 집안 분위기가 드물게 환기되던 순간이었다.

하지만 할머니는 그날 그 자리에서 불안을 느꼈다. 경계하지 않을 때, 긴장하지 않을 때, 아무 일도 없으리라고 생각할 때, 비관적인 생각에서 자유로울 때, 어떤 순간을 즐길 때 다시 어려운 일이 닥치리라는 불안이었다. 당장이라도 무슨 일이 터질 것 같다는 생각을 하며 전전긍긍할 때는 별다른 일이 없다가도 조금이라도 안심하면 뒤통수를 치는 것이 삶이라고 할머니는 생각했다. 불행은 그런 환경을 좋아하는 것 같았다. 겨우 한숨 돌렸을 때, 이제는 좀 살아볼 만한가보다 생각할 때.

그런 생각은 증조모로부터 온 것이기도 했다. 할머니가 조금이라도 좋다, 행복하다, 만족스럽다, 같은 표현을 하면 증조모는 부정 탄다고 경고했다. 자식이 예쁠수록 못났다고 말하고, 행복할수록 행복하다는 말을 삼가야 악귀가 질투하지 않는다는 거였다. 돌이켜보면 살면서 후회되는 일은 늘 그런 것이었다고 할머니는 말했다. 함께 웃고 즐거워하고 따뜻함을 나누는 시간을 그대로 누리지 못하고 불안에 떨었던 것 말이다. 피하려고 해도 피할 수 없는 일이 세상에는 있었으니까. 아무리 불안에 떤다고 해도, 좋은 순간을 그대로 누리지 않으려 해도 피할 수 없는 일들이 있었으니까.

할머니의 불안함을 비웃듯이 그날 밤이 지나고도 별다른 일이 없었다. 다음날 같은 골목에 사는 유생 한 명이 갓을 쓰고 찾아와서 한밤중에 계집들의 경박한 웃음소리가 담장을 넘었다고 호통을 쳤을 뿐이었다. 명숙 할머니는 그를 슬쩍 한 번 보고는 고개를 숙이고 재봉틀을 돌렸다. 증조모가 과장된 몸짓으로 죄송하다고 하자 유생이 자리를 떴다. 그러자 희자가 손으로 얼굴을 가리고 웃었다.

그렇게 시간이 흘러갔고 1953년 7월 휴전이 선언됐다.

할머니와 증조모는 두 손을 잡고 울먹였지만 증조부에 대한 이야기는 입에 올리지 않았다. 입방정을 떨었다가 증조부를 잃을 수도 있다는 생각 때문이었다. 증조부가 대문을 열고 집에 들어오는 순간까지 확실한 것은 하나도 없었다. 몇 번이나 증조부가 돌아오는 꿈을 꿨는지…… 얼굴도 구체적으로 보이지 않는 그를 보고 왜 온전히 기쁘지만은 않았는지…… 그런 꿈을 여러 번 꾸다보니 할머니는 증조부의 얼굴이 정말 어떠했는지 잘 그려볼 수가 없었다.

증조부는 죽지도, 포로로 끌려가지도, 부상을 입지도 않고 집으로 돌아왔다. 휴전이 선언되고 얼마 지나지 않아서였다. 마당에 발을 디딘 증조부를 향해 증조모는 바로 다가가지 못하고 천천히 그의 모습을 살펴봤다. 증조부도 조금 망설이다가 증조모를 한 팔로 안았다. 할머니도, 희자도, 새비 아주머니도 그 둘을 둘러싸고 눈물을 닦았다.

명숙 할머니는 재봉틀을 돌리던 손을 내려놓고 그들의 모습을 가만히 바라봤다.

할머니의 꿈에서와는 다르게 돌아온 증조부에게는 구체적인 얼굴이 있었다. 아주 짧게 깎은 머리카락 밑으로 까맣게 탄 얼굴에 익숙한 이목구비가 보였다. 예전에는 볼 수 없었던 만족스러운 미소가 그의 얼굴에 묻어 있었다. 증조부는 무언가 놀라운 걸 보듯 할머니를 바라봤다. 할머니는 증조부의 품에 안기면서 그 순간을 영원히 결코 잊을 수 없으리라고 생각했다.

증조부는 집에 도착해서 하루 동안 내리 잠만 잤다. 잠에서 깨어서는 보리밥을 두 그릇이나 먹어치우고 난 뒤에야 그를 바라보는 사람들에게 입을 열었다.

— 군대에서 고향 동무를 만났더랬어. 동무 말이 서울에서 우리 둘째 형님이랑 아바이, 어마이를 만났다는 기야. 서울을 떠나 피난길에 오르셨더래. 서울서 돌아가신 기 아니었던 기야.

할머니는 증조부가 그렇게 흥분해서 이야기하는 모습을 본 적이 없었다.

— 동무가 우리 아바이한테 기래서 어디로 가시오, 물어보니 희령이라는 데로 가신다고 했다는 기야. 거기에 황해도 사람들이 많이 갔다는 이야기는 이미 알고 있었디만.

— 기래서요.

증조모가 조심스럽게 물었다.

— 가야 하디 않갔어.

— 어데로……

— 아바이 계신 곳으로 가야디. 영옥이 너두 이제 할아바이, 할마이 가까이 있어야 하디 않갔어.

— 대구를 떠난단 말이야요?

할머니는 그렇게 물으면서도 너무 당연한 걸 묻고 있다는 생각을 했다. 대구는 피난지이지 계속 머무를 곳이 아니었다. 언젠가는 떠나야 한다는 걸 알고 있었지만 새비 아주머니, 희자, 명숙 할머니와 함께 사는 삶에 익숙해진 나머지 그곳을 떠나야 한다는 사실이 충격으로 다가왔다.

— 한동안은 개성으로 올라갈 수가 없을 기야. 기래두 희령에서 할아바이랑 할마이 만나서 지내다보면 갈 날이 오디 않갔어.

할머니의 눈에 증조부는 이상할 정도로 낙천적으로 보였다. 마치 구름 위를 걷는 사람 같았다. 터무니없이 낙관적인 이야기를 하며 희령에서 어떻게 새 삶을 살지에 대해서 일장연설을 했다. 밥을 많이 먹었고 지나치게 자주 웃었으며 지나가는 사람을 붙잡고 한참 떠들기를 좋아했다. 증조부의 그런 행동이 단순히 전쟁이 끝나고 살아 돌아왔다는 기쁨 때문만은 아니라는 것을 눈치챈 사람은 할머니만이 아니었다. 증조부는 겉으로 보기에는 문제가 없었지만 어딘가에 금이 간 채로 돌아온 것인지도 몰랐다. 세상을 떠날 때까지 증조부는 구름 위를 걷다가 진창에 빠진 것처럼 허우적거리고, 그러다가도 다시 구름 위를 걷기를 반복했다.

할머니는 자신의 부모가 희령에 있다고 말하는 증조부의 말을 믿을 수 없었다.

나는 어째서 아바이의 말을 믿지 못하나.

할머니는 마루에 앉아 생각했다. 어쩌면 대구를, 담이 높은 집을, 새비 아주머니와 희자를, 명숙 할머니를 떠나고 싶지 않아서 그런지도 몰랐다. 문제는 아버지가 아니라 자신인지도 몰랐다. 대구를 떠날 준비를 하던 한 달 동안 할머니는 새비 아주머니에게도, 희자에게도, 명숙 할머니에게도 괜히 화를 냈다. 그러고 싶지 않았는데도 그렇게 됐다.

그날도 할머니는 종일 심술을 부렸다. 그런 할머니에게 새비 아주머니가 다가와 말을 걸었다.

—이렇게 안 해도 된다.

할머니는 아무 대답도 하지 못하고 새비 아주머니를 바라봤다.

—내레 새비 갈 때 기억하누. 우리는 한 번 헤어져본 적이 있디 않아.

—……

—너레 우리 고모님이랑 정이 남다른 건 알고 있다.

새비 아주머니의 입에서 뜻밖의 말이 나와서 할머니는 입술을 깨물었다.

—너레 희자를 얼마나 아끼는지도 다 안다.

—아즈마이, 내레……

—기냥 울어버리라우.

손등으로 겨우 눈물을 닦는 할머니를 보며 새비 아주머니가 말을 이었다.

—너 듣기 좋으라고 하는 말이 아니다, 영옥아. 우린 다시 만난다이. 내 기걸 알갔어. 기래 생각하니 슬프지도 않누나. 결국은 다시 만

날 테니 말이다.

할머니는 새비 아주머니의 말을 믿지 않으면서도 고개를 끄덕였다.

명숙 할머니는 별말이 없었다. 대구를 떠나기 전날까지도 명숙 할머니는 할머니에게 재봉틀 사용법을 가르쳤다. 여느 날들과 다를 것이 없었다. 할머니가 생각나는 대로 종알종알 말하는 것도, 명숙 할머니가 재봉틀을 돌리면서 대답 없이 할머니의 말을 듣는 것까지 평소와 똑같았다.

9월의 이른아침이었다. 아침을 먹을 시간도 없이 할머니 가족은 짐을 들고 마당으로 나왔다. 새비 아주머니와 희자가 따라 나왔다.

—이거라도 먹고 가라우.

그들은 마당에 서서 새비 아주머니가 건넨 주먹밥을 먹었다.

—찬찬히 먹어라. 자, 물도 마시고. 삼천이 너는 그 짐 나한테 줘라. 내가 들갔어.

새비 아주머니가 말했다.

그때 명숙 할머니가 작은방에서 나와 마루에 섰다. 그러고는 큰방 문을 열더니 재봉틀 앞에 앉아 두 손을 무릎에 내려놓은 채 주먹밥을 먹는 할머니 가족을 바라봤다.

—고모, 이리 와보라요. 영옥이네 지금 간다 하디 않아요.

명숙 할머니는 새비 아주머니의 말을 못 들은 것처럼 가만히 앉아 있다가 작게 입을 벌려서 뭐라고 말했다. 소리가 너무 작아서 새비 아주머니가 조금 더 크게 말해달라고 부탁해야 했다. 명숙 할머니는 한참 동안 입을 다물고 있다가 다시 입을 열었다.

―잘 가라.

그렇게 말하고는 벽 쪽으로 고개를 돌렸다.

증조모와 증조부가 명숙 할머니에게 길게 인사를 했다. 그간 머물게 해줘서 감사하다고, 이 은혜를 죽을 때까지 잊지 못할 것이라고, 무슨 수를 써서든 은혜를 갚겠다고 했다. 꼿꼿하게 앉아 있던 명숙 할머니의 자세가 조금 흐트러졌다. 고개를 숙이고 그녀가 말했다.

―가라.

―할마이.

할머니가 명숙 할머니를 불렀다. 가까이 다가가서 인사할 수도 있었지만, 명숙 할머니가 원하지 않으리라는 생각에 다가갈 수 없었다. 할머니는 슬프고 두려운 마음으로 몇 번 더 명숙 할머니를 불렀다. 명숙 할머니는 할머니의 목소리를 듣지 못한 것처럼 한동안 가만히 있었다. 그러다가 인상을 찌푸린 채로 마당 쪽을 바라보고는 이제 그만 떠나라는 손짓을 했다. 그것이 명숙 할머니의 본심이 아니라는 걸 알면서도 할머니는 어쩔 수 없이 마음이 아팠다. 도무지 그 순간을 견딜 수 없을 정도로.

―어마이, 갑시다.

할머니가 말했다.

―할마이께 인사드려야디. 너를 얼마나 보살펴주셨는데 인사도 안 하고 가나.

할머니는 명숙 할머니 쪽으로 다시 몸을 돌려서 고개를 숙였다.

―안녕히 계시라요.

작은 목소리로 인사하고서 할머니는 대문 밖으로 나갔다.

집을 나와 언덕길을 내려가는데 가슴이 불타는 것 같았다. 그것이 명숙 할머니와의 헤어짐 때문인지, 자신을 향한 명숙 할머니의 냉정함 때문인지 할머니는 알 수 없었다.

무엇 때문인지 알 수 없는 채로 할머니는 눈물을 흘리며 버스 터미널에 도착했다. 새비 아주머니가 주머니에서 손수건을 꺼내 눈물을 닦아주고는 할머니의 귀에 속삭였다.

─내 아무리 생각해도 우린 다시 만날 기야. 너이 치마 속주머니에 아즈마이가 여비를 넣어놓았다이. 너 혼자 쓰라.

그러고는 할머니 손에 손수건을 쥐여주었다.

─언니, 꼭 편지하라우.

─기래.

─밥 굶디 말구.

희자가 안경을 벗고 손으로 눈가를 비볐다.

─희자 너두.

─다시 보자이.

─기래, 다시 보자이.

─다시 보자이, 언니.

─기래, 기래, 다시 보자이.

버스를 기다리며 증조모와 새비 아주머니는 서로를 꼭 끌어안았다. 새비 아주머니는 눈물을 참는 증조모를 달래면서 애써 웃어 보였다.

─개성에서 새비 너레 피난을 갈 적에……

─안다.

새비 아주머니가 증조모의 말을 끊었다.

—안다. 안다, 삼천아.

새비 아주머니는 증조모의 생각을 알고 있었다. 도움을 구하러 개성에 온 새비 모녀를 쫓아내듯 피난길로 내몬 일을 증조모가 내내 미안해하고 있었음을.

버스 차창의 얼룩 때문에 손을 흔드는 새비 아주머니와 희자의 모습이 잘 보이지 않았다. 서로의 표정을 확인할 수 없는 편이 오히려 나은지도 몰랐다. 할머니에게 새비 아주머니는 언제나 떠나는 사람이었고 자신과 증조모는 보내는 사람이었다. 할머니는 새비로 떠나는 새비 아주머니네 가족을 개성역에서 배웅하던 일을 떠올렸다. 시간이 지나 자신이 떠나는 사람이 되고 새비 아주머니가 배웅하는 사람이 될 줄은 몰랐다고 생각하면서. 버스가 움직이기 시작하자 할머니는 차창에 붙어서 점점 작아지는 새비 아주머니와 희자의 실루엣을 바라봤다.

11

귀리는 장난꾸러기에 응석받이였다. 내가 어딜 가든 꼬리를 치며 쫓아왔고 작은 토끼 인형을 물고 다니며 즐거워했다. 퇴근하고 집으로 돌아가서 번호 키를 누를 때면 흥분해 앞발로 문을 긁어댔다. 그 작은 개의 존재가 짧은 시간에 나의 일상을 바꿔놓았다. 집에서 보내는 시간이 더이상 두렵지 않았다. 아침에 일어날 때나 퇴근을 할 때 나를 반겨주는 존재가 있다는 것이 낯설면서도 기뻤다.

이틀 연속으로 설사하고 토하는 귀리를 보고도 처음에는 크게 염려하지 않았다. 구조한 다음날 병원에 데리고 가서 기본 검사를 했을 때 문제가 없었으니까. 하지만 며칠이 지나도 상태가 나아지지 않아 다시 병원에 데려갔다. 홍역이었다. 의사는 귀리를 입원시켜서 수액을 맞히고 홍역 항체가 있는 개의 피를 수혈받아 치료하는 것이 최선이라고 했다.

귀리는 동물병원에 있는 아주 작은 방에 입원했다. 일반 입원실과 떨어진 공간이었다. 귀리의 입원실 앞에는 살균제를 뿌린 패드가 깔려 있었고, 입원실에 드나들 때는 신발 바닥을 그 패드에 닦아야 했다. 손과 문고리도 소독해야 했다. 귀리는 자신에게 벌어진 일을 이해하지 못했다. 링거 줄이 답답했는지 이빨로 줄을 끊어놓아서 머리에 넥 칼라를 씌워야 했다. 귀리를 병원에 두고 집으로 가는데 발이 쉽게 떨어지지 않았다. 귀리와 말이 통했다면 그애가 병원에 있어야 하는 이유를 설명할 수 있을 텐데 그럴 수가 없어서, 그애가 창문도 없는 작은 방에 갇혀서 자신이 버려졌다고 생각할까봐 마음이 무거웠다.

다음날 퇴근을 하자마자 동물병원으로 갔다. 패드에 신발 밑창을 닦는 동안 내 기척을 알아들은 귀리가 안에서 삑삑 소리를 냈다. 넥 칼라를 쓰고, 한쪽 앞발에 주삿바늘을 꽂은 귀리가 두 발을 들어서 나를 반겼다.

"애가 기운이 좋아요."

의사가 희망이 있다는 듯이 말했다.

"오늘 수혈도 받았으니 내일 아침에 백혈구 수치 검사하고 연락드릴게요."

나는 귀리를 오래 쓰다듬어줬다. 슬픈 내색을 하지 않으려고 밝게 이야기했다. 조금만 더 고생하자. 이거 다 나으면 건강하게 오래 산대. 귀리야, 너 바다 가봤어? 나중에 같이 가자. 외롭더라도 조금만 참자. 우리 오래오래 같이 살자. 그 시점에 이미 나는 귀리를 다른 사람에게 보낼 마음을 접었다.

그다음날 귀리가 파보 재검사에서 양성 판정이 나왔다는 연락을 받았다. 백혈구 수치가 다시 안 좋아져서 검사를 했는데 그런 결과가 나왔다고, 아침부터 밥을 먹지 않는다고 했다.

인터넷에 '강아지 파보'를 검색했다.

'이 개월 강아지 분양받았는데 파보라네요. 환불 가능한가요?'

'네, 고객님. 환불과 교환 모두 가능합니다.'

그런 내용의 글이 차고 넘쳤다. 나는 그런 글들 사이에서 파보에 걸렸다가 살아난 개의 사례를 찾기 위해 애를 써야만 했다.

귀리는 하루하루 달라져갔다. 며칠 사이에 살이 많이 빠졌고, 예전처럼 몸을 크게 움직이지 못했다. 병이 나을 확률이 얼마나 되느냐고 묻자 의사는 확신할 수 없지만 긍정적인 결과는 생각하지 않는 편이 낫다고 답했다.

그다음날 귀리는 네발로 겨우 선 채 고개를 제대로 들지 못했다. 이렇게 창문도 없는 방에 가둬놓을 수는 없다는 생각이 들어서 의사에게 귀리를 집으로 데려가겠다고 했다. 의사는 하루만 더 상황을 지켜보자고, 그래도 정 안 될 것 같으면 내일 아침에 데려가라고 했다. 나는 그날 병원 문을 닫는 시간까지 귀리와 함께 있었다. 울지 않으려고 노력했지만 고개조차 들지 못하는 귀리를 보면서 그러기가 어려웠다. 귀리는 내 신발에 자기 턱을 괴고 있었다.

오늘이 네가 여기서 보내는 마지막날이야. 내일 아침에 와서 너를 집으로 데려갈게. 오늘만 여기서 수액을 맞자.

처음에는 당연히 나을 수 있으리라는 생각에 병원에 입원시켰던 거였다. 그리고 그 순간까지도 나는 희망을 놓지 못하고 있었다. 그것이 귀리를 위한 최선이라고 생각했다. 입원실 문을 닫고 돌아서는데 귀리가 미동도 없이 바닥에 엎드려 있는 모습이 보였다.

"지연아."

아파트 앞 정자에서 할머니가 나를 불렀다. 할머니는 리넨 소재로 된 감색 슬리브리스 원피스에 분홍색 슬리퍼를 신고서 부채를 부치고 있었다.

"귀리는 좀 어때?"

나는 정자 쪽으로 걸어가서 할머니 곁에 앉았다.

"안 좋아요. 오늘은 고개도 잘 못 들더라구요. 밥을 못 먹은 지도 꽤 됐어요."

내가 울음을 참으며 겨우겨우 말을 이어나가자 할머니가 내 등을 두드렸다.

"데리고 왔어야 했는데, 혹시나 좋아질까 싶어서 애를 병원에 두고 왔어요. 괜히 그런 것 같아요. 그런데 지금은 병원 문도 닫았고……"

"내일 아침에 나랑 데리러 가자."

할머니의 말에 나는 고개를 끄덕였다.

"영문도 모르고 혼자 있어야 하니까 힘들지 않을지……"

"귀리는 푹 잘 거야. 기운이 빠져서 푹 자다가 우리가 데리러 가면 반가워할 거야. 황태를 삶아놓아야겠다. 내일 그 국물이라도 먹이게."

할머니가 까만 비닐봉지에서 포도 한 송이를 꺼냈다.

"놀 갔다가 받아왔어. 씻어온 거야. 먹어. 껍질이랑 씨는 봉지에 버리고."

나는 포도 한 알을 깨물어 먹었다. 혀뿌리가 뻐근해질 정도로 달았다.

할머니는 아무 말 없이 내 쪽으로 부채를 부쳤다.

"내가 너한테 해줄 일이 있으면 말해봐."

"그런 거 없어요."

"잘 생각해봐."

타인에게 도움을 구하는 것이 내게는 가장 어려운 일이었다. 내가 도울 수 있는 일을 돕는 것은 쉬웠다. 내가 돕기 어려운 일을 돕는 것도 할 만했다. 하지만 나를 도와달라고 손을 내미는 일은 내게 불가능에 가까웠다. 아무리 힘들어도 다른 사람에게 징징대고 싶지 않았고 폐를 끼치고 싶지 않았으니까. 하지만 그날은 달랐다. 할머니에게 부탁하고 싶었다.

"얘기해주세요. 희령에 와서 할머니가 어떻게 살아왔는지."

할머니는 가만히 나를 바라보다가 부채로 정자의 바닥을 툭툭 쳤다.

희령에 와서 할머니는 처음 바다를 봤다. 국민학교에 다닐 때 선생님이 바다에 대해 설명해줬지만 그런 설명은 무용했고 대구에서 흑백사진으로 본 바다도 마음에 다가오지 않았다. 바다를 실제로 보고서야 할머니는 바다가 직접 보지 않고는 상상할 수 없는 영역에 존재한다는 것을 알았다. 바다는 할머니가 그때까지 봤던 모든 것 중에 가장 컸다. 처음에는 그 크기에 압도되었지만 자주 보고 지내다보니 바다의 작은 부분들에 정이 들었다. 비가 온 다음날의 바다 냄새, 백사장으로 밀려오는 물의 소리, 하얀 포말, 얇은 조개껍데기 안쪽의 부드러운 감촉, 밀려나온 해초 더미들, 모래사장을 걸을 때의 느낌, 해가 질 때 변하는 수평선 너머의 색깔…… 할머니는 새비 아주머니와 희자와 명숙 할머니와 함께 그 모습을 보면 소원이 없을 것 같다는 생각

212

을 하곤 했다. 얼이 빠진 채 바다 위로 지는 해를 보다가 날이 온통 컴컴해지고 나서야 집에 들어가는 바람에 증조모에게 크게 혼난 적이 많았다.

증조부는 부모를 찾기 위해 돌아다녔지만 어떤 목격자도 만나지 못했다. 희령은 큰 도시가 아니었다. 도착한 지 석 달 정도가 지났을 무렵 증조모와 할머니는 증조부의 부모가 희령에 없다는 사실을 받아들였다. 그 사실을 끝까지 받아들이지 못한 사람은 증조부뿐이었다. 할머니는 희령에서 살아야 할 이유를 찾을 수가 없었다. 매일 바다를 보러 갈 때면 쓸쓸한 마음이 점점 더 커져서 종국에는 그 마음에 잡아먹힐 것 같았다.

할머니는 거의 매일 편지를 썼다. 증조모도 매주 새비 아주머니에게 편지를 썼고, 할머니가 월요일마다 우체국에 가서 편지를 부쳤다. 우체부가 대구에서 온 편지를 가져다줄 때 얼마나 기뻤는지. 할머니는 새 편지의 냄새를 맡아보고는 희자가 쓴 글을 읽고 또 읽었다.

시간이 흘러 할머니가 스무 살이 되던 해에 희자가 대구에서 가장 유명하다는 여고에 입학했다는 편지를 보내왔다. 희자는 중학교 때 한 번도 일등을 놓치지 않았다. 바늘을 잡고 일을 하는 자신과 세일러 칼라가 달린 교복을 입은 희자의 모습을 비교하면 할머니는 마음이 아렸다.

희자는 어쩌면 자신이 모르는 멀고 커다란 세계로 날아갈지도 몰랐다. 결국 희자는 나를 잊겠지. 편지가 점점 뜸해지면서 할머니는 희자를 조금씩 잃어버리는 기분이 들었다. 나는 언젠가 희자에게 아무

의미도 없는 사람이 되고 말 거야. 나는 너무 오래 개성과 대구를 그리워했는지도 몰라. 하지만 내 삶은 개성에도, 대구에도 있지 않아. 내 삶은 희령에 있어. 나는 희령에서 살아가야 해. 할머니는 그런 식으로 희자와 새비 아주머니, 명숙 할머니에게서 자신을 분리하기 위해 노력했다. 희자의 삶이 다음 단계로 나아간 것처럼, 할머니 또한 자신의 삶이 정체되어 있지만은 않다는 것을 희자에게 보여주고 싶었다. 그리고 그해 겨울, 할머니는 같은 고향 출신의 남자와 결혼했다.

그의 이름은 길남선이었다. 1·4 후퇴 때 단신으로 희령에 내려온 그는 고깃배를 타기도 하고, 시장에서 일하기도 하면서 전쟁 시기를 버텼다. 다른 가족들도 그를 따라 희령으로 오기로 했는데 소식을 알 수가 없다고 했다. 할머니와 결혼했을 때 그는 스물일곱이었다.

당시 그는 희령에서 가장 큰 수산물시장에서 일하고 있었다. 증조부가 물품 운송 일을 다니다가 만나게 된 사람이었는데 개성에서 내려왔다는 점, 가족을 찾지 못했다는 점 등 많은 부분에서 증조부와 비슷한 처지여서 증조부는 그가 마음에 들었다. 나이 차이가 적지 않았지만 형님, 아우님 하며 집에서 함께 술을 마시는 날도 많았다.

둘은 작은방에서 담배를 피우며 이런저런 이야기를 했다. 특히 정치 이야기를 할 때가 많았는데 증조부와 남선이 그런 대화를 나누는 동안 증조모와 할머니는 안주를 만들고 막걸리를 사와야 했다. 그때만 하더라도 남선은 아버지의 몇 안 되는 술 동무 중 하나일 뿐이었다. 그는 할머니가 듣기에 불쾌한 말을 하지 않았고 증조모에게도 깍듯하게 대했지만, 증조모는 그를 별로 좋아하지 않는 것 같았다.

어느 날 할머니가 시장을 지나쳐 집으로 돌아가는 길이었다. 누군가가 영옥아, 하고 할머니를 불렀다. 돌아보니 남선이었다. 그는 감색 작업복을 입고 시장 입구에서 담배를 피우고 있었다.

―오늘 너이 아바이 만나러 가기로 했어. 같이 가자.

그가 담뱃불을 끄고 할머니 쪽으로 다가왔다. 함께 집으로 걸어가는 동안 그는 멀찍이서 뒤따라오며 계속 말을 붙였다. 증조부가 얼마나 대단한 사람인지, 시장에서 일할 때 어떤 점이 어려운지, 피난 내려왔을 때 자기 심정이 어땠는지에 대해서. 할머니는 그의 말을 한 귀로 듣고 한 귀로 흘렸다. 고단한 날이어서 그의 말을 들어줄 여력이 없었다. 집에 거의 다 왔을 때 그가 할머니 쪽으로 가까이 다가왔다.

―영옥아, 기게 말이야.

할머니는 그 순간 거세게 밀려오는 피로감을 느꼈다.

―너레 혼담이 있나…… 너이 부모님이 알아봐놓은 사람이 있나.

―기건 왜요. 아바이한테 물어보시라요.

그러자 그는 더이상 말을 붙이지 않았다. 할머니는 그가 다른 사람에게 자신을 소개하려고 하는 건지, 아니면 자신에게 마음이 있는 건지 알 수 없었다.

그런 대화가 오고간 지 반년이 지났을 때 남선이 증조부에게 할머니와 결혼하고 싶다는 의사를 밝혔다. 그때 증조부는 막걸리에 거나하게 취해 있었다. 딸을 달라는 남선의 말에 증조부는 기꺼워하며 그러겠다고 했다.

할머니가 아주 어릴 적부터 증조부는 농담처럼 그런 말을 하곤 했다. '영옥이 너랑 혼인해준다는 남자 있으면 난 무조건 환영이다. 그게 누구건 간에 나는 반대하디 않아.'

증조부의 말은 할머니의 마음 가장 깊은 곳에 들어앉았다. 나를 원한다면 그게 어떤 남자든 나는 수용해야 한다. 할머니에게 증조부의 말은 그저 농담이 아니었다. 술기운을 빌려 할머니와 결혼하고 싶다고 말한 남선에게 증조부는 몇 번이나 고맙다고 하면서 딸을 가져가라고 말했다.

—남선이 정도면 차고 넘치지.

다음날 아침식사 자리에서 증조부는 할머니에게 그렇게 말했다.

—너레 벌써 스무 살이 되었다. 노처녀 되어서 재취 자리라도 갈 생각 아니면 감사히 받아들이라우.

그는 남선이 요즘 젊은이 같지 않게 성실하고 어른을 공경하는 사람이라고 칭찬하고는 같은 지역 출신이니 서로 의지하며 살기 좋을 것이라고 했다. 할머니는 아무 대답도 하지 않은 채로 밥을 먹었다. 증조모의 표정이 어두웠다.

할머니가 증조모와 함께 상을 치우고 부엌으로 갔을 때 증조모가 말했다.

—아바이 말 신경쓰디 말라.

—기럼 어쩌란 말이우.

증조모가 할머니를 지친 얼굴로 쳐다봤다.

—내레 이런 이야기까지는 하디 않으려구 했는데……

증조모는 한숨을 쉬고 말을 이었다.

—남선인 너이 아바이랑 비슷한 사람이야. 나두 영옥이 너이 어마이가 아니었으면 남선이레 공손하구 괜찮은 사내라구 생각했을지도 모르갔어. 기런데…… 아니야. 너를 귀하게 대할 사람이 아니다.

―기걸 어마이가 어떻게 알아.

―같이 밥 먹을 때 보라. 생선이든 고기든 가장 큰 살코기를 제일 먼저 집어가는 기를. 영옥이 너가 귀하면 기렇게 하갔어? 말은 재미나게 하디. 기건 나두 알갔어. 기런데 영옥이 네 말 들어주는 모습을 내레 본 적이 없다.

―남자들이 다 기렇디 않아.

―영옥아, 내는 다른 거는 몰라두 너레 너를 속이디 않았으면 한다.

―내레 뭘 속인다는 기야.

―새비 아재비를 기억해보라우.

증조모의 그 말이 할머니의 마음을 내리쳤다. 새비 아저씨의 긴 목, 미소 짓던 모습, 새비 아주머니를 바라보던 따뜻한 눈빛과 말투, 영옥아, 영옥아, 부르던 부드러운 목소리. 아재비는 해 같은 사람이라요. 낭중에두 해를 보믄 아재비가 생각날 것 같아요. 영옥이는 낭중에 시인을 해야갔어. 영옥이는 씩씩하고 밥도 잘 먹고, 크게 웃고 공도 잘 차고 달리기도 잘하지. 희자랑도 친구구. 이야기를 재미있게 해. 그때의 자신을 할머니는 돌아보고 싶지 않았다.

―기게 언제 적 일인데. 기억도 잘 안 나.

―거짓말 마라.

―어마이, 우리 지나간 일 잡고 살지 맙시다. 개성에서의 일 난 다 잊었어.

할머니는 증조부가 남선을 마음에 들어했기 때문에 그를 받아들였다.

증조부는 일평생 할머니에게 만족하지 않았다. 아들이 아니었으므로 무슨 수를 써도 증조부의 기대를 채울 수 없다는 걸 알았지만 할머니는 그래도 증조부에게 잘 보이고 싶었다. 아주 작은 부스러기 같은 인정이라도 받아내고 싶어서 평생 증조부의 눈치를 살폈다. 남선을 남편으로 맞아들인다면, 할머니는 남선을 통해 간접적으로라도 증조부에게 인정받을 수 있을 것이라 생각했다.

시간이 흐르고 나서야 할머니는 그때 자신이 스스로를 속였다는 것을 인정했다. 증조모의 눈에 보였던 남선의 단점들을 할머니 또한 알고 있었다는 사실을 말이다. 남선을 좋아하는 마음이 조금도 없으면서 그저 노처녀가 되고 싶지 않아서, 남들 보기에 정상적으로 살고 싶어서 자신을 속였다. 남선 정도라면 남편으로서 자격이 충분하다고 여기면서 마음속의 경고를 무시했다. 증조부의 목소리로 할머니는 생각했다. '내가 잘난 게 뭐가 있는데.'

할머니가 마음을 정한 이후로 결혼은 일사천리로 진행됐다. 증조모도 더는 할머니를 말리지 않았다. 할머니는 상을 펴놓고 편지를 썼다. 희자야, 새비 아즈마이, 명숙 할마이, 내레 혼인을 합네다······

얼마 뒤 희자에게서 답장이 왔다. 언니, 미안해. 어마이가 일이 바빠서 도저히 시간을 낼 수가 없어. 명숙 할마이는 차를 타면 멀미를 심하게 하시고. 나 혼자서도 갈 수 있다고 했는데 어른들이 허락해주시질 않아. 축하해 언니······

며칠 후에 대구에서 소포가 왔다. 소포를 열어보니 명숙 할머니가 지은 남색 겨울 원피스 한 벌과 은수저 두 벌, 그리고 편지가 들어 있었다. 영옥아, 혼인을 축하한다. 은수저와 옷을 보낸다. 잘 살아라. 잘 살아라, 영옥아······

218

그것이 할머니 유년의 끝이었다.

남선에게 가족이 없었기에 식은 조촐하게 열렸다. 할머니는 명숙 할머니가 지어준 남색 원피스를 입고 식을 올렸다. 식이라고는 하지만 스무 명 정도의 사람들이 중국집에 모여서 같이 식사하는 자리였다. 식사를 마치고 할머니는 사진관에서 대여해주는 단순한 모양의 웨딩드레스를 입고 부케를 들고서 남선과 함께 사진을 찍었다. 그렇게 쌀쌀하지 않은 11월의 초순이었다.

신혼부부는 자그마한 마당이 있는 집에 세를 얻었고, 할머니는 새로운 집에서 옷 수선 일을 이어갔다.

남선은 평판이 좋은 사람이었다. 시장에서도, 동네에서도 마음씨 좋고 예의바른 사람으로 정평이 나 있었다. 새댁은 좋겠어, 저런 신랑 얻어서. 얼마나 많은 사람에게서 그런 이야기를 들었을까. 그래요, 저희 신랑이 사람 좋지요, 대답하고서 할머니는 쓴웃음을 지었다. 그는 그런 사람이었다. 술자리에서 앞장서 술값을 내는 사람. 그리고 그는 그런 사람이기도 했다. 그 모든 지출을 아내의 돈으로 하는 사람. 나중에는 아예 액수를 정해서 그만큼을 미리 마련해달라고 했다. 그는 할머니에게 무엇 하나 주는 법이 없었다. 감정적인 부분에서도 단 한순간도 할머니를 채워주지 않았다. 그 목마른 느낌은 할머니가 증조부와의 관계에서 너무도 잘 알고 있는 것이었다. 증조모의 말이 맞았다. 그는 여러모로 증조부를 닮은 사람이었다.

할머니는 증조부에게서 작은 선물 하나도 받은 기억이 없었다. 피난 갈 때도 그는 가장 좋은 자리에서 잠을 잤고 어떤 것도 딸에게 양보하지 않았다. 할머니가 얇은 외투를 입고 떨어도 자신의 외투를 벗어줄 생각을 하지 않았다. 할머니는 증조부의 그런 행동이 너무 익숙해서 서운하지조차 않았다. 할머니와 남선의 관계는 그런 익숙함 때문에 가능할 수 있었다. 할머니는 배려하는 남자, 아내와의 관계에서 손익을 따지지 않는 남자를 자신의 배우자로 상상하지 못했다. 할머니는 기대하고 실망하는 대신 그 안에 주저앉아 포기하는 편을 선택했다. 그편이 훨씬 더 쉬웠기 때문이었다. 남편에 대한 기대를 완전히 버리고 체념하고 나니 그런 삶도 견딜 만했다.

가끔씩 희자가 편지를 보내왔지만 할머니는 거의 답장하지 않았다. 희자에게 글을 쓰다보면 무언가 크게 잘못됐다는 느낌이 들었고, 자기 자신에게 솔직해질수록 마음을 감당하기가 어려웠다. 어렴풋이 느꼈던 감정이나 생각들이 글을 쓰는 동안 분명해졌는데, 그건 할머니의 일상을 위협할 뿐이었다.

명숙 할머니가 보내오는 편지에도 할머니는 답을 하지 않았다. 편지에서 묻어 나오는 명숙 할머니의 애정이 할머니는 버거웠다. 명숙 할머니의 편지를 읽다보면 결국 자신이 누군가에게 사랑받고 싶어하는 사람이라는 것을 알게 됐으니까. 그것도 아주 간절하고 절실하게, 사랑받고 싶어하는 사람이라는 것을 인정하게 됐으니까. 남선의 모진 말들은 얼마든지 견딜 수가 있었다. 하지만 명숙 할머니의 편지를 읽으면 늘 마음이 아팠다. 사랑은 할머니를 울게 했다. 모욕이나 상처조차도 건드리지 못한 마음을 건드렸다.

그다음 해 봄이 될 무렵 할머니는 자신의 임신 사실을 알게 됐다.

그즈음 남선은 자주 친구들을 끌고 집에 들어와서 다 같이 담배를 피우며 대통령과 국회의원과 정당과 세상 돌아가는 일에 대해서 격

렬한 토론을 벌이곤 했다. 그는 세상 사람들이 덜 고통받고 더 잘사는 세상을 꿈꾼다는 말을 하면서도 할머니의 발이 얼마나 부어 있는지, 가끔씩 배가 뭉칠 때마다 할머니가 얼마나 큰 두려움을 느끼는지에 대해서는 관심이 없었다. 노동자들의 권리를 말하면서 할머니가 벌어온 돈은 아무렇지 않게 앗아갔다. 그런 그를 볼 때면 할머니의 마음 깊숙한 곳에서는 웃음이 터져나왔다. 분노가 서린 웃음이었다.

스무 살 이후의 할머니를 만난 이들은 할머니를 냉소적인 사람이라고 평했다. 안 좋은 일이 생겼을 때 화를 내거나 슬퍼하거나 안타까워하기보다는 비웃거나 차갑게 평가했으니까. 그 냉소적인 가면 뒤에 상처받고 싶지 않고, 더는 울고 싶지 않은 할머니의 모습이 있다는 것을 아는 사람은 몇 없었다.

할머니는 임신 중기가 되어서야 희자와 새비 아주머니, 명숙 할머니에게 편지를 썼다. 임신을 했으며, 가을쯤에 아이를 낳을 것이라고. 얼마 지나지 않아 할머니 앞으로 소포가 도착했다. 고운 면으로 정성껏 바느질해서 만든 배냇저고리와 속싸개, 아기 양말과 모자, 손수건이었다. 영옥아, 임신 축하한다이. 몇 가지 만들어 보낸다. 항상 건강해라, 영옥아……

할머니는 1959년 9월에 나의 엄마를 낳았다. 열다섯 시간 동안 진통을 하고 나서였다.

얼마 뒤, 햇빛이 쏟아져내리던 어느 날이었다. 그날 할머니는 싸리비로 마당을 쓸고 있었다.

—박영옥씨.

우체부가 할머니에게 소포를 전했다. 소포를 여니 익숙한 책이 눈에 들어왔다. 붉은 양장의 『로빈슨 크루소』였다. 할머니는 싸리비를 마당 한쪽에 내려놓고 마루로 가서 소포에 동봉된 편지를 뜯었다.

영옥 언니에게

영옥 언니, 오랜만이야. 몸조리는 잘하고 있어? 아주 장한 일을 했어. 삼천이 아즈마이한테 편지를 받았어. 건강한 딸아이를 낳았다고. 아이를 보고 싶네.

언니, 소식을 늦게 전해 미안해.

지난 추석에 고모할마이의 상을 치렀어. 삼천이 아즈마이는 알고 계셔. 할마이는 많이 고생하시지 않고 가셨어. 이런 얘기 해도 마음 아픈 건 달라지지 않겠지만. 할마이가 돌아가시기 전에 언니에게 알리지 말라고 당부하셨어. 할마이는 언니에게 지나간 사람이라고. 지나간 사람이 언니 발목을 잡을 수 없다고. 혹시나 언니 몸조리에 지장 주면 안 된다고 말이야.

할마이는 한 달 정도 앓다가 가셨어. 언니 아이 돌 때 입을 옷을 만들어주고 싶다는 말씀도 하시고, 나중에는 언니가 보고 싶다는 말씀도 하시고, 그냥 웃으면서 그런 말씀 하셨어.

언니가 많이 바쁘리라는 건 우리 모두 알았어. 원망하는 건 아니야. 그래도, 할마이가 언니 편지 기다리셨던 걸 말하고 싶어. 언니는 아마 잘 몰랐겠지만 할마이는 언니 많이 그리워하셨어. 언니가 그만큼 할마이에게 소중한 존재였다는 말을 하는 거야. 언니가 그 사실을 기억해줬으면 해서.

나도 자주 언니 생각을 해. 대구에서 이 골목 저 골목 붙어다니던 게 엊그제 같은데 언니는 벌써 아이 엄마가 되었네. 우린 언제쯤 볼 수 있을까. 희령은 너무 먼 곳이지만, 나도 어른이 되면 언니를 찾아갈게. 만약 언니가 대구에 오게 된다면, 고모할마이께 찾아가 인사 한번 드려줘. 할마이가 많이 기뻐하실 거야.

언니, 건강히 잘 지내.

희자가

추신. 할마이의 유품을 언니에게 보내.

할머니는 하도 만져서 반질반질해진 책을 펼쳤다. 맨 앞 장에 뾰족한 정자로 쓰인 글이 보였다.

영옥이 받아라.

희령에서 잘 지내느냐. 나는 일없다. 이상하게두 재봉틀 돌리고 있으면 너가 내 곁에 붙어서 종알종알대는 소리가 들리는 듯싶어. 시끄러운 간나, 기게 영옥이었더랬지. 목소리가 까랑까랑해서 백 리 밖까지 들릴 것 같았다. 그 목소리로 이 책을 몇 번이고 읽어줬더랬지. 몇 번을 들어도 재미가 있었어.

영옥아, 내레 너를 처음 봤을 적부터 더러운 정이 들 줄 알고 있었다. 저리 가라면서 너에게 눈길 한 번 주지 않았는데도 너는 강아지마냥 내게 오더구나. 세상이 뒤집히구, 나도 죽을 날이나 기다리며 살고 싶었는데…… 네가 나를 비웃어도 할말이 없어.

내 너를 전쟁통에 만났다. 이제 너를 언제 볼 수 있을까. 내 살아 있을 때 너를 다시 볼 수 있을까. 영옥아, 영옥아. 이렇게 불러본다. 항상 건강해라. 건강해라, 영옥아.

할마이가

할마이, 할마이, 부르며 곁에서 아무 이야기나 종알거려도 그걸 다 들어주고 가끔씩 희미하게 웃어 보이던 명숙 할머니의 얼굴이 눈앞에 어른거렸다. 『로빈슨 크루소』를 읽을 때면 가까이 다가와서 귀를 기울이고 이따금 고개를 끄덕이던 모습도, 대문을 열고 집에 들어가면 영옥이 왔냐, 묻던 얼굴도. 명숙 할머니가 대수롭지 않은 척을 해도 할머니는 그녀가 자신을 반기고 있다는 것을 알 수 있었다.

희자는 명숙 할머니가 할머니의 편지를 기다렸다고 했다.

원망하는 건 아니야. 희자는 편지에 그렇게 썼다.

할머니에게 그 문장은 이렇게 다가왔다.

언니는 원망할 가치조차 없는 사람이야. 내가 더이상 언니에게 기대하지 않으니까. 언니는 내가 기대할 만한 가치가 없는 사람이니까. 명숙 할머니에게 그 쉬운 답장 한 번 하지 않은 냉혹함을 이해하고 싶지는 않아.

한번 흐르기 시작한 눈물은 쉽게 그치지 않았다. 새비 아주머니는 왜 그런 이야기를 했을까. 우리가 결국은 다시 만나게 될 거라는 말을. 단 한 번만이라도 시간을 되돌릴 수 있다면, 대구 집을 떠날 때로 돌아가서 명숙 할머니를 껴안고 싶었다. 아주 짧은 순간이라도.

명숙 할머니가 할머니를 따뜻하게 배웅할 수 없었던 이유를 할머니는 시간이 지나서야 이해할 수 있었다. 거절당할 것 같다는 순간적인 마음 때문에 명숙 할머니를 한번 안아보지도 못한 채로 등을 돌려 나왔던 일을 할머니는 영원히 후회했다. 바느질 가르쳐주셔서 감사했다고, 할마이는 목이 약하시니 따뜻한 물 좀 많이 드시라고…… 그런 말이라도 해야 했는데.

하지만 되돌릴 수 없는 일들이 있다는 것을 할머니는 알았다. 대구에 있는 가족과 할머니를 멀어지게 한 건 시간과 거리만이 아니었다. 할머니가 대구를 떠난 순간부터 할머니와 대구 가족 사이에는 어떤 척력이 작용했다. 아무리 가까워지려고 노력하더라도 매일매일 서로에게서 밀려날 수밖에 없는 힘이 있었다.

할머니는 답장을 쓰지 않았다.

할머니는 아이에게 더 몰두했다. 아이에게 몰두할수록 명숙 할머니도, 희자도, 새비 아주머니도, 그 사람들에 대한 기억이 주는 자극도 조금씩 희미해졌다. 할머니는 자신이 과거에 묶인 사람이 아니라 현재를 사는 사람이라고 생각했다. 아이의 기저귀를 빨고, 아이에게 젖을 주고, 아이를 목욕시키고 놀아주면서 할머니는 할머니가 만들어놓은 작은 세계 속에서 만족할 수 있었다.

아이는 무사히 돌을 지났고, 다시 해가 바뀌었다.

남선이 일 때문에 집에 들어올 수 없다고 하고 이틀을 외박하고 난 다음날이었다. 할머니가 아이를 업고 마당을 쓸고 있는데 쪽을 찌고 한복을 입은 여자 둘이 마당으로 들어왔다. 한 사람은 할머니 또래의 젊은 여자였고, 한 사람은 증조모 또래의 여자였다.

―누구신지……

할머니가 물었지만 그들은 대답하지 않은 채 할머니 등에 업힌 아이를 뚫어져라 쳐다봤다.

—이애가 미선이야요?

젊은 여자가 아이를 가리키며 말했다. 오래 걸었는지 볼이 붉었다.

—누구신지……

나이 많은 여자가 할머니를 바라보고 말했다.

—남선이 어마이요.

그리고 그녀는 시선을 아이에게로 옮겼다.

—기게 무신 말씀이신지……

—여기 이 사람은 남선이 안사람 되고.

할머니는 당황해 웃음이 나왔다.

—무신 말씀이신지…… 제가 남선씨 아냅네다.

—바람이 찬데 안에 좀 들어가도 되갔어요?

젊은 여자가 말했다. 할머니는 무슨 일이 벌어지고 있는 것인지 제대로 알 수 없었지만 천천히 고개를 끄덕였다. 어쩐지 몸이 떨렸다. 둘은 아랫목에 앉아서 할머니를 올려다봤다.

—남선이레 열일곱에 이 사람이랑 혼인했시다. 전쟁통에 남선이가 먼저 내려가게 됐는데 소식이 끊겼다가…… 우린 속초에 가 있었더랬어요. 얼마 전에 남선이 소식을 듣고서는 희령으로 왔시다. 남선이두 우리 따라 속초에 가기로 했고.

할머니는 아무 말도 하지 못하고 나이든 여자가 하는 말을 들었다. 그 여자의 말에 따르면 남선은 이미 북에서 아들 하나를 낳았고, 희령에 찾아온 어머니와 아내를 반겼으며, 곧 속초에 같이 가기로 약속했고, 두 사람에게 희령 집 주소를 알려주면서 박영옥이라는 여자에게

226

사정을 설명하라고 이야기했다는 것이었다.

　─원한다면 아이는 그쪽이 키우셔도 됩니다.

남선의 아내라는 젊은 여자가 허락하듯이 말했다.

　─아들이라면 얘기가 달라지겠지만서두.

나이든 여자가 말했다.

　─기래서 뭘 원한단 말입니까?

할머니가 조용히 물었다.

　─주성이 아바이, 다신 볼 생각 하지 말라는 말이야.

나이든 여자의 말에 할머니는 작게 웃음을 터뜨렸다. 그런 할머니를 보며 두 여자는 놀란 내색을 했다.

　─할말이 끝났으면 나가시라요.

할머니가 방문을 열어 두 여자를 내보냈다. 여자들은 할머니가 자기 남편을 잃을 수 없다고 사정하는 모습을 예상했을 것이다. 적어도 '본처' 앞에서 놀란 토끼 눈이라도 뜨기를 바랐을 것이다. 그들이 집 밖으로 나가는 모습을 보면서 할머니는 남선과의 결혼은 이제 할머니에게 그 어떤 의미도 없다는 것을 깨달았다. 할머니는 남편에 대한 소유권을 주장하며 그들과 겨루고 싶지 않았다. 할머니의 마음은 그 어느 때보다도 차가워졌다. 자신이 유부남이라는 사실을 속이고 중혼을 한 그에 대한 분노도 그 순간에는 별로 느껴지지 않았다.

할머니는 따뜻한 옷으로 아이를 꽁꽁 싸서 업고는 그가 일하는 시장에 찾아갔다. 그는 종이 상자를 옮기다가 할머니를 보고 동작을 멈췄다. 가까이 다가가자 그에게서 담배 냄새와 살냄새가 섞인 익숙한 냄새가 났다.

―할말 있으면 해보라.

할머니가 말했다.

―주성이 어마이가 남한에 온 걸 알았으면 이런 일은 없었을 기야. 북에 있는 줄 알았더랬어. 진짜다. 남한에 있는 줄 알았으면 왜 다시 결혼하려 했갔어.

―내 아바이도 그 사실을 아셨나?

―기래…… 별문제 없다고 하셨더랬어.

―기러니까 당신이랑 내 아바이랑 짜고서 내를 속인 거구만.

―진정하라우.

그가 난감하다는 표정을 지으며 주변을 둘러봤다.

―주성이 어마이 혼자서 병든 아바이랑 어마이 모시구 주성이까지 키우면서 전쟁을 보냈더랬어. 내는 아바이가 계신 속초에 가야 해.

―속초에 가고 말고는 내 알 바 아니다.

할머니의 말에 그의 얼굴에 경멸의 빛이 떠올랐다.

―기래서 나더러 뭘 어쩌라는 기야?

그를 찾아가면서 할머니는 적어도 그가 자신을 보고 놀라거나 두려워할 줄 알았다. 무릎을 꿇고 미안하다고 말할 줄 알았다. 하지만 그는 자신의 행동에는 정당한 이유가 있었다고 설명할 뿐이었다. 할머니에 대한 미안한 마음은 조금도 찾아볼 수 없었다. 할머니를 속였다는 사실에 대한 죄책감도 발견할 수 없었다. 할머니는 아직도 그가 어떻게 그럴 수 있었을지 생각해보곤 한다고 했지만 결론은 늘 한 가지였다. 그는 그럴 수 있어서 그랬던 것뿐이었다.

―이틀 뒤에 속초로 갈 기야.

—기래, 가라. 하지만 미선이는 못 데려간다.

—뭘 모르는 것 같은데 그래봤자 너레 평생 미선이 어마이가 될 수 없다. 법이 기래. 어데 남편도 없는 여자 아래로 자식 호적 올릴 수 있는 줄 아나?

—안 되는 건 안 되는 기야. 너 따위 새끼한테 미선이 못 뺏긴다.

할머니가 누군가에게 그렇게 크게 소리친 것은 그때가 처음이자 마지막이었다. 누군가 자기 생명을 빼앗아간다고 하더라도 그렇게까지 저항할 수 없었으리라고 할머니는 내게 말했다. 그는 할머니의 말을 못 들은 것처럼 앞치마에 손을 닦고는 가게로 들어갔다.

그는 끝까지 할머니에게 진심으로 사과하지 않았다.

"저도 사과받지 못했어요."

할머니의 이야기를 듣다가 나도 모르게 그 말을 하고 말았다.

"저를 속이고 다른 여자를 만났다는 걸 제가 알게 되었는데도 도리어 제 탓을 했어요."

"……"

"저에게서 이미 마음이 떠났고 마음 떠나게 한 제 탓이래요. 진작에 헤어졌으면 바람피울 일도 없었을 거래요."

거기까지 이야기하고 목이 메어서 잠시 말을 멈췄다.

"미안해, 미안해, 소리지르고는 그게 사과래. 할머니, 제가 바랐던 건 진실한 사과였어요."

"안다, 내가 알아."

"계속 같이 살 수 없었어요."

"그럼, 넌 내 손녀니까. 뒤도 돌아보지 않고 떠날 수 있었을 거다."

"어떻게 살았어요, 할머니? 그런 일을 겪고 어떻게 살 수 있었어요?"

나는 참지 못하고 얼굴을 가린 채 눈물을 흘렸다.

"언젠가 이 일이 아무것도 아닌 날이 올 거야. 믿기지 않겠지만……
정말 그럴 거야."

할머니가 말했다.

다음날 아침 동물병원에서 전화가 왔다. 밤사이 귀리가 떠났다는
소식이었다. 이렇게 짧은 시간에 잘못되리라고는 생각하지 못했다고
의사가 당황한 기색을 감추지 못하며 말했다. 그 전날 데리고 와서 귀
리가 좋아하던 체크무늬 담요 위에서 그애를 보내줄 수 있었다면 그
만큼 마음이 아프지는 않았을 것 같았다. 차라리 처음부터 귀리가 나
를 만나지 않았다면, 기력이 쇠약해져서 자는 듯이 죽었다면 덜 고통
스럽지 않았을까. 부질없는 가정인 줄 알면서도 그런 생각이 뇌리에
서 떠나지 않았다. 귀리를 구조했다고 여겼는데 결과적으로 그 아이
에게 더 큰 고통만 안긴 것 같았다.

귀리는 일회용 패드 위에 옆으로 누워 있었다. 자고 있는 것처럼 보
이지 않을까, 편안해 보이지 않을까, 애써 기대하면서 문을 열었지만
생명이 빠져나간 몸에도 고통의 순간이 배어 있었다. 거무스름해진
입가, 채 다물지 못한 입 사이로 보이는 이빨과 혀…… 귀리는 차가
웠다. 나는 귀리가 사라진 귀리의 몸을 오래도록 쓰다듬었다. 결과가
이럴 줄 알았다면 입원 같은 건 절대 시키지 않았을 텐데, 적어도 어
젯밤에는 데려왔을 텐데. 미안해. 나는 소리 내어 말했다. 미안해, 미

안해.

　종이 상자에 귀리를 담고 나와 그간의 병원비를 계산했다. 나는 의사 앞에서도 울음을 그치지 못했다.

　"구조하셨을 때부터 아픈 아이였어요. 그래도 덕분에 치료도 받고, 짧은 시간이었지만 사랑도 받고 간 거라고 생각하세요."

　"어디서 병을 얻은 걸까요. 애가 어쩌다가 그렇게 말라서 아파트 화단에 있었을까요."

　나는 내가 무슨 말을 하는지도 모르고 의사에게 떠들어대고 있었다. 의사는 난감한 표정을 지었다. 그건 무의미한 질문이었고 그에게는 그런 질문에 답해야 할 의무가 없었다. 나는 고개 숙여 인사하고 밖으로 나왔다. 눈물을 멈추지 못하면서도 마음은 고요했고, 내 머리는 앞으로의 일을 계획하고 있었다. 귀리가 좋아하던 체크무늬 담요로 귀리를 싸서 천문대 근처에 묻어줄 생각이었다. 집으로 돌아와 귀리를 담은 상자를 거실에 두고 한참을 앉아서 바라봤다.

　핸드폰을 확인하니 할머니에게서 여러 통의 부재중 전화가 와 있었다. 그제야 같이 병원에 다녀오자던 할머니의 말이 떠올랐다. 나는 할머니에게 전화를 걸었고, 얼마 지나지 않아 할머니가 꽃삽 하나를 들고 집으로 왔다.

　할머니는 상자에 담긴 귀리를 말없이 오래 바라봤다. 나는 할머니에게 귀리가 마지막 순간에 어두운 방에서 홀로 외로웠으리라고, 기다리는 사람이 오지 않아 버려진 기분이 들었으리라고 말했다.

　"그럴 수도 있겠지. 하지만 아니었을 수도 있어. 개들은 자기가 좋아하는 사람에게 아픈 모습을 보이고 싶어하지 않는다고 하잖아. 그래서 죽을 때가 되면 집을 나가기도 하고…… 그러니 모르는 거야. 귀리가 마지막에 외롭기만 했다고 생각하지 마."

할머니가 내게 꽃삽을 건네며 말했다.

"묻어주러 같이 갈래?"

나는 고개를 저었다.

"저 혼자 하고 싶어요."

"그래. 보내주고 와."

나는 귀리 옆에 잠시 누웠다. 전날 잠을 거의 자지 못한데다 너무 많이 울어서 잠이 밀려왔다. 나도 모르게 깊게 잠에 빠져서 눈을 떠보니 늦은 오후였다. 나는 체크무늬 담요로 귀리를 감싸고 종이 상자에 넣었다. 귀리가 좋아하던 작은 토끼 인형과 간식도 상자에 넣은 뒤 차에 올라탔다.

전남편의 믿음대로 시간은 얼어붙은 강물이어서 과거와 현재와 미래가 모두 정해진 걸까. 귀리가 결국 병원에 입원한 채로 죽은 건 내가 귀리를 만나기 전부터 '완료'된 일이었을까. 그렇게 생각한다면 마음이 어느 정도는 편해질 수 있다는 것을 알면서도 나는 그렇게 믿을 수가 없었다.

나는 할머니의 옛날 집터로 향했다. 어쩐지 귀리에게 그곳을 보여주고 싶어서였다. 상자를 안고 한참을 그곳에 서서 해가 수평선 아래로 떨어지는 모습을 바라봤다. 집터에 길쭉하게 자란 개망초꽃을 한 다발 꺾었다.

천천히 운전해서 천문대로 향했다. 주차장에 차를 세우고 사람들의 눈에 잘 띄지 않는 나무 아래로 갔다. 오후에 비가 와서 그런지 어렵지 않게 땅을 팔 수 있었다. 주먹만한 돌덩어리가 두 개 나와서 빼내고 나니 꽤 넉넉한 자리가 생겼다. 담요로 감싼 귀리를 그 안에 묻고, 그 위에 토끼 인형과 간식을 올린 다음 흙으로 덮었다. 그러고 여러 번 발로 밟아 터를 단단하게 한 뒤 할머니의 집터에서 꺾어온 개망초꽃을 그 위에 올려놓았다.

나는 가만히 앉아서 그날 아침 의사가 내게 귀리의 죽음을 알렸을 때 느낀 감정이 슬픔만은 아니었음을 기억했다. 나는 안도했다. 나의 일부는 안도했다. 귀리의 고통이 이제 사라졌다는 사실에, 고통을 받는 그애의 모습을 보고 겪어야 했을 나의 괴로움이 끝났다는 사실에. 그 이기적인 마음을 부정할 수가 없었다.

손에서 흙을 털고 자리에서 일어나 주차장으로 갔다. 천천히 차를 몰아서 밤의 산길을 내려가기 시작했다. 산의 중턱쯤 내려왔을 때 멀리서 헤드라이트를 켠 자동차가 속력을 내며 올라왔다. 서로 가까워졌을 때야 그 차가 중앙선을 침범해서 내 쪽으로 달려오고 있다는 사실을 알아차렸다. 나는 빠르게 오른쪽으로 핸들을 틀었다. 순간 시야가 놀라울 정도로 환해졌다. 사고가 났는데 왜 통증이 없지? 부드러운 바람이 불어서 눈을 떴다. 사고가 났을 때는 밤이었는데 지금은 낮이다.

할머니가 마당의 수돗가에서 대야에 물을 받아 언니의 얼굴을 씻기고 있다. 할머니의 예전 집이다. 할머니는 언니의 작은 코에 손을 대서 코를 풀게도 한다. 그 모습을 보는데 안심이 됐다. 아주 어린 아이가 깔깔대는 소리가 들려서 가까이 가서 보니 엄마의 등에 업힌 어린 내가 내는 소리다. 그애의 얼굴을 자세히 들여다보려는데 사위가 어두워졌다.

언니와 나는 자전거를 타고 언덕을 내려가고 있다. 언니가 페달을 밟고 나는 언니의 등을 꼭 껴안았다. 언니에게서는 딸기 풍선껌 냄새가 난다. 내가 언제 슬펐고 언제 괴로웠는지 기억조차 나지 않을 정도로 편안하고 평온한 느낌이다. 가지 마. 그 순간을 붙들기 위해 나는 소리지른다. 떠나지 마, 언니.

그러자 하늘이 뒤집히고 운동장 철봉에 매달린 중학생 시절의 내가 보인다. 그애는 어떻게든 시간을 끌다가 집으로 들어가려 한다. 나는 그애의 마음을 종이에 인쇄된 글자를 읽듯이 읽을 수 있다. 그애는 지금 자기와 어울리는 아이들이 자기를 부끄러워한다고 생각하는 중이다. 그애는 자기에게 속삭이고 있다. 나는 너무 못생겼고 그 누구도 나를 좋아하지 않아. 그건 사실이 아니야…… 그애에게 말하려는데 누군가 나를 뒤로 잡아당겼다.

눈을 뜨자 다시 깊은 밤이다. 한밤의 버스에서 내가 사랑하는 사람이 내 곁에 앉아 있다. 스물두 살의 나는 그에 대한 갈망으로 가득차서 어쩔 줄 모르지만 그가 곧 입을 열어 나를 떠나겠다고 말하리라는 걸 알고 있다. 마침내 그가 말한다. 알아, 알고 있어. 당신이 이런 말을 할 줄 나는 이미 알고 있었어. 알아, 알아. 그가 버스에서 내리고 나서도 나는 계속 말한다. 알아, 알아. 결국 다 떠난다는 걸…… 깨어나고 싶어. 나는 벨을 누르지만 버스는 정차하지 않는다. 소리질러 기사를 부르고, 주먹으로 아무리 출입문을 두드려도 버스는 서지 않는다. 아무도 나를 바라보지 않는다.

등뒤에서 현관문이 닫히는 소리가 들린다. 나는 그것이 남편이 나를 떠나면서 문을 닫는 소리라는 것을 안다. 너만은…… 너만은 나를 떠나지 않을 줄 알았어. 나는 바닥에 앉아서 몸을 떨며 운다.

지연아.

그때 내게 앞니 두 개가 빠진 여덟 살의 언니가 다가와서 등을 두드린다.

지연아, 지연아.

언니가 나를 부를수록 세상이 환해진다.

태양이 커지고 있나봐.

나는 좀전까지 울던 일을 잊고 언니에게 말한다.

너무 밝아서 눈이 부셔. 어떻게 이렇게 밝을 수 있어?

내 말에 언니는 재미있는 이야기라도 들은 것처럼 환한 빛 속에서 소리 내며 웃는다.

바보야.

언니가 말한다.

바보야, 난 널 떠난 적 없어.

4부

12

사고 현장을 발견한 사람은 트럭을 타고 집으로 향하던 목수였다. 그녀는 의식을 잃은 나를 발견하고는 119를 불렀다. 구급차가 올 때까지 나를 깨우려고 노력한 사람도 그녀였다. 나는 응급실에 도착해 구토를 한 후에야 차츰 의식을 되찾았다. 폐차해야 할 정도로 차가 크게 손상된 것에 비하면 내가 입은 외상은 가벼운 수준이었다.

보호자 연락처를 묻는 의사의 질문에 나는 머뭇거렸다. 엄마나 아빠에게 연락하고 싶지 않았다. 보호자 연락처에 할머니의 전화번호를 쓰고 환자와의 관계란에 '조모'라고 적었다. 다음날 아침에 의사와 간호사가 병실에 들어와 침대 커튼을 열었을 때야 나는 보조 침대에 쪼그리고 앉아 있는 할머니를 볼 수 있었다. 할머니의 뒤통수에 미처 풀고 나오지 못한 형광 분홍색 헤어 롤 두 개가 붙어 있었다.

의사는 내게 뇌진탕으로 보인다면서 더 토하고 싶지 않은지, 어지러움은 없는지 물었다. 나는 속이 조금 울렁거리고 어지럽다고, 숨쉴

때마다 가슴과 목이 아프고 침대에서 몸을 일으킬 때도 힘이 든다고
했다.

"몸이 놀라서 그래요. 경추부 통증은 추간판 탈출인지 염좌인지 따
로 검사해봐야 하고."

의사가 말했다.

"얼마나 더 있어야 할까요."

내가 물었다.

"며칠은 쉬어야 해요. 다른 생각 말고."

의사와 간호사가 나가자 그제야 할머니가 자리에서 일어나 나에게
다가왔다. 할머니는 한참 동안 나를 쳐다보다가 입을 열었다.

"술 처먹고 운전하는 새끼들은 다 죽여버려야 해."

할머니는 내가 처음 보는 표정을 지으며 말하고 있었다.

"그 새끼가 너를 죽일 뻔했어."

"안 죽었어요."

분위기를 가볍게 하려고 한 내 말에 할머니는 미간을 찌푸리더니
밖으로 나갔다.

"할머니."

침대에 누운 채 할머니를 불렀다.

"할머니."

조금 더 큰 소리로 불러도 할머니는 돌아오지 않았다. 누군가 고무
줄로 내 몸을 침대에 단단히 묶어놓은 것 같았다. 한참 지나서 돌아온
할머니는 조금 진정이 된 표정으로 나를 보았다. 그러고는 내 어깨에
조심스럽게 손을 올려놓았다. 중앙선을 침범해서 운전한 사람은 그때

의 일을 기억하지 못할 정도로 만취한 상태였다. 나는 음주운전자의 차는 피했지만 도로 옆 산비탈을 들이받았다. 다행히 내 차는 서행중이었고 에어백은 제때에 터졌으며 목격자는 사고 직후에 나를 발견했다. 하지만 그 차와 정면충돌했다면 이야기가 달라졌을 것이다. 할머니는 의사에게서 사고 상황을 전해들은 모양이었다.

"차는 위험한 거다. 아무리 조심해서 운전해도 운이 나쁘면 이런 일이 생겨."

"알아요."

나는 애써 미소를 지어 보이려고 노력했지만 잘 되지 않았다.

"화장실 데려다주랴?"

할머니가 내 등뒤로 팔을 넣어서 나를 일으켰다. 그러고는 한쪽 팔로 내게 팔짱을 끼고 다른 손으로는 링거 지지대를 잡고 화장실 안까지 나를 데리고 갔다.

"혼자 들어갈 수 있겠어?"

나는 고개를 끄덕였다. 화장실 거울에 비친 내 모습을 봤다. 얼굴은 퉁퉁 부어 있었고 이마와 눈가에 푸른 멍이 번져 있었다. 왼쪽 눈두덩의 멍이 가장 심했다. 의사는 이 정도 사고에서 심각한 외상이 없는 건 드문 경우라고 했다.

'불행 중 다행이에요. 운이 좋았어요. 사고가 나면 반사적으로 몸이 긴장해서 부상이 심해지거든요. 환자분은 사고 때 몸에 힘이 안 들어갔나봐요. 그래도 후유증이 있을 수 있으니까 계속 관찰해봅시다.'

어째서 몸에 힘이 들어가지 않았을까. 거울을 바라보며 나는 사고가 나던 순간을 가만히 떠올려봤다.

점심으로 나온 병원 밥을 먹는 동안 할머니도 보호자용 밥을 먹었다. 우리는 별다른 말을 나누지 않았다. 나는 밥을 먹고 누워서 다시 까무룩 잠이 들었고 할머니는 엎드려서 계속 핸드폰을 들여다보았다. 잠을 자고 일어난 뒤에도 할머니는 여전히 핸드폰을 보고 있었다. 가까이 들여다보니 할머니는 캔디크러시 게임을 하고 있었다. 할머니는 캔디크러시를 한참 하다가 헥사 게임을 했고, 그 게임이 끝나면 다시 캔디크러시를 했다. 손놀림이 빠르지는 않았지만 할머니는 끈기 있는 게이머였다. 캔디크러시나 헥사는 엄마도 즐겨 하는 게임이어서 나는 신기한 마음으로 할머니의 모습을 바라봤다.

"할머니가 게임하는지 몰랐네요."

"틈날 때마다 하지. 넌 게임 안 좋아하냐?"

"그렇게 즐긴 적은 없어요."

"우리집 여자들은 다 좋아하는 줄 알았는데."

내가 고등학생 때, 엄마는 내가 다니던 독서실과 같은 건물에 있던 피시방에서 스타크래프트를 했다. 늦은 시간까지 공부하는 나를 기다린다는 명분이 있었지만, 게임에 빠져 나를 잊은 엄마를 데리러 피시방으로 가야 하는 일이 잦았다. 엄마는 나중에 동네 문화회관에서 열린 스타크래프트 장년부 대회에서 준우승까지 했다. 그 생각을 하니 웃음이 나서 나는 엄마가 얼마나 게임을 좋아하는지 할머니에게 이야기했다.

"미선이는 화투를 잘 쳤어. 미선이랑 나랑 우리 엄마랑 고스톱을 많이 쳤었거든. 셋이니 고스톱 치기 딱 좋은 숫자 아니냐. 미선이가 서울로 가버리고는 엄마랑 나랑 맞고를 쳤는데 재미가 없더라. 둘이서 치는 화투가 어쩌나 재미없던지. 그래도 효도하는 셈 치고 쳐드렸지. 시간 지나고는 그마저도 그리워져버렸지만 말이야……"

커튼이 쳐진 침대에 누워 그런 이야기를 듣고 있자니 할머니가 그 어느 때보다도 가깝게 느껴졌다. 침대 옆에 있는 작은 냉장고에서 웅— 하는 소리가 났다. 옆 침대에서 여자 둘이 속삭이듯이 대화하는 소리도 들렸다. 문득 힘이 들어도 걷고 싶다는 생각이 들었다.

"밖에 나가보고 싶어요."

할머니가 자리에서 일어나 내 등뒤에 손을 넣어 나를 일으켰다. 그러고 한 손을 내게 내밀었다. 마주잡은 할머니의 손은 크고 두툼하고 차가웠다. 엘리베이터를 타고 내려가서 병원 현관으로 나가니 바람이 길게 불어왔다. 잠시 몸이 떨릴 정도로 선선한 바람이었다. 하늘이 흐렸다.

"여기 앉자."

할머니가 현관 앞에 놓인 플라스틱 의자를 가리키며 말했다. 우리는 자리에 앉아서 멀리 보이는 산과, 상복을 입은 남자 셋이 담배를 피우는 모습과, 덜컹거리며 지나가는 트럭 따위를 한동안 말없이 바라봤다. 그러는 사이 비구름이 빠른 속도로 몰려와서 사위가 어둑해졌다. 바람이 점점 더 강하게 불었다.

"너랑 이야기하다보면 아깝다는 생각이 들어."

침묵을 깨고 할머니가 입을 열었다.

"뭐가요?"

"그냥. 가깝진 않더라도 우리가 종종 볼 수 있었다면 어땠을까 싶어. 그런 생각이 드니까 지나간 시간이 아깝게 느껴지고, 또 이 순간도 지나갈 걸 아니까 아깝고."

개와 사람의 시간이 다르게 흐르듯이 삼십대인 나의 시간과 칠십대인 할머니의 시간은 다르게 흘러가고 있을 것이다. 번개가 치더니 곧이어 천둥소리가 들렸다.

"작년 이맘때는 제가 희령에 올 거라고는 상상도 못했어요. 남편이랑 헤어져서 혼자 살게 될 거라는 것도요. 할머니랑 이렇게 나란히 앉아 있게 될 줄도 당연히 몰랐고요."

나는 그 말을 하고 할머니를 바라보며 웃었다.

"의사가 그러는 거예요. 이런 사고를 당하고 이 정도 다친 건 흔한 일이 아니라면서 저보고 운이 좋다고요. 부정할 수가 없었어요. 저는 운이 좋았어요. 항상 그랬던 것 같아요. 그런데도 즐겁지가 않았어요. 잡고 싶을 만큼 아까운 시간도 없었어요. 그런 건 이미 다 끝나버렸다고 생각했던 것 같아요."

찬바람에 몸이 떨려서 어깨를 움츠렸다.

"네 나이 때 나도 그랬어. 아무것도 기대할 수가 없었지. 그럴 수만 있다면 내게 남은 시간을 다 퍼다가 갖다버리고 싶었어……"

다시 한번 번개가 쳤고 할머니가 두 팔로 자기 어깨를 감쌌다. 곧이어 비가 쏟아져서 우리는 병원 휴게실로 자리를 옮겼다. 할머니가 잠시 병실에 갔다 오겠다고 해서 나는 텔레비전을 봤다. 텔레비전에서는 요리사가 나와서 간 건강에 도움이 되는 음식 조리법을 설명하고 있었다. 식재료를 사다가 음식을 해 먹은 게 언제였지…… 요리는 내 얼마 안 되는 취미였다. 그날 아침에도 나는 쌀을 씻어 밥을 안치고 쌀뜨물로 찌개를 끓이고 돌문어를 손질해서 삶은 뒤 남편과 나눠 먹었다. 그가 그걸 먹고 나가서 애인과 밤을 보냈다는 사실을 알게 된 이후로 나는 요리하는 일에 정이 떨어졌다. 식재료를 다듬고 씻고 양념하고 굽고 찌고 끓이고…… 애써서 그 모든 과정에 몰두했던 일이 우습게 느껴졌다. 그따위 짓이나 하고 다닐 그를 위해 왜 정성을 들여 음식을 만들었지. 마음을 다해 한 일을 경멸하게 되는 게 어떤 것인지 그전에는 몰랐었다. 그런 생각을 하고 있는데 어깨에 따뜻한 느낌이 전해졌다. 돌아보니 어깨에 보라색 숄이 덮여 있었다. 숄에서 은은한 나프탈렌 냄새가 났다.

"양모 실로 뜬 거야. 가볍고 따뜻해. 덮고 있으면 점점 더 따뜻해질 거다."

할머니의 말이 맞았다. 가슴까지 오는 숄은 시간이 갈수록 더 따뜻 하게 내 몸을 데웠다.

"이것도 할머니가 뜨신 거예요?"

"우리 엄마 쓰라고 떠줬던 건데 내가 가끔 해. 너, 그거 두르고 있 으니 정말 우리 엄마 닮았다. 아직도 지연이 너 보면 놀라. 엄마가 젊 은 얼굴로 다시 돌아온 것 같아서."

할머니는 내 얼굴에서 돌아가신 증조모의 모습을 보고 있구나. 시 간이 흘러도 그 사실에는 잘 익숙해지지 않았다.

"할머니는 제가 나중에 어떻게 늙을지도 아시겠네요."

할머니는 고개를 끄덕이더니 말했다.

"얼굴만 그런 게 아니라 눈빛이랑 표정도 그래. 그리고 누가 널 짓 밟으려고 해도 밟히지 않으려고 할 거야. 그래서 괴롭지. 안 그러냐?"

할머니의 말이 맞았다. 그건 내 기질이었다. 상대를 위해 얼마든지 져줄 수 있지만 결정적으로 상대가 나를 짓밟으려 한다면 참을 수 없었으니까.

"증조할머니는 그때 어떻게 하셨어요? 할머니의 결혼이 중혼이라는 걸 알게 되신 후에."

할머니는 곰곰이 생각하다가 입을 열었다.

"엄마가 알았을 때는 이미 그 남자가 속초로 떠난 후였어. 그가 미선이를 자기 호적에 올리고 나서였지. 북한에서 결혼한 부인이랑 자기 사이에서 낳은 딸로."

"그럼 할머니는……"

할머니는 내가 두른 보라색 숄을 만지작거리다가 잠시 뒤 입을 열었다.

"나는 일평생 법적으론 미선이의 엄마가 아니었어. 그 흔한 통장 하나 만들어주지를 못했다. 모녀 관계가 아니었으니까."

할머니가 굳은 얼굴로 나를 바라봤다.

"그게 일종의 거래였어. 내게 아이 키우는 걸 허락하는 대가로 미선이를 자기들 호적에 올린 거야."

"할머니 호적에 올릴 순 없었어요?"

"옛날 법이 그랬어. 생부가 자기 호적에 올리겠다면 나에게는 아무 권리가 없었지."

길남선이 속초로 떠나고 얼마 되지 않았을 때 희자에게서 편지가 왔다. 드문드문 오던 편지가 한동안 끊긴 이후의 일이었다. 희자는 이화여대 수학과에 수석으로 합격했다는 소식을 알렸다. 수석 장학금을 받아 학비를 걱정하지 않아도 되고 기숙사에서 생활할 수 있다고 했다. 할머니는 희자의 편지를 몇 번이나 읽고 또 읽었다. 할머니는 그 전까지 여자가 대학에 입학했다는 이야기를 들어본 일이 없었다. 그런데 그렇게 좋은 대학에 수석으로 합격해서 학비를 내지 않고 공부할 수 있다니. 할머니는 희자가 대체 얼마나 큰일을 이루었는지 가늠조차 되지 않았다.

할머니는 그런 희자가 자랑스러웠지만 마음 한구석에는 이제 희자와 완전히 멀어질 일만 남았다는 생각이 자리를 잡았다. 희자는 큰사람이 되어서 당연히 나를 잊을 거야. 희자에게 내가 뭔데. 할머니는 희자에게 답신을 썼다. 그 어느 때보다도 공들여 글씨를 썼다. 단정하고 온화해 보이는 희자의 글씨를 동경했던 할머니는 자신도 모르는 사이에 희자와 비슷한 글씨체로 편지를 쓰고 있었다. 희자야, 축하한다. 그렇게 한 줄 쓰고 나니 마음이 울렁였다. 희자야, 너는 나를 잊겠지. 그렇게 쓰고 할머니는 지우개로 그 문장을 지웠다. 자신의 결혼생활이 어떻게 끝나버리고 말았는지에 대해서도 쓰지 않기로 마음먹었다. 희자의 마음을 무겁게 하고 싶지 않기도 했지만 그보다는 동정받고 싶지 않아서였다. 희자에게 초라한 자기 모습을 들키고 싶지 않았다. 할머니는 가지고 있던 가장 좋은 천으로 블라우스와 치마 한 벌씩을 지어서 편지와 함께 대구에 부쳤다.

할머니는 아이를 업고 동네를 돌면서 일거리를 구했다. 주로 옷 수선 일이었지만 맞춤옷 주문도 들어왔다. 점점 입소문이 나면서 할머니는 잠을 줄여가며 일을 했다. 그것이 사는 길이라고 생각했다.

손님들에게서 남편은 어디에 갔느냐는 질문을 받기도 했다. 할머니는 터놓고 말했다. 그가 중혼을 했으며 북에서 결혼한 여자와 살기를 선택했다고. 그럼 아이 호적은? 그렇게 설명하면 대개 그 질문이 따라왔다. 남편의 호적에 올랐다고 말할 때마다 여자들은 탄식했다. 그래도 미선이 엄마 참 대단해. 대화는 그런 식으로 끝나곤 했다. 처음에는 말하기가 어려웠지만 매번 그런 질문을 듣고 답을 하다보니 나중에는 별다른 감정이 느껴지지 않았다. 제삼자의 일을 이야기하는 것 같았다.

대놓고 할머니를 비난하는 사람도 있었다. 남자가 감쪽같이 속였을 리는 없다면서, 할머니도 분명 그에게 조강지처가 있다는 사실을 알고도 결혼했으리라는 것이었다. '여자도 잘한 건 없다.' 그것이 사람들의 중론이라는 것을 할머니는 알고 있었다. 사람들은 늘 그렇게 말했으니까. 남편이 아내를 때려도 여자도 잘한 것 없다고 했고, 남편이 바람을 피워도 여자도 잘한 것 없다고 했으니까. 남자가 그런 행동을 하도록 여자가 부추겼으리라는 생각이 그런 말의 핵심이었다.

그즈음 운송 일을 다니면서 몇 달씩 희령을 떠나 있곤 하던 증조부가 어디서 소식을 들었는지 할머니를 찾아왔다. 증조부가 그 일에 대해 자신을 탓할 것임을 할머니는 그의 숨소리만 듣고도 알 수 있었다. 그는 아파서 자리에 누워 있는 할머니에게 남편을 희령에 묶어두지 못한 모자람을 꾸짖으며 일장연설을 했다.

—남자 마음 하나 잡지를 못해서 빼앗겼으니 아쉬울 것도 없다.

할머니는 눈을 감고 그가 쏟아내는 말의 매를 맞았다.

—그 말 다시 해보시오.

곁에 앉아 있던 증조모가 조용히 말했다. 그러고는 자리에서 일어나 그에게 다가갔다.

─한번 더 그런 말 했다가는 당신 내 손에 죽습니다. 영옥이한테 그따위 소리 할 거면 내 눈앞에서 꺼지란 말입니다.

─네가 뭔데 감히 나한테 그따위 말을 하는 기야? 내가 아니었으면 넌……

─기래요, 당신 없이 나 살기 어려웠을 깁니다. 내 그래 당신 고마움 모르는 사람 아니요. 내 당신 그늘 아래서 여태 별 탈 없이 살았으니. 기래서 내를 빚쟁이 대하듯 했시까. 내레 당신한테 기렇게 빚을 졌다구.

─어디 서방 앞에서!

─내가 당신한테 도망가자 했시까, 내가 당신 부모 저버리라 했시까, 내가 당신보고 혼인하자 했시까. 기런데 왜 내를 일평생 입 닥치고 살게 했시까? 내 죄가 뭔데. 백정네 딸로 태어난 게 죄라면 내 죄를 죄로 두지 기랬어요. 우리 영옥이, 내 살 같은 영옥이를 쥐 잡듯이 잡고 화풀이하고 이렇게 다친 아이를 말로 두드려 팰 거면, 이 꼴을 내 눈으로 보게 할 거면, 내를 기냥 삼천에 내버려두지 기랬어요. 내를 당신과 상관없는 사람으로 내버려두지 기랬어요.

─내레 너가 아무리 말썽을 부려도 널 단 한 번도 친 적 없다.

─기게 지금 자랑입니까?

그러자 증조부가 바닥에 있던 책을 집어들어 증조모에게 던지려는 시늉을 했다. 증조모가 두 팔로 머리를 감쌌을 때 할머니가 마른 입술을 열었다.

—아바이, 죽어버려요. 우리 눈에 띄지 말고 죽어버리란 말입니다.

그 말에 증조부가 들고 있던 책을 바닥에 내려놓았다. 증조모도 할머니를 가만히 바라봤다. 할머니는 물집이 잡힌 것처럼 부은 눈으로 증조부를 쳐다봤다.

—당신 돌아가셔도 내레 흘릴 눈물은 없습니다. 아바이 산소에도 걸음하지 않을 거고, 내는 아바이를 잊을 겁니다. 기러니 돌아가세요. 돌아가서 우리 없는 곳에서 죽으란 말입니다.

그 말은 그 순간의 진심이었다. 그런 말은 속으로라도 해본 적이 없었지만, 어버이를 귀하게 대해야 한다는 건 할머니에게 살인해서는 안 된다는 것과 같은 절대적인 법이었지만, 할머니는 그 순간 그 법을 깨뜨렸다. 증조부에게 화가 나서도 아니었고, 증조부를 공격하기 위해서도 아니었다. 할머니는 절망 때문에 증조부에게 그렇게 말했다.

증조부는 그로부터 몇 달 뒤에 속초의 한 대로변에서 버스에 치여 죽었다.

목격자들은 버스가 빠른 속도로 달려오는데도 그가 천천히 길을 건넜다고 말했다. 버스 기사가 브레이크를 밟았지만 소용없었다. 기사가 버스에서 내렸을 때 그는 이미 즉사한 후였다.

장례는 희령 집에서 치러졌다. 증조부가 가족과 연락이 끊긴 상태였으므로 장례는 상주 없이 진행될 뻔했지만 희령 가까이에 살고 있던 새비 아저씨의 큰형이 소식을 듣고 찾아와서 상주 역할을 했다. 이래서 집안에 남자가 있어야 한다이…… 조문을 온 사람들이 수군거렸다.

나는 아바이에게 죽어버리라고 했고 그는 그 말대로 죽었다.

할머니는 멍하니 서서 그런 생각을 반복했다.

할머니는 거기까지 말하고는 두 손으로 눈을 비볐다.
"할머니가 한 말 때문이 아니에요……"
내 말에 할머니가 어깨를 으쓱했다.
"우리 엄마도 너처럼 말했었어. 행여나 그런 생각 하지 말라고. 그래도…… 그냥 그러고 싶을 때가 있잖아. 내가 나한테 벌주고 싶을 때. 괜히 못되게 대하고 싶을 때. 그럴 때 그런 생각 자주 했지. 내가 무슨 짓을 한 건가 싶어서. 그게 아버지에게 한 마지막 말이었다는 게, 사람이 아무리 미워도 마지막 말이 그거였다는 게…… 그게 아무것도 아니었다고 여길 수 있는 사람이 몇이나 되겠어."
"이미 다른 여자와 결혼한 남자를 자기 딸이랑 맺어준 사람이에요. 그것도 모자라 남편이 떠난 게 할머니 탓이라고 했고요. 다른 누구도 아니고 할머니 친아버지가."
"그래."
"너무 상처받아서, 아파서 소리를 지른 게 죄가 될 수는 없어요."
"알아. 잘 알고 있어. 그냥, 그럴 때가 있었다는 거야. 마음이 나에게 박하게 기울 때가 있었어. 그래도 지연이 너한테 고마워."
"제가 뭘요……"
"내 얘기 들어줘서. 들어줘서 정말로 고마워."
할머니는 그렇게 말하고 입가에 힘을 줘서 애써 웃어 보였다.
나는 할머니의 얼굴을 보며 누군가에게 죽어버리라고 소리지를 수밖에 없는 마음을 생각했다. 전남편이 내게 끝내 사과하지 않을 때,

나도 그에게 죽어버리라고 말했다. 전에는 입에 담지 못했던 온갖 폭력적인 말을 하면서 나는 그 말에 내가 얻어맞는 기분을 느꼈다. 그는 내 말에 상처받거나 가책을 느끼지 않았으니까. 내가 뱉은 말은 아무것도 받아들이지 않는 그의 매끈한 표면에서 튕겨나와 나를 쳤다.

눈으로 보이지는 않지만, 세상에는 진심으로 사과받지 못한 사람들의 나라가 있을 것이다. 내가 많은 걸 바라는 건 아니야, 그저 진심 어린 사과만을 바랄 뿐이야, 자기 잘못을 인정하기를 바랄 뿐이야, 그렇게 말하는 사람과, 연기라도 좋으니 미안한 시늉이라도 해주면 좋겠다고 애처롭게 바라는 사람과, 그런 사과를 할 수 있는 사람이었으면 애초에 이런 상처도 주지 않았으리라고 체념하는 사람과, 다시는 예전처럼 잠들 수 없는 사람과, 왜 저렇게까지 자기감정을 주체하지 못하고 드러내?라는 말을 듣는 사람과, 결국 누구에게도 이해받을 수 없다는 벽을 마주한 사람과, 여럿이 모여 즐겁게 떠드는 술자리에서 미친 사람처럼 울음을 쏟아내 모두를 당황하게 하는 사람이 그 나라에 살고 있을 것이다.

삼일장을 치를 때도, 땅을 파고 관을 묻을 때도 증조모는 눈물 한 방울 흘리지 않았다. 그때만 해도 조문객들조차 억지로라도 곡소리를 내는 것이 예의였지만 증조모는 그런 형식적인 예의조차 지키지 않아 모두를 놀라게 했다. 새비 아저씨의 큰형이 곡을 해달라고 간곡히 부탁까지 했지만 증조모는 그의 말을 들어주지 않았다.

장례를 마치고 한 주가 지난 주일에 증조모는 할머니와 엄마를 데리고 성당에 갔다. 증조모는 미사 지향에 증조부의 이름을 올리고 개성을 떠나온 뒤 처음으로 미사를 드렸다. 그것이 하느님을 믿었던 증조부에게 해줄 수 있는 마지막 일이라고 생각했다. 그는 증조모에게 그의 조상들에 대해 이야기하곤 했었다. 결박된 채로 새남터에 끌려가서 참수된 조상들의 이야기를. 그건 증조모가 이전에 들었던 어떤 이야기보다도 기묘하고 놀라운 것이었다.

그는 말했다. 세상 사람들은 하느님 아래에 모두 평등하며 어느 누구도 더 존귀하거나 비천하게 태어나지 않았다. 존귀함과 비천함은 사람의 선택에 달렸으며 행동의 결과로 드러날 것이다. 증조모는 채 스물도 되지 않은 그의 그런 뜬구름 잡는 소리가 우스우면서도 듣기 좋다고 생각했다. 오리가 무리를 지어 날아갈 때 내는 소리처럼, 폭우가 호수 위에 쏟아지는 소리처럼, 바람이 길게 불며 나뭇잎을 스치고 지나가는 소리처럼, 멀리서 들려오는 기차 소리처럼 증조부의 목소리는 증조모에게 다가왔다. 그때의 기억으로 증조모는 살아갔다.

증조부의 장례가 마무리되고 얼마 지나지 않아 새비 아주머니가 희령에 찾아왔다.

그 무렵 새비 아주머니는 대구의 한 인쇄소에 다니고 있었는데 일요일이나 공휴일에도 일해야 할 때가 많다고 했다. 그런 새비 아주머니가 시간을 내 희령에 온 것이었다. 증조모는 할머니와 엄마와 함께 새비 아주머니를 마중하러 버스 터미널에 갔다. 고쟁이가 땀으로 축축하게 젖을 정도로 습하고 무더운 날이었다.

버스에서 내린 새비 아주머니는 흰색 블라우스와 검은 일 바지에 고무신을 신고 있었다. 분홍 보자기에 싼 커다란 짐을 머리에 이고 증조모 쪽을 바라보며 손을 흔들었다. 증조모는 새비 아주머니에게 다가가 그녀를 꼭 끌어안았다. 새비 아주머니가 두 손으로 머리 위의 짐을 움켜잡았다. 공중화장실 냄새와 사람들의 땀냄새와 담배 연기가 자욱한 터미널 입구에서 증조모는 새비 아주머니를 한동안 꼭 안고 있었다.

─짐을 주시라요.

할머니의 말에 새비 아주머니는 할머니에게 짐을 건네고는 그제야 두 팔로 증조모의 등을 감쌌다. 증조모를 토닥이는 새비 아주머니가 할머니의 눈에는 꼭 다른 사람이 된 것처럼 나이들어 보였다. 얼굴 여기저기에 굵은 주름이 보였고 손 또한 노인의 손 같았다. 살도 많이 빠져서 몸집이 더 작아진 듯했다. 어째서 이렇게 된 것일까. 할머니는 놀란 마음으로 새비 아주머니를 바라봤다.

증조모는 한참을 새비 아주머니에게 매달리듯 안겨 있다가 품에서 빠져나와 새비 아주머니의 어깨를 잡았다.

─새비구나.

─기래. 내다, 새비.

─이게 얼마 만이야. 희자는 잘 있고?

─두루두루 평안하다이. 삼천이가 큰일 치르느라 고생이 많았갔어.

─아니다, 아니야. 먼길 오느라 새비 너레 고생했디.

증조모는 새비 아주머니의 달라진 모습에 대해 아무 말도 하지 않았다. 하지만 할머니는 증조모의 얼굴에서 감출 수 없는 당혹감을 봤다.

─이 아이가 미선이래? 아이가 아주 예쁘구나.

새비 아주머니가 세 살짜리 엄마를 향해 활짝 웃어 보였다.

—미선아, 이모할마이야. 안녕하세요, 할마이, 해보라.

엄마는 할머니의 치맛자락을 잡고 뒤에 숨었다.

—먼길 오느라 고생이 많았는데 이제 가자. 새비야, 따라오라.

터미널에서 집으로 걸어가는 길에 새비 아주머니는 버스에서 바다를 난생처음 보았다고 이야기했다. 꾸벅꾸벅 졸다가 눈을 떴는데 큰물이 보였다고, 처음엔 그게 바다인 줄 몰랐다고.

—바다 구경은 제대로 시켜드릴게요. 오징어쩜이랑 싱싱한 가자미 구이도 맛보게 해드릴게요. 아즈마이. 여기서만 먹을 수 있는 걸루……

—영옥이 애쓸 것 없다. 너이 아바이가 돌아가신 지 얼마나 됐다고 나까지 생각하나.

—아즈마이, 기렇게 말씀하시면 서운합니다.

—알았다, 알았다, 영옥아.

새비 아주머니는 집에 도착하자마자 보따리를 풀었다. 보따리에서는 온갖 물건들이 쏟아졌다. 눈깔사탕, 말린 고사리, 고춧가루, 곶감, 잣 한 봉지, 연필 한 다스, 양장본 『제인 에어』, 검은색 고무공, 양말 열 켤레, 흰 운동화 한 켤레, 영양 크림 한 통, 토끼 인형, 비누 세 개, 양모 스웨터 두 벌, 겨울 바지 두 벌, 내복 두 벌, 아기용 장갑 한 켤레, 아이용 솜 점퍼 한 벌, 일제 스테인리스 냄비 하나…… 엄마는 새로운 물건이 나올 때마다 감탄했고 토끼 인형과 자기 점퍼를 들고서는 즐거워했다. 반면 증조모의 표정은 어두웠다.

—너레 돈이 어데서 나서 이런 걸 사왔나.

—기냥 조금씩 모은 거다. 우리 떨어져 있던 지난 시간 동안에 이

정도도 못 모으나.

─아즈마이, 이건 좀 과하지 않아요. 이게 한두 푼도 아니고……

할머니가 번쩍이는 스테인리스 냄비를 집어들면서 말했다.

─영옥이 너는 아까 내한테 뭐라 했어. 자꾸 기렇게 말하면 서운하다 하디 않았어? 나야말로 서운하다, 영옥아. 너레 결혼한다고 했을 때 해준 것도 없고 아이 낳을 때도 마찬가지였더랬어. 나 좋자고 하는 짓이니까 그러려니 하면 안 되갔어?

─아무리 기래두 아즈마이……

─영옥아, 아즈마이 말 들으라. 아즈마이 소원 하나 들어주는 셈 치고.

그 말에 할머니는 어쩔 수 없이 고개를 끄덕였다.

─책이랑 토끼 인형은 희자가 서울서 사온 기야.

새비 아주머니가 조심스레 희자 이야기를 했다. 할머니 가족에게 안 좋은 일이 연이어 일어난 후였으므로 자식 자랑이 될까봐 말을 아끼는 것이었다. 희자는 서울 생활에 그럭저럭 적응하고 있으며 대학 공부를 즐거워한다고 했다. 희자에 대해 말하는 새비 아주머니의 표정을 보면서 할머니는 새비 아주머니가 단순히 딸을 자랑스러워하는 것만은 아니라는 생각을 했다. 혼자 돈을 벌어 딸에게 공부할 환경을 마련해준 건 보통 일이 아니었을 테니까. 대학은 꿈도 못 꿀 환경에서 대학 입학이라는 허들을 넘은 것은 희자만이 아니었다.

그러지 않으려고 했지만 할머니는 희자를 생각하면 자신이 한심하게 느껴졌다. 배움을 너무 쉽게 포기했다는 것, 아무것도 꿈꿔보지 않았다는 것, 결혼으로 도피하려 했다는 것, 일이든 사람이든 무언가를 위해서 단 한 번도 노력한 적이 없었다는 것. 그 모든 것들이 할머니는 그저 부끄러웠다. 할머니의 모든 선택이 그때로서는 합당하고 이치에 맞는 것들이었음에도 불구하고 그랬다.

할머니는 정성껏 상을 차렸다. 그날 아침 장에 가서 사온 오징어를 찌고 가자미에 밀가루를 묻혀서 튀기듯이 구웠다. 잘 익은 김장김치를 꺼내 그릇에 소복하게 담고 보리밥을 지었다. 새비 아주머니는 땀을 흘려가며 할머니가 차린 음식을 맛있게 먹었다. 준비하느라 고생이 많았다고 몇 번이나 할머니를 칭찬했다. 새비 아주머니는 그런 사람이었다. 사람의 노력을 알아보고 애쓴 마음을 도닥여주는 사람. 겨울에 빨래를 하고 있으면 손이 시리지는 않은지 물어보고, 장을 봐오면 다녀오는 길이 힘들지는 않았는지 물어보는 사람. 예전처럼 자기 마음을 살피는 새비 아주머니의 모습을 보니 할머니는 금방이라도 눈물이 날 것 같았다.

해가 지고 여자 넷이서 큰방에 자리를 깔고 누웠다. 엄마를 제외하고는 모두 바로 잠들지 못했다. 증조모가 속삭이듯이 말했다.

—새비 너한테 하나 물어도 되갔어?

—기래. 아무거나 물어봐라.

—너레 밥은 잘 먹고 다니나.

—꼬박꼬박 챙겨 먹는다이. 잘 먹는 거 아까 보디 않았어.

증조모는 한참 망설이다가 다시 입을 열었다.

—다른 게 아니라 새비 너레 많이 말라서 물어본 기야.

—삼천인 항상 걱정을 사서 했더랬지. 내레 사는 집이 언덕 위에 있어서 한참을 걸어올라가야 하구 인쇄소 사장도 나를 개처럼 부려먹으

니까는…… 아무리 먹어도 고생을 하니 살이 빠지디 않고 배기갔어.

—새비야.

—응.

—내레 아까워.

—뭐가.

—새비 너랑 있는 이 시간이 아깝다.

새비 아주머니는 한동안 아무 대답이 없었다.

—아깝다고 생각하면 마음 아프게 되디 않갔어. 기냥 충분하다구, 충분하다구 생각하구 살면 안 되갔어? 기냥 너랑 내가 서로 동무가 된 것으로 충분하다고 생각해주면 안 되갔어?

—……

—난 삼천이 너레 아깝다 아쉽다 생각하며 마음 아프기를 바라디 않아.

그 말에 증조모는 가타부타 대답하지 않았다.

같이 사진을 찍자고 제안한 건 새비 아주머니였다. 항상 얼굴을 보고 살 수 없으니 그리울 때 꺼내 볼 수 있는 사진이 있으면 좋겠다고 했다. 증조모와 새비 아주머니는 흰 저고리에 검은 치마를 차려입은 뒤 할머니와 엄마를 데리고 사진관으로 향했다.

거울을 보며 머리를 매만지던 증조모의 모습을 할머니는 기억했다. 증조모와 새비 아주머니가 어색하게 앉아서 카메라를 바라보던 모습도. 웃어보세요, 하고 사진사가 말했고 둘은 쑥스러운 듯 웃었다. 다시 찍을게요, 라는 말에 새비 아주머니가 한 손을 증조모의 손등에 올려놓았다. 플래시가 터지자 두 사람은 어린아이들처럼 눈을 깜빡였다.

사진관에서 나온 그들은 거북이 해변으로 걸어갔다. 더운 날이었지만 바다에는 시원한 바람이 불었다. 새비 아주머니는 모래사장에 풀썩 주저앉아서 바다를 바라보다가 고무신과 버선을 벗고 치맛자락을 무릎까지 올린 뒤에 바다를 향해 걸어갔다. 큰 파도가 밀려와 종아리까지 물이 닿자 새비 아주머니가 새된 소리를 지르며 큰 소리로 웃었다. 새비 아주머니는 조금 더 깊은 곳까지 걸어갔다 파도가 들이치면 아이처럼 소리를 지르면서 모래사장으로 달려나왔다. 그 모습을 지켜보는 할머니와 증조모와 엄마에게 손을 흔들면서 오래도록 바다에서 놀았다.

'새비 아주머니는 그날 바다에서 놀았다.' 할머니는 그날의 일을 이 한 문장으로 기억했다. 새비 아주머니도, 바다도, 놀다, 라는 말도 그날에 다 들어 있었다. 모두 할머니가 좋아하는 말이었다. 그래서 할머니는 그날을 잊을 수 없었다.

한참을 놀던 새비 아주머니가 잔뜩 젖은 검은 치마를 비틀어 짜면서 모래사장으로 나왔다. 할머니는 검은 고무공을 새비 아주머니에게 던졌다. 새비 아주머니는 발 앞에 떨어진 고무공을 주워 증조모에게 던졌다. 증조모가 뒷걸음질쳐서 공을 받고 그 공을 할머니에게 던졌다. 할머니는 다시 새비 아주머니에게 공을 던졌다. 그렇게 세 여자가 모래사장에서 공을 주고받았다. 공을 받기 위해 허둥지둥하는 서로의 어설픈 모습에 모두가 깔깔대며 웃었다.

그날의 바다는 할머니가 알던 희령의 바다가 아니었다. 명숙 할머니와 새비 아주머니와 희자를 그리워하며 희령에 갇힌 것 같다고 느끼던 어린 할머니의 바다도, 열이 나는 엄마를 안고 벌벌 떨며 의원을 찾아가던 길에 무심하게 파도치던 바다도 아니었다. 할머니는 그날 누구의 눈치도 보지 않고 마음껏 웃고 소리를 질렀다.

새비 아주머니는 하룻밤을 더 자고 그다음날 이른아침에 대구로 떠났다. 사진이 나오면 대구로 꼭 부쳐달라고, 다음에는 대구에서 보자고 하면서. 하루 바닷가에서 실컷 놀아서인지 새비 아주머니의 창백한 얼굴이 붉게 그을어 있었다. 새비 아주머니는 분홍 보따리를 들고 버스에 올랐다. 그 보따리에는 이번엔 말린 오징어, 말린 홍합, 말린 미역, 말린 다시마, 말린 멸치, 북어가 들어 있었다. 증조모가 그 선물을 준비하기 위해서 오래 모아둔 돈의 일부를 헐었다는 것을 할머니는 알고 있었다. 버스가 터미널을 빠져나가는 동안에도 증조모는 버스의 뒷모습을 보면서 손을 흔들었다. 모두 웃으며 작별한 날이었다.

집으로 돌아와서 할머니는 망설이다 연필을 들어 편지를 썼다. 희자야, 내다. 영옥이. 오랜만이야……

할머니가 편지를 보내고 얼마 지나지 않아 희자에게서 답장이 왔다.

영옥 언니에게

언니, 잘 지내고 있어? 무더운 여름날이네. 희령은 좀 어떨까. 어마이가 희령에 다녀오시고 내게 아재비 소식을 알려주셨어.

요 며칠은 계속 아재비 생각을 했어. 길을 걷다가도 밥을 먹다가도 문득문득 대구에서 우리가 같이 살던 때가 생각나기도 했고. 지금 언니 마음이 어떨까 싶어. 어떤 말을 해야 할지 망설이던 중에 언니에게서 편지가 왔네. 많이 운 건 아닌지, 밥은 잘 먹는지 마음이 쓰여.

언니는 우리 어마이가 걱정된다고 했지. 사실 나도 겁이 나, 언니. 신경쓰지 않으려고 노력하지만 어마이가 눈앞에 어른거려. 어마이는 나를 자꾸만 서울로 보내려고 하셔. 대구로 돌아와서 좋을 것 없다면서 고작 한 달에 한 번 내려가는 것도 마뜩잖아하시는 거야.

어마이를 마지막으로 본 건 방학이 시작될 무렵이었어. 전보다도 더 야윈 것 같아서 염려가 된다고 했더니 어마이가 화를 내는 거야. 자기는 멀쩡한데 자꾸 걱정하고 사람을 병자로 본다면서.

나를 서울에 있는 대학에 보내려고 어마이가 얼마나 애썼는지 알고 있어. 집에서 통학할 수 있는 대학에 가도 충분하다고, 어마이와 함께 있고 싶다고 말했는데도 어마이는 내가 서울에 가기를 바라셨어. 어마이의 바람을 배신할 수 없어서 나도 애썼어. 두려웠지만 서울에 왔고 수업도 빠지지 않고 듣고 있어. 혼자라는 생각이 들 때도 있지만 그렇게 생각하지 않으려고 노력하고 있어.

그런데도 언니, 이게 다 무슨 소용이지 싶을 때가 있어. 배부른 소리라는 거 알아. 나랑 같은 방을 쓰는 선배 언니는 자기도 그랬다면서 시간이 지나면 적응될 거라고 이야기하더라. 그런데도 자꾸 어마이 생각이 나. 길에서 엄마랑 딸이 나란히 팔짱을 끼고 다니는 모습을 보면 견딜 수 없어져서 눈물이 나기도 해.

나에게 남은 가족은 어마이뿐인데 어마이는 내 방을 세놓았다면서 대구에 오지 말라고 하셔. 어마이가 내게서 이렇게 멀리 있는데 내가 뭘 알 수 있겠어. 언니, 나는 내가 지금 어디 있는지도 잘 모를 때가 많아. 이번 주말에 대구에 내려가려고 해. 언니에게 편지를 쓰다보니 꼭 그래야 할 것 같다는 생각이 드네.

언니, 건강히 잘 있어.

아재비의 명복을 빌며.

1962년 8월

희자가

희자의 편지를 읽는 동안 할머니는 마지막으로 본 새비 아주머니의 모습이 자꾸 떠올랐다. 할머니는 증조모에게 새비 아주머니의 상태가 좋지 않아 보였다고 말했다. 희자의 편지에 대해서도 이야기했다.

— 무슨 아픈 사람이 기렇게 밥을 잘 먹고 잘 뛰어노나. 난 기런 거 본 적 없다이.

— 희자도 염려하고 있디 않아요.

— 너나 희자는 새비를 모른다이. 부정 타는 말 하디 마라. 새비는 건강하다.

증조모는 그렇게 말하고 서랍에서 작은 종이봉투 하나를 꺼냈다.

— 사진이 나왔다이. 한 장은 종이로 싸가지고 새비에게 보낼 기야.

엽서만한 크기의 사진이었다. 흑백사진 속의 새비 아주머니가 증조모의 손등 위에 자신의 손을 올려놓고 있었다. 할머니는 사진을 보내면서 새비 아주머니에게 짧은 편지를 썼다. 새비 아주머니에게서도 곧장 답장이 왔다. 희령에서 받은 미역으로 국을 끓여먹었는데 맛이 보통이 아니었다고, 같이 해변에서 공놀이한 일을 잊지 못할 것 같다고 했다. 그뒤로 예전처럼 띄엄띄엄 편지를 주고받으면서 새비 아주머니는 자신의 일상을 전했다. 인쇄소 동료의 결혼 소식, 팔공산에 단

풍놀이를 다녀온 이야기, 셋방에 사는 동료와 감자를 구워먹은 이야기…… 새비 아주머니는 예전과 다를 바가 없어 보였다.

희자는 대구에 있을 때보다도 편지를 더 많이 보냈다.

길에서 만나면 우리가 서로를 알아볼 수 있을까……

희자는 그렇게 쓰고 작은 크기의 고등학교 졸업사진을 할머니에게 보냈다. 사진 속에서 검은 테의 도수가 높아 보이는 안경을 쓴 희자가 희미하게 웃고 있었다. 할머니는 희자의 사진을 지갑에 넣고 생각날 때마다 꺼내 봤다. 할머니에게는 희자에게 줄 만한 마땅한 사진이 없었다. 그 대신 할머니는 자신이 겪었던 일을 무엇 하나 덧붙이지도 빼지도 않고 써서 희자에게 부쳤다. 남편의 중혼도, 아버지에게 했던 자신의 저주 섞인 말도…… 아이를 재우고 밥상에 앉아서 편지를 쓰는 동안 할머니는 차라리 홀가분한 기분을 느꼈다. 이렇게 모든 걸 써내려갈 수 있다는 것이 좋았고, 그 상대가 십 년 가까이 얼굴조차 보지 못한 사람이라는 사실도 나쁘지 않았다.

할머니가 집으로 돌아가고 혼자 남은 병실에서 나는 핸드폰을 꺼내 증조모와 새비 아주머니의 사진을 봤다. 새비 아주머니의 얼굴은 할머니의 말과 달리 그리 나이들어 보이지 않았다. 많이 말라서 입가와 이마에 주름이 깊이 패어 있긴 했지만. 나는 사진 속 새비 아주머니에게 눈을 맞췄다. 새비 아주머니의 눈은 반짝이고 있었다. 누구보다도 생생히 그 순간에 살아 있는 사람처럼 보였다.

나는 간병하러 희령으로 오겠다는 엄마에게 그러지 않아도 된다고 했다. 엄마가 나 때문에 고생을 하는 것도 싫었지만 작은 공간에서 엄마와 단둘이 지낼 자신이 없었다. 저번처럼 우리가 또 서로의 신경을 건드려 상처를 줄까봐 두렵기도 했다. 나는 그 사실을 엄마에게 그대로 말했다. 내가 교통사고를 당했다는 것 자체에 격양되어 나를 다그치던 엄마는 알았다고, 너 알아서 하라고 말하고는 전화를 끊어버렸다. 그러고는 한 시간도 되지 않아서 문자를 보내왔다. 내가 불편하다면 가지 않겠지만 연락은 기다리겠다고 적혀 있었다. 아빠는 여행중이라 입원 소식을 알리지 않았다고도 했다.

지우에게도 소식을 전했다. 엄마에게는 사고를 축소해서 얘기했지만 지우에게는 있었던 일 그대로를 말했다. 지우는 한동안 말을 잇지 못하다가 사고를 낸 운전자에 대한 분노를 쏟아냈다. 한참을 흥분해서 이야기하던 지우는 부상이 그만하길 다행이라고 덧붙였다. 놀란 내색을 하지 않으려고 노력하는 게 느껴졌지만 목소리가 떨리고 있었다. 그러고 다음날 버스를 타고 병문안을 왔다. 예전 같았으면 먼 곳까지 오게 해서 미안하다고 말했을 것이다. 하지만 나는 그렇게 하지 않았다. 그저 고맙다고 말했다. 그리고 내가 느끼는 통증에 대해서도 솔직하게 이야기했다. 지우도 힘든 일이 생겼을 때 강한 척하느라 아픔을 숨기지 않았으면 좋겠다는 바람에서 그랬다.

시간이 지나자 다른 사람의 부축 없이도 어렵지 않게 몸을 움직일 수 있었다. 목의 통증을 제외하고는 견딜 만했다. 나는 대부분의 시간 동안 기절한 듯이 잠만 잤다. 아침을 먹고 자고 점심을 먹고 잔 뒤에도 밤에 다시 깊은 잠을 잤다. 누가 내 등뒤에 있는 전원 스위치를 눌러서 꺼버린 것처럼 내 의지와는 무관하게 잠에 빠져들었다.

그렇게 한참을 잔 뒤 잠에서 깨어나면 그 어느 때보다도 머리가 맑

아진 기분이 들었다. 나는 병실 창문으로 해가 뜨는 모습을 보면서 그 날 내게 일어났던 일을 생각했다. 언니가 내게 해주었던 이야기를. 나 는 그것이 환상이나 꿈이 아니라는 걸 알고 있었고 이 이야기를 평생 누구에게도 털어놓지 않겠다고 다짐했다. 나는 알았다. 내가 오래도 록 그 순간을 기다렸다는 사실을, 그리고 다시는 그런 순간이 오지 않 으리라는 사실을 말이다.

충분했으므로. 더이상 바랄 수 없었으므로.

입원 마지막날에는 할머니가 병실에 와서 자기로 했다. 할머니가 보조 침대에 누워 자고 있는데 한밤중에 문자가 왔다. 퇴원 수속을 돕 고 싶다면서 내일 첫차를 타고 내려오겠다는 엄마의 문자였다. 내가 알아서 하겠다고 답을 보내자 엄마는 내가 아무리 말려도 내려갈 거 라고 했다. 거절해도 소용없을 것 같아서 알겠다고 답했다.

다음날 아침, 엄마가 온다는 내 말에 할머니는 그럼 자기는 그만 가 보겠다며 가방을 챙겨 밖으로 나갔다. 창문으로 할머니가 병원 입구 로 걸어가는 모습을 보는데 택시 한 대가 그 앞에 섰다. 아이보리색 카디건과 같은 색의 긴치마를 입은 엄마가 택시에서 내렸다. 할머니 는 엄마를 보고는 멈춰 섰다. 엄마도 할머니를 보고 그 자리에 가만히 서 있었다. 둘은 잠시 그렇게 서서 서로를 바라보다가 조금씩 서로에 게 다가갔다. 엄마가 할머니에게 무언가 말을 하기도 했고 고개를 끄 덕이며 할머니의 말을 듣기도 했다.

할머니가 고개를 돌려 내가 있는 병실을 가리켰다. 창문에 햇빛이 반사되어서인지 할머니도 엄마도 내 모습을 못 보는 것 같았다. 그러고 둘은 다시 이야기를 나누기 시작했다. 멀리서도 엄마의 표정이 부드러워 보였다. 할머니의 얼굴은 보이지 않았지만 좋은 분위기라는 것을 알 수 있었다. 할머니와 엄마는 대체 어떤 사이인 걸까. 둘이서 굳은 표정으로 서로에게 날을 세웠더라면 답답할지언정 이해할 수는 있었을 것이다. 그렇지만 그렇게 오랜 세월 서로 연락도 거의 하지 않았으면서 막상 만나서는 저렇게 멀쩡하게 대화하는 모습을 보니 이해가 되지 않았다.

그 모습을 지켜보며 나는 어쩌면 엄마와 할머니가 같이 병실로 올라올 수도 있다고 생각했다. 하지만 그들은 일정한 거리를 유지한 채로 잠시 이야기하다 헤어졌다. 할머니는 엄마를 향해 손을 흔들었고, 엄마는 고개를 조금 숙여 할머니에게 인사하고는 뒤돌아보지 않고 병원 로비 쪽으로 걸어왔다.

"얼굴이 이게 뭐야……"

자리를 정리하는 나를 보고 엄마가 놀란 얼굴로 물었다. 부기는 많이 빠졌지만 이마와 눈가에는 푸른빛과 보랏빛이 섞인 멍이 넓게 퍼져 있었고, 여전히 왼쪽 눈이 잘 떠지지 않았다.

"너 나한테 거짓말했니? 단순 접촉사고라며. 그게 아니잖아."

"엄마가 이럴까봐 얘기 안 했던 거야. 걱정할 거 없어. 문제없이 다 처리했어."

내 얘기를 들은 엄마가 보조 침대에 주저앉았다.

"너 정말 괜찮은 거 맞아? 사고가 어느 수준이었는데?"

"일주일도 더 지났어. CT도 찍었는데 이상 없다고 나왔고."

엄마는 곧 울 것 같은 표정으로 나를 가만히 올려다봤다.

"통원 치료 받으면 차차 나을 거야."

나는 엄마에게 사고 경위를 대강 설명했다. 엄마는 한동안 멍하니 자리에 앉아 있었다.

"어떻게…… 너한테 이런 일이 있을 수 있니."

엄마가 힘없이 물었다. 마치 내가 그 질문에 대한 답을 알고 있어서 묻는다는 듯이.

퇴원 절차를 마치고 방파제 근처의 음식점에 가서 점심을 먹는 동 안에도 엄마는 얼이 빠진 것처럼 보였다. 우리는 점심을 먹은 뒤 식당 주차장에서 인스턴트커피 한 잔씩을 마셨다. 눈앞으로 방파제와 그 끝에 있는 등대가 보였다. 내가 콜택시를 부르기 위해 핸드폰을 꺼내 자 엄마가 등대를 가리키며 말했다.

"소화나 할 겸 등대까지 갔다 와볼래?"

나는 고개를 저었다.

"오래 누워 있었으니 걷기도 해야지. 가보자. 저기까지 갔다 오는 거 금방이야."

"여기 관광 온 거 아니잖아."

나는 다시 핸드폰을 들여다봤다.

"엄마 소원 하나 들어주는 게 그렇게 힘들어?"

엄마가 갑자기 소리를 질러서 주차장에 있던 다른 사람들이 우리 를 쳐다봤다. 종이컵을 든 엄마의 손이 떨리고 있었다. 엄마는 아직 커피가 남아 있는 종이컵을 쓰레기통에 던져버리더니 자리에 주저앉 아서 팔로 머리를 감쌌다. 엄마의 긴치마가 주차장 물웅덩이에 닿아 치맛자락에 구정물이 배어들었다.

"아줌마, 차 빼야 돼요. 좀 비키세요."

어느 중년 남자의 말에 나는 엄마를 일으켜 주차장 화단으로 데리고 갔다. 엄마는 화단에 걸터앉아서 두 손으로 얼굴을 가린 채 한참을 울었다. 엄마가 그렇게 우는 모습을 본 건 처음이었다. 그것도 사람들이 보는 앞에서 감정을 터뜨리는 것은 더더욱. 엄마는 이렇게 충동적인 사람이 아니었다. 나는 티슈를 건네고 엄마의 울음이 잦아들기를 기다렸다.

"등대 한번 갔다 와보자. 엄마 말대로 소화도 시킬 겸 운동 삼아서."

"됐어. 괜히 우겼던 거야."

"아니야, 가자."

엄마는 내게 몸을 조금 기댄 채로 천천히 발걸음을 옮겼다. 그러고 얼마 안 돼 나에게서 떨어져서 앞서 걸어갔다. 빠른 걸음걸이였다. 엄마는 자기 몸을 두 팔로 감싸고 걸었다. 엄마의 짧은 머리카락이 바람에 날렸다. 바닷바람이 선선했다.

등대로 이어지는 방파제 윗길에 들어서자 파도가 심하게 쳐서 바닷물이 우리 쪽으로 튀기도 했다. 엄마는 빠른 속도로 걸어서 등대에 등을 기댔다.

"사진 찍어줘?"

내 말에 엄마는 어이없다는 듯이 웃으며 고개를 저었다. 엄마의 발밑으로 바퀴벌레처럼 생긴 벌레들이 지나가고 있었다. 방파제나 해변의 바위에서 자주 보이는 벌레들이었다. 나는 징그러워서 거리를 두고 멀찍이 섰고, 엄마는 바닥에 쪼그리고 앉아서 벌레를 구경했다. 엄마의 얼굴에 희미한 미소가 어렸다. 엄마는 한참을 그렇게 바라보다가 내 쪽으로 걸어왔다.

"갯강구야."

엄마가 장난스러운 표정을 지었다.

"갯강구?"

"네가 무서워하는 이 벌레. 넌 어릴 때도 얘들을 무서워했었어."

"저 징그러운 걸 어떻게 안 무서워해."

"난 좋아해."

엄마는 그것이 정말 중요한 문제라는 듯한 표정으로 말했다.

"갯강구는 바닷가 돌 틈이나 방파제에 살면서 해변을 청소해."

엄마는 친구를 소개하는 듯한 말투로 말을 이어나갔다.

"어릴 때, 혼자 바닷가에 앉아 있을 때, 그렇게 부지런히도 움직이는 갯강구가 정답게 느껴졌어. 속으로 불렀지, 갯강구야, 하고. 나쁜 짓 하나 하지 않는데도 사람들은 너희들을 징그럽다고 끔찍하다고 말해."

엄마는 울어서 붉어진 눈으로 나를 바라봤다. 엄마의 눈이 예전보다 더 움푹 들어간 듯했다. 화장하지 않은 얼굴에 점과 잡티가 그대로 보였다. 정수리도 희끗희끗했다. 바닷바람이 불어서 엄마의 짧은 머리카락이 이리저리 움직였다.

등대로 갈 때에는 바람을 등지고 걸었지만, 등대에서 나올 때는 온몸으로 바람을 맞아야 했다. 바람이 쌀쌀해서 우리는 각자 팔짱을 끼고 걸었다.

집으로 돌아가는 택시 안에서 엄마는 차창에 머리를 기댔다. 무언가 골똘히 생각하는 것처럼 보였다. 엄마가 기댄 차창으로 작은 빗방울들이 조금씩 떨어져 내렸다. 강풍에 길가의 온갖 쓰레기들이 공중으로 떠올랐다. 검은 봉지 하나가 아주 높이 날아가고 있었다.

그날은 조금 일찍 잠자리에 들었다. 암막 커튼을 닫고 가만히 누워서 엄마의 숨쉬는 소리를 들었다. 엄마도 나처럼 바로 잠들지 못하는 것 같았다. 엄마가 내게 물었다.

"잠 안 와?"

"시간이 좀 걸려."

"어릴 땐 머리만 대면 자더니."

"잠 안 들었는데 자는 척도 많이 했었어."

"그랬어?"

나는 지연이 자나봐, 잠들었나봐, 같은 말을 하며 나를 바라보는 엄마의 기척을 좋아했었다. 내가 잠든 줄 알고 나를 바라보는 사람의 부드러운 눈빛을 나는 보지 않고도 볼 수 있었다.

"멕시코에서 네 꿈 많이 꿨었어."

"그랬어?"

"응."

"엄마도 꿈에 나오고."

"할머니가?"

"응."

엄마는 그렇게 대답하고는 아무 말도 하지 않았다. 나는 잠시 망설이다가 말을 꺼냈다.

"할머니 만났을 때 할아버지 얘기도 들었어. 엄마가 나한테 얘기하지 않은 줄 모르셨나봐."

한참 있다 엄마가 입을 열었다.

"너에게도 들을 권리가 있지. 그건 네 이야기이기도 하니까."

엄마는 내게 할아버지가 자기가 태어난 직후에 돌아가셨다고 말했었다. 그런데 그 말은 거짓이 아니기도 했다. 그는 엄마에게 단 한순간도 살아 있는 사람이 아니었을 테니까. 부모 역할을 한 건 할머니뿐이었으니까.

엄마는 평범하게 사는 것이 제일 좋은 삶이라고 말했었다. 아빠와의 결혼으로 자신도 평범한 가족을 꾸리게 되어서 좋았다고 이야기했었다. 그런 말을 습관적으로 하던 엄마를 예전에는 잘 이해할 수가 없었다. 나는 머릿속에 동그라미 하나를 그리고 그 안에 평범이라는 단어를 적었다. 다른 사람들과 다르지 않은 삶, 두드러지지 않은 삶, 눈에 띄지 않는 삶, 그래서 어떤 이야깃거리도 되지 않고, 평가나 단죄를 받지 않고 따돌림을 당하지 않아도 되는 삶. 그 동그라미가 아무리 좁고 괴롭더라도 그곳에서 벗어나서는 안 된다는 것이 엄마의 믿음이었는지도 모르겠다고, 나는 잠든 엄마의 숨소리를 들으며 생각했다.

13

퇴원하고 통원 치료를 받는 사이에 완연한 가을이 되었고 사촌동생 혜진이의 결혼식에 참석할 즈음에는 날이 꽤 쌀쌀해졌다. 엄마는 결혼식 전날 내게 전화해서 친척들 보기가 불편하면 오지 말라고 했다. '아직 네 소식 다들 모르니까.' 엄마는 그렇게 덧붙였다.

'아직'이라는 말에는 어폐가 있었다. 일 년은 짧은 시간이 아니었고 그사이에 명절이나 제사 같은 행사가 있었으므로 내 소식을 전할 기회가 여러 번 있었을 것이다. '아직' 알리지 못했다기보다는 '영원히' 알리지 않을 계획이겠지. 나의 이혼이 친지들에게 알리기 어려울 정도로 부끄러운 일이라는 것을 부모는 내게 숨길 생각이 없는 것 같았다. 부모가 알리기를 원하지 않는다면 당사자가 직접 나서는 수밖에 없다는 마음이 들었다.

결혼식은 충주호가 내려다보이는 펜션에서 열렸다. 수영장이 딸린 독채가 여러 개 있는 고급 펜션이었다. 신랑 쪽 집안에서 펜션 전체를

1박 2일 동안 빌려서 피로연을 먼저 하고 다음날 결혼식을 연다고
했다.

혜진이는 막냇삼촌의 막내딸이었다. 대학을 졸업한 뒤 바로 은행
에 취업했고 그곳에서 남편을 만났다. 청첩장을 열어보니 커다란 티
아라를 쓴 혜진이가 머메이드 스타일의 화려한 웨딩드레스를 입고 장
난스럽게 웃고 있었다.

혜진이네 가족은 늘 웃음이 넘쳤다. 숙모가 초등학생 혜진이를 무
릎에 앉히고서 뽀뽀를 해주던 장면을 나는 홀린 듯이 바라보곤 했다.
초대를 받아 혜진이네 집에 갔을 때 삼촌이 앞치마를 두르고 저녁을
준비하는 걸 보고 엄마와 아빠가 얼굴이 붉어질 정도로 당황하던 모
습을 나는 기억한다. 그런 삼촌의 곁에는 늘 혜진이가 매달려 있었다.
'아빠, 아빠.' 마치 친구를 대하는 것처럼 아빠를 부르면서 자신의 일
상을 거리낌없이 나누던 그애의 모습을 기억한다. 혜진이네 가족을 만
나고 돌아오는 길이면 그저 십 초라도 좋으니 누군가가 나를 꼭 안아
줬으면 좋겠다는 생각을 했다. 외로움이라는 말을 몰랐을 때부터도.

피로연은 펜션 마당에서 열렸다. 신랑 신부가 충주호를 등지고 기
다란 테이블에 앉았고 몇 개의 둥근 테이블에 하객들이 앉아서 음식
을 먹고 샴페인을 마셨다. 사회자의 진행에 따라 하객들이 한 명씩 나
가서 마이크를 잡고 축하의 말을 건네거나 노래를 불렀다. 나는 엄마
아빠와 함께 테이블에 앉아서 행사를 지켜봤다.

날이 점점 저물기 시작하더니 완전히 어두워지자 마당에 걸린 탁
구공만한 둥근 전구들에 불이 들어왔다. 그즈음 펜션에 도착한 첫째

삼촌이 우리 테이블 쪽으로 다가왔다. 그는 이런 상황이 어색하다는 듯이 이를 보이며 웃었다. 나는 아빠와 첫째 삼촌이 함께 있는 자리에 서는 늘 긴장을 했다. 둘은 서로를 단 한순간도 견디지 못하는 것처럼 보였다. 어린 나를 앞에 두고서도 그들은 여러 번 고성을 지르면서 싸웠다. 아빠는 자신이 희생해서 대학을 포기한 덕분에 두 동생이 대학에 갈 수 있었다고 생각했다. 그건 사실이기도 했다. 문제는 막냇삼촌이 아빠의 희생에 대해 매번 감사함을 표현하는 것과는 다르게 첫째 삼촌은 그러지 않는다는 점에 있었다. 오히려 첫째 삼촌은 할머니가 장남만 편애하고 둘째인 자신을 외면했다면서 사사건건 아빠를 향해 적개심을 드러냈다. 아빠에 대한 반감이 나에 대한 감정적인 괴롭힘으로 이어진 적도 여러 번 있었지만, 아빠는 삼촌의 그런 공격을 무시할 작정으로 그가 나를 괴롭히는 것을 못 본 체했고, 엄마 또한 방관하기는 마찬가지였다.

"지연이 오랜만이다. 남편은 안 보이네."

삼촌이 물었다.

"제가 먼저 말씀을 드렸어야 했는데. 삼촌, 저 이혼했어요. 벌써 일 년이나 됐네요."

"형수, 지연이가 뭐라는 겁니까? 이혼이요? 일 년이나 됐다는데 왜 말을 안 했어요?"

삼촌은 어이없다는 듯이 소리 내어 웃었다. 엄마는 별말 없이 접시 위의 음식을 바라보며 입술을 깨물었다.

"제가 삼촌한테 직접 알리겠다고 한 거예요. 이혼이 보통 일이 아니더라구요. 정리할 것도 많아서 일 년이 빠듯했어요."

나는 잔에 샴페인을 따르고 나서 말을 이었다.

"그리고 삼촌, 형수님이에요, 형수가 아니라."

삼촌의 얼굴이 일그러졌고 아빠가 두 주먹으로 테이블을 쳤다. 젓가락과 포크가 바닥에 떨어졌다.

"너는 지금 그걸 말이라고 하냐? 이렇게 부모 개망신을 시켜야지 속이 후련해? 씨발. 이혼이 자랑이야? 니가 뭐 잘난 게 있다고 어른을 가르치려고 들어?"

아빠가 술 취한 목소리로 소리쳤다. 사람들이 와서 아빠를 말리자 아빠는 고개를 푹 숙였다. 삼촌은 그런 아빠와 나를 번갈아 바라보며 미소 지었다. 그런 그가 글을 쓰고 대학에서 학생들에게 문학을 가르친다는 것이 나는 늘 이해가 되지 않았다. 그가 타인의 고통에 대해서 단 한 번이라도 공감해보기는 했을까.

나는 불 꺼진 방의 침대 모서리에 앉아서 창밖을 바라봤다. 구두도 벗지 않고 옷도 갈아입지 않은 채였다. 사람들이 피로연장을 정리하자 마당에 걸어놓은 전구의 불이 꺼졌다. 눈앞이 어둠에 잠겼다. 호수 언저리에 있는 건물들에서 나오는 작은 빛만이 눈에 들어왔다. 긴장한 탓에 샴페인을 많이 마셔서 두통이 심하고 목이 말랐다. 어두운 방 안에 혼자 앉아 있으니 아까보다도 더 취하는 것 같았다.

부모 앞에서 친지들에게 이혼 소식을 알리고자 했던 목적을 달성했지만 생각만큼 후련하지도, 만족스럽지도 않았다. 내가 부끄러운 일을 한 게 아니라는 것을 보여주고 싶었을 뿐이었는데, 이 일로 인해 부모가 나의 이혼을 얼마나 부끄러워하는지 다시 확인한 기분이었다.

예상하지 않았던 바는 아니었지만 그 모습을 눈으로 보고 나니 마음이 아스팔트 바닥에 갈린 것처럼 아팠다.

나는 어둠에 익숙해진 눈으로 방안을 둘러봤다. 의자와 냉장고와 유리잔과 일회용 슬리퍼가 보였다. 불을 켜고 씻어야 한다고 되뇌면서도 좀처럼 몸을 움직일 수 없었다.

노크 소리가 들렸다.

나는 방에 없는 척을 했다. 불도 꺼져 있으므로 아무런 대답을 하지 않는다면 더는 문을 두드리지 않으리라고 생각했다.

다시 노크 소리가 들렸다.

"지연아, 엄마야. 문 좀 열어봐."

나는 침대에 모로 누웠다.

"안에 있는 거 다 알아. 잠깐이면 되니까 문 좀 열어봐."

이어서 초인종 소리가 들렸다. 나는 하는 수 없이 자리에서 일어났다. 엄마에게는 꺾이지 않는 고집이 있었기에 내가 문을 열어주기 전까지 초인종을 계속 누를 것이 자명했다. 문을 열자 엄마는 나를 쳐다보지도 않고 방안으로 들어왔다. 아까와 같은 차림에 구두를 신고 있었다. 엄마는 창가에 놓인 안락의자에 앉았다.

"잠시 화장실 다녀오는 동안 네가 없어져서 기다렸어. 얼마나 기다렸는지 모르겠다. 말도 안 하고 방으로 갈 줄은 몰랐거든."

'네가 인사도 안 하고 먼저 가버려서 화가 났다.' 이 메시지를 전하기 위해 엄마는 돌려 말하고 있었다. 나는 침대에 누워 천장을 쳐다봤다.

"이러려고 온 거니? 내가 안 와도 된다고 했잖아."

"오지 말라는 말이었겠지. 엄마 마음 불편하니까."

"그런 말 아니었어. 오늘 네 태도를 말하는 거야, 나는."

엄마는 누가 들을까봐 두렵다는 듯이 속삭이며 말했다.

"내 태도가 뭐가 문제였는데?"

따지듯이 말하는 내 목소리가 들렸다. 가슴이 뛰기 시작했다. 나는 싸울 준비가 되어 있었고 내가 결코 질 수 없다는 사실 또한 알고 있었다.

"삼촌한테 굳이 그렇게 말해야 했어? 삼촌이 나를 형수로 부르든 형수님으로 부르든 그게 뭐가 문제라고 어른을 가르치려고 들어. 이혼했어요, 그렇게 말했으면 어른들 하시는 말씀 잘 들어야지. 어른들 앞에서 고개 똑바로 들고서."

"고개는 똑바로 드는 거야, 엄마. 내가 뭘 잘못했다고 고개를 숙여야 돼?"

엄마는 재킷을 벗어서 테이블 위에 올려두고 창문을 열었다. 쌀쌀한 바람이 방안으로 들어왔다.

"너 예전엔 안 이랬잖아. 어른들한테 예의바르게 행동할 줄 알았지."

"무슨 예의? 아, 엿 같은 소리 들어도 입다물고 앉아 있는 거? 그게 예의라는 건가? 예의가 없는 건 아빠 가족들이었어. 정신 차려, 엄마. 형수로 부르는 게 뭐가 문제냐고? 그걸 몰라서 물어? 삼촌이 지금껏 엄마를 어떻게 대했는데. 엄만 그게 아무렇지도 않았어?"

"말 가려서 해."

"엄마가 말 가려서 하라고 말했어야 할 사람은 내가 아니라 엄마시어머니랑 시동생이었어."

엄마는 어둠 속에서 헛웃음을 지었다.

"희령 가고 나서부터 너, 변한 것 같아. 네 할머니가 너한테 어떤 영향을 줬는지 모르겠지만, 내가 꼭 네 원수인 것처럼 대하고 있어."

"그렇지 않아."

두통이 심해져서 말을 할 때마다 머리가 울리기 시작했다.

"하나하나 맞서면서 살 수는 없어, 지연아. 그냥 피하면 돼. 그게 지혜로운 거야."

"난 다 피했어, 엄마. 그래서 이렇게 됐잖아. 내가 무슨 기분인지도 모르게 됐어. 눈물은 줄줄 흐르는데 가슴은 텅 비어서 아무 느낌도 없어."

"네가 무슨 말을 하는지 모르겠다. 피하는 게 너를 보호하는 길이라는 말이야."

"날 때리는데 가만히 맞고 있는 게 날 보호하는 거야?"

"맞서다 두 대, 세 대 맞을 거, 이기지도 못할 거, 그냥 한 대 맞고 끝내면 되는 거야."

"내가 이길 수 있는지 없는지 그걸 엄마가 어떻게 알아?"

엄마는 아무런 대답도 하지 않았다.

"착하게 살아라, 말 곱게 해라, 울지 마라, 말대답하지 마라, 화내지 마라, 싸우지 마라. 귀에 딱지가 앉도록 그런 얘길 들어서 난 내가 화가 나도 슬퍼도 죄책감이 들어. 감정이 소화가 안 되니까 쓰레기 던지듯이 마음에 던져버리는 거야. 그때그때 못 치워서 마음이 쓰레기통이 됐어. 더럽고 냄새나고 치울 수도 없는 쓰레기가 가득 쌓였어.

더는 이렇게 살고 싶지 않아…… 나도 사람이야. 나도 감정이 있어."

눈물이 관자놀이를 따라 귓속으로 들어갔다. 나는 조용히 흐느꼈다. 그랬니, 그랬구나, 나도 마음이 아프다…… 아주 단순한 말로라도 엄마가 내게 공감해주기를 나는 기대했을까.

"많이 취한 것 같다. 쉬고 내일 보자."

엄마가 재킷을 입는 소리가 들렸다. 엄마는 괴로운 나, 슬픈 나와는 함께하려 하지 않았지. 단 한순간도. 나는 익숙한 분노를 느꼈다. 자리에서 일어나 앉아 엄마를 바라보면서 어떤 잔인한 말을 할지 마음속에서 골랐다.

"엄마가 희령 올 때마다 싫었어. 귀찮았고."

완전한 거짓말이었다.

"오지 말라고 말하면 됐잖아."

못된 마음이 나를 추동했다.

"글쎄, 그냥 엄마가 가여웠나봐."

어둠에 익숙해진 눈으로 나는 곧 무너지기 직전인 엄마의 얼굴을 봤다.

"나보고 왜 희령에 갔냐고 물었었지. 솔직히 대답해줘? 희령은 엄마가 절대 안 가는 곳이니까. 그래서였어."

엄마가 마른세수를 하고서 나를 보고 말했다.

"나한테 뭘 원하니."

"차라리 울고 소리치고 화를 내. 하고 싶은 말이 있으면 정확히 해. 돌려서 하는 말로 공격받는 것도 지겨워."

"네가 무슨 소릴 하는지 모르겠다."

"아니, 엄만 알아."

엄마가 자리에서 일어나 나를 내려다봤다.

"그냥 이렇게 살아도 지장 없잖아?"

엄마는 지친 표정으로 그렇게 말하더니 방문을 향해 걸어갔다. 나는 엄마를 멈추게 할 말을 알고 있었다.

"그거 알아? 엄마가 언닐 세상에 없었던 사람으로 만든 거야."

엄마가 걸음을 멈췄다.

"엄마는 언니에 대해서라면 아무 말도 하지 않지. 언니 이름조차 입에 올리지 않잖아. 언니가 처음부터 없었던 사람인 것처럼…… 그게 말이 돼?"

엄마는 문손잡이에 손을 올린 채 웅크리고 앉아서 울었다. 나는 나의 잔인함에 취해서 그런 엄마를 연민 없이 바라보았다. 금지된 말을 했다는 것에서 자유를 느꼈던 걸까. 복수의 일격을 즐겼던 걸까. 하지만 그건 순간이었다. 정신이 돌아오자 나는 엄마에게 어떻게 용서받을 수 있을지 알 수 없어 두려워졌다. 엄마에게 가까이 다가가지도 못한 채로 엄마를 바라보기만 했다. 엄마는 한참을 울다 얼굴을 닦고 밖으로 나갔다. 문이 닫혔다.

내가 초등학교에 입학하던 해에 엄마는 114 전화번호 안내국에 취직했다. 집에 돌아오면 아무도 없었고 나는 아이가 혼자 할 수 있는 온갖 놀이를 하면서 엄마를 기다렸다. 그러다가도 견딜 수 없어지면 전화기를 들어 114를 눌렀다.

114입니다. 어느 번호를 찾아드릴까요?

나는 전화받는 사람의 목소리를 유심히 들었다. 그렇게 계속 전화를 하다보면 언젠가는 엄마가 내 전화를 받으리라는 희망을 품고서.

어느 번호를 찾아드릴까요?

내 전화는 단 한 번도 엄마와 연결되지 않았다.

금동성부동산요.

되는대로 아무 상호나 대고는 번호를 안내해주는 소리를 들었다. 나는 정말 견딜 수 없을 지경이 되었을 때만 114를 눌렀다. 혹시나 엄마의 목소리를 들을 수 있지 않을까. 잠시라도, 아주 잠시만이라도 엄마의 목소리를 들을 수 있다면 소원이 없을 것 같았다. 나는 나와 같은 마음으로 114를 누를 아이들을 상상했다. 실패할 것이 분명한 전화를 거는 아이들의 모습을. 그런 상상을 할 때만큼은 나는 온전한 혼자가 아니었다.

114입니다. 어느 번호를 찾아드릴까요?

엄마, 나 지연이야!

어린 내 몸안에는 외로움이 전기처럼 흐르고 있어서 누구라도 나를 건드린다면 덩달아 외로워질 것이었다. 어쩌면 그래서일지도 모른다고 생각했다. 엄마가 나를 더는 안아주지 않고 만져주지 않고 내 손길을 그저 피하는 것은. 그런 상상을 하면 슬픈 마음이 조금은 줄어드는 것 같았다.

어린 나는 차마 엄마와 살을 맞대지 못한 채 강아지처럼 곁에서 서성거리며 엄마를 바라봤다. 엄마가 소파에 앉아서 깜빡 잠이 들면 조심스레 곁으로 다가가 엄마의 온기가 섞인 냄새를 맡았다. 엄마가 손가락 하나의 거리에 있는데도 그리워서 눈물이 날 것 같았다. 엄마가 유일하게 나를 만져주는 시간은 내 머리를 땋아줄 때였다. 나는 일찍 일어나서 빗을 들고 엄마가 일어나기를 기다렸다. 내가 그 시간을 얼마나 애타게 기다렸는지 엄마는 짐작하지 못할 것이다.

나는 여전히 그런 일들을 잊지 못한다.

다음날 오전 결혼식이 열렸다. 엄마는 내 결혼식 때 입었던 한복을 입고서 나와 같은 테이블에 앉아 있었다. 어제 아무 일도 없었다는 듯이 '스몰 웨딩도 괜찮다' '날씨가 좋아서 다행이지' 같은 말을 내게 건넸다. 나는 '그러게' '정말 그러네' 같은 말로 답했다. 엄마는 다시 모른 척하고 있었다. 아무 일도 없었던 것처럼 행동하고 있었다. 가끔은 엄마가 선택적 기억상실증에 걸렸는지도 모르겠다는 생각이 들곤 했다. 불편한 일이라면 덮어놓고 없었던 일이라고 믿어버리는 건 아닌가 싶었다. 그리고 나도 거기에 장단을 맞췄다. 항상 그런 식으로 모든 일을 덮어두는 것에.

식이 끝나고 주차장으로 걸어가는데 엄마가 나를 따라왔다.

"다시 한번 어제처럼 이야기했다가는 나도 참지 않아."

엄마는 분노로 몸을 떨면서 그렇게 말했다. 엄마의 낯선 모습에 문득 마음이 약해졌지만 입에서는 다른 말이 나왔다.

"없는 척한다고 해서 없는 게 되진 않아. 나에게도 말할 권리가 있고."

나는 차마 큰 소리로 말하지 못하고 작게 중얼거렸다.

"다 지나간 일이야. 말한다고 해서 걔가 살아 돌아오진 않아."

엄마가 내 시선을 피하며 말했다.

"엄마."

엄마에게 가까이 다가가자 엄마가 한 발짝 뒤로 물러서며 말을 이었다.

"삼촌이 날 무시했다고? 날 가장 무시한 사람은 너야, 다른 사람이 아니라. 넌 항상 내 인생을 부정했어."

엄마가 소리치듯이 그렇게 말했다. 주차장 맞은편에 있는 사람들이 수군거리며 우리를 쳐다봤다. 엄마는 머리 모양을 매만지더니 보폭을 크게 해서 주차장을 빠져나갔다. 감색 한복 치마가 바람에 뒤집혀서 흰 속치마가 보였다. 나는 엄마가 건물 뒤로 사라질 때까지 그 뒷모습을 가만히 바라봤다.

공공장소에서 남편이나 자식에게 화를 내는 여자들, 버스에서 훌쩍이며 눈물을 흘리는 여자들, 길에서 전화 통화를 하며 분노를 쏟아내는 여자들을 엄마는 부끄러움도 모르는 사람들이라고 비난했다. 그런 상스럽고 저급한 짓을 하는 건 자기 가치를 떨어뜨리는 일이라고도 했다. 그런 엄마가 본인이 평생을 피해가고자 했던 모습을 내게 보여주었다. 엄마의 지적이 마음에 내리꽂히는 것과는 별개로 '부끄러움도 모르고' 자신의 분노를 발산하는 엄마의 모습에서 나는 어떤 해방감을 느꼈다.

결혼식 이후로 엄마에게서는 연락이 오지 않았다. 나는 문득문득 그날 내가 엄마에게 했던 말들을 떠올렸다. 그 어두운 방에서 떠오른 오래된 상처들에 대해서도. 그때 나는 엄마에게 상처를 줄 목적으로 마음에도 없는 말을 악의적으로 지어냈다고 생각했었다. 하지만 시간이 지나 돌아보니 엄마의 마음을 아프게 하려고 했던 그 말들이 순수

한 거짓말만은 아니었다는 생각이 들었다. 내가 희령으로 온 건 분명 얼마간은 이혼 후에 내게 상처를 줬던 엄마에게서 멀어지기 위한 행동이기도 했으니까. 엄마가 언니를 세상에 없었던 사람으로 만들었다는 말도 사실은 내가 인정할 수 없어 의식조차 하지 못했던 내 무의식의 일부였다.

엄마는 내가 엄마를 무시했다고 말했다. 말도 안 되는 얘기라고 생각했지만 곰곰이 되짚어보니 엄마를 향한 나의 태도에는 늘 일종의 무시가 담겨 있었다. 그것이 엄마를 가장 효과적으로 공격하는 방법이라는 것을 무의식적으로 알고 있어서 그랬을까. 그래야 엄마가 나를 조금 더 진지하게 대해주리라고 생각해서였을까. 내가 갈구하고 울고 애원하고 원망해도 꿈쩍도 하지 않던 엄마가 내가 엄마를 은근하게 무시할 때에야 어떤 방식으로든 반응하는 것이 나는 좋았을까. 나는 엄마에게 여러 번 문자를 썼다 지웠다 하면서도 끝내 먼저 연락하지 않았다. 어떤 말로 사과해야 할지 알 수 없기도 했지만, 내가 사과해도 엄마가 받아주지 않을 거라는 두려움을 떨칠 수가 없어서였다.

재활용 쓰레기를 버리다가 마주쳤던 것을 제외하고는 한동안 할머니를 볼 수가 없었다. 나도 회사 일이 많았지만 할머니도 과수원과 농장에 놉을 나가느라 무척 바빴다. 새벽부터 봉고차를 타고 나가서 하루를 꼬박 일하고 오는 할머니를 보면 이제 그만 일하고 쉬시라는 말이 입 밖으로 나올 것 같았다. 그날 분리수거장 앞에서 할머니는 검붉게 탄 얼굴로 겨울이 되면 쉬는 날이 많으니 그전에 최대한 일을 많이 받아 해야 한다고 강조했다. 칠십대 초반의 젊은 노인들만큼은 아니지만 자신만의 수완으로 과수원과 농장 주인들의 연락을 놓치지 않는다는 자랑도 했다. 명랑하게 이야기하는 할머니를 보며 나는 할머니에게 제대로 된 보험이 있을지, 할머니가 저축은 얼마나 했을지 생각했다. 내년에 팔순을 맞는 노인이 농장이며 과수원을 다니면서 일하는 건 너무 심한 노동이라는 생각이 들기도 했다.

그렇게 늦가을이 되었다. 출퇴근길이 어둑해졌고 가끔 몸이 떨릴 정도로 차가운 바람이 불었다. 대전의 한 연구원에서 채용공고가 난 것도 그즈음이었다. 그곳은 내가 오래전부터 일하기를 꿈꿔왔던 곳이었다. 서류를 준비하느라 한동안 정신이 없을 정도로 바빴다. 서류를 접수하고 나서야 주말에 할머니를 만나러 갈 시간을 낼 수 있었다.

나는 냉장고에 오래 둬서 여기저기 물러진 복숭아를 꺼내 꼼꼼히 씻고 뜨거운 물에 유리병을 소독했다. 복숭아와 설탕을 냄비에 넣고 약한 불에 오래 저어서 복숭아잼을 만들었다. 빵집에서 사온 식빵과 생크림을 종이백에 챙겨넣고 집에서 내린 드립 커피를 보온병에 담아 할머니 집으로 향했다. 병원에 입원해 있는 동안 나를 위해 애써준 할머니에게 뭐라도 대접하고 싶었다.

퇴원할 즈음 할머니에게 돈봉투를 건넸다가 어색해진 적이 있었다. 내가 봉투를 내밀자 할머니의 얼굴이 상처받은 표정으로 변하더니 다시 한순간에 명랑한 얼굴로 바뀌었다. 그러곤 애써 웃으면서 돈봉투는 집어넣으라고, 자기는 돈이 많다고 했다. 차라리 상처받은 표정으로 나를 계속 봤더라면 나았을지도 몰랐다. 할머니는 터놓고 표현하지 못할 만큼, 숨기고 싶을 만큼 내 행동에 분명 상처를 받았다.

나는 내가 돈봉투를 건넸을 때 아주 잠시 어두워지던 할머니의 얼굴을, 아무렇지 않다는 듯이 다시 웃어 보이던 할머니의 얼굴을 그해 가을 내내 떠올렸다.

"할머니가 주신 복숭아로 만들었어요."

식빵에 생크림과 복숭아잼을 차례로 발라서 할머니에게 건넸다. 보온병에 담아온 커피를 머그잔에 따라서 상에 올려놓자 할머니가 빵을 한입 베어 물고 커피를 한 모금 마셨다.

"목도 안 좋은 애가 내내 서서 잼 만들고 있었어?"

"이젠 별로 안 아파요. 잼 만드는 거 재미도 있고."

"블랙커피랑 먹으니까 맛이 좋다. 난 설탕 안 들어간 커피는 무슨 맛으로 먹나 싶었는데, 단거랑 먹으니까 좋네. 왜 보고만 있냐? 너도 먹어."

나도 빵을 한입 베어 물었다. 오후 한시의 첫 끼였다. 뜨거운 커피를 마시니 몸이 따뜻하게 데워지는 느낌이 들었다.

"저 열 살에 희령 왔을 때, 할머니가 복숭아 병조림 주셨던 게 생각나요. 대접에다가 병조림 부어서 얼음 넣어 먹던 거. 많이 달지 않으면서 살캉살캉하고 맛있었어요."

할머니가 무슨 말을 하려고 하다가 커피를 한 모금 마셨다. 그러고는 다시 나를 바라봤다.

"복숭아 아껴 먹으려고 그랬었어. 좋아하는 사람 오면 주기도 하고."

"엄마가 유독 복숭아를 좋아해요. 저를 가졌을 때도 많이 먹었대요."

"너 가졌을 때 미선이가 한동안 희령에 와 있었어. 정연이 데리고서. 다 같이 앉아서 복숭아를 먹었던 기억이 나."

할머니의 입에서 언니의 이름이 나온 건 처음이었다. 늘 흐리듯이 '너희 언니'라고만 이야기했었으니까. 누군가의 입에서 정연이라는 이름을 들은 것도 오랜만이라는 생각이 들었다. 베란다 너머로 바다의 한 조각이 보였다. 햇빛을 받아서 꼭 하얀 셀로판지가 반짝이는 것처럼 보이는 바다가.

1963년 1월, 대구에서 전보 하나가 왔다. 발신인은 희자였다.

할머니는 자신도 대구에 가야 한다고 말했지만 증조모는 할머니를 말렸다. 어린아이를 업고 버스를 갈아타면서 대구로 가는 게 보통 일도 아니고, 주문받은 단체복 제작 일정도 맞춰야 하지 않느냐면서. 증조모의 말이 맞는다는 걸 알면서도 할머니는 어린아이처럼 억지를 부렸다.

—새비 아즈마이가 편찮은 것 같다고 내가 얘기하디 않았어요. 그때 어마이 들은 척이라도 했습니까? 새비는 괜찮다, 새비는 괜찮다, 하디 않았어요. 어마이는 왜 항상 기런 식이야요? 왜 내 말을 귀기울여 듣디를 않습니까?

짐을 싸던 증조모가 차가운 표정으로 할머니를 바라봤다.

—내레 몰랐다고 생각했더래? 우리 새비, 사람들이 자기 걱정하고 동정하는 거 죽는 것만큼 싫어하는 간나야. 기게 새비야. 새비가 지 마음대로, 지 살고 싶은 대로 나머지를 산다는데 내레 뭐라고…… 아무렇지 않은 척 대하는 게 새비가 바라는 기라면 내레 아무리 힘들어도 그럴 수 있었다.

증조모는 손등으로 눈가의 눈물을 닦고 짐을 마저 쌌다.

그래, 어마이가 모를 수 없었겠지. 내 눈에도 보인 걸 어마이가 모를 리 없었을 거야. 할머니는 짐을 챙겨 자리에서 일어나는 증조모의 모습을 멍하니 지켜봤다.

—할마이, 어데 가?

잠에서 깬 엄마가 아랫목에 누운 채 증조모를 보고 물었다.

—할마이 잠깐 동무 보러 다녀오갔어.

—자고 오나?

—기래, 자고 온다.

—한 밤 자고 오나?

—열 밤 자고 온다.

그 대답에 징징대며 우는 엄마를 뒤로한 채 증조모는 그길로 문을 열고 집을 나섰다.

새비 아주머니는 희미하게나마 의식이 남아 있는 상태였다. 이불 위에 누워서 증조모가 말을 하면 눈짓으로 반응했다.

새비 아주머니의 시선은 증조모의 몸을 지나서, 마음을 지나서, 어쩌면 영혼이라고 부를 수 있는 장소에까지 다다랐다. 그곳에서, 아직 다섯 살도 되지 않은 어린 증조모는 햇볕에 따뜻하게 데워진 돌멩이를 안고서 내 동무야, 내 동무야, 말을 걸고 있다. 그런 작은 따뜻함이라도 간절해서, 하지만 사람은 너무 무서워서. 증조모는 마당 구석에 쪼그려앉아서 자기 그림자를 보고 있다.

그때 자신이 누구를 부르는지도 모르고 간절히 부르던 사람이 바로 새비 아주머니였다는 사실을 증조모는 그녀의 시선 속에서 이해했다. 너레 내 목소리를 들어주었더랬지. 내가 한 음식을 먹고 맛이 있다고 이야기해주었어. 너는 내를 삼천이라고 불러주었어. 새비 너는 내를 삼천이라 불러줬었어.

—새비야.

새비 아주머니가 눈을 깜빡였다.

—내다, 삼천이.

새비 아주머니의 얼굴에 잠시 부드러운 미소가 스친 것 같았다. 얼마 지나지 않아 새비 아주머니는 눈을 감고 잠들었다.

희자의 방에는 새비 아주머니의 인쇄소 동료인 경순이라는 여자가 세 들어서 살고 있었는데, 새비 아주머니의 상태가 심상치 않아서 의사를 부르고 희자에게 전보를 친 것도 그녀였다. 이십대 중반 정도로 보이는 짧은 단발머리의 그녀는 코듀로이 바지에 손으로 짠 검은색 스웨터를 입고 있었다. 그녀가 마당 한쪽에 쪼그리고 앉아 담배를 피우며 말했다.

— 의사도 무슨 병인지 알지 못한다는데 무슨 방도가 있었겠어요. 폐경이 일찍 온 게 문제가 아닐까 싶기도 해요. 희자 어머니가 삼십대 중반에 생리가 끝났다는 말을 한 적이 있었는데 그게 보통 일은 아니지 않아요?

그녀가 증조모를 올려다보며 말했다. 증조모는 그 일에 대해 들은 바가 없었다.

—언제부터 저렇게 누워 지낸 건지……

—희자에게 전보를 칠 때만 해도 변소에 혼자 다닐 정도는 됐습니다. 희자가 오고 나서부터는 그마저도 안 되어서…… 희자를 절대 부

르지 말라고 하던 양반이 막상 희자가 오니 반가워하데요. 아픈 모습 보여주기 싫어하는 건 이해가 되지만, 자식 마음에 무슨 못을 박으려고……

—희자는 지금 어디 있십니까.

—음식을 좀 사온다고 장에 갔어요.

둘은 한동안 추위 속에서 몸을 웅크린 채 아무 말도 없이 서로 다른 곳을 바라봤다.

—아, 소개가 늦었어요. 내레 영옥이 어마이야요.

—알아요. 희자 어머니에게 이야기 많이 들었어요.

그녀는 핏발이 서서 피곤해 보이는 눈빛으로 증조모를 바라봤다. 얼마 지나지 않아 대문이 열리고 희자가 마당으로 들어왔다. 희자는 추위 때문에 볼이 붉게 터 있었고 눈이 부어 있었다.

—아즈마이, 이게 얼마 만이야요.

오래 울었는지 목소리가 쉬어 있었다.

—희자야.

—먼 곳까지 오시느라 고생이 많으셨어요. 한데 서 있지 마시구 따뜻한 방으로 들어가세요.

—그래, 그래.

희자와 증조모, 그리고 경순이 방으로 들어가 담요를 같이 덮고서 새비 아주머니를 바라봤다.

—이틀째 드신 게 없어요.

희자가 말했다. 구들장에 불을 땠지만 흙으로 바른 벽 틈으로 웃풍이 들어 코가 시렸다.

─솔직히 다 원망스럽습니다. 어마이도, 아즈마이도, 경순 언니도 모두 원망스럽단 말입니다. 누구 하나라도 진실을 말해줬으면 조금이라도 일찍 와서 어마이를 볼 수 있지 않았겠어요. 어마이가 정신이 온전하실 때 말이라도 주고받을 수 있지 않았겠어요.

─목소리 죽여라. 어머니 편히 좀 계시게.

경순이 희자를 타박했다.

─어마이 들으라고 하는 말이에요. 어마이가 어떻게 나한테 이럴 수가 있어요? 사람 속이지 말고 살아야 한다고 귀에 딱지가 앉도록 이야기하던 사람이 어떻게 나를 속일 수 있느냔 말입니다. 이럴 줄 알았으면 서울이고 대학이고 가지도 않았습니다. 나 하나 잘살겠다고 팔자에도 없는 대학 공부가 다 뭐예요. 세상천지에 나 하나 뚝 남겨두고 나더러 뭘 어떻게 살라는 말이에요.

─희자야, 희자야.

증조모가 희자의 머리를 쓰다듬었다.

─나더러 어쩌라고……

─희자야. 어머니 다 들으셔.

경순이 목소리를 낮추며 희자를 다독였다.

─새비는 희자 마음 다 이해할 겁니다. 희자야, 계속 말하라. 네가 하고 싶은 말, 어마이에게 들려주고 싶은 말 모두 해라. 새비도 네가 가슴에다 담아두기를 바라지는 않을 기야. 계속 말하라.

증조모가 말했다.

─어마이, 겨우 이렇게 끝내려구 전쟁통에 새비에서부터 내 손 잡고 내려왔어요? 그 고생 다 해서 나 학교 보내고 서울 보내고서 마음

놓았어요? 어마이, 어떻게 사람이 이래요. 이렇게 참고 다 숨기고 살면 내가 어마이 대단하게 생각할 줄 알았어요? 아니에요, 어마이. 나 어마이 대단하다 생각하지 않아요.

그렇게 소리치고 희자는 고개를 숙였다. 희자의 말이 맞았다. 새비가 가고 나면 희자는 세상천지에 혼자가 된다. 희자에게 뭐라고 말해야 할지 알 수 없어서 증조모는 맞은편 벽만 바라봤다. 눈물이 뺨을 타고 흘러내렸다.

증조모와 희자와 경순은 교대로 잠을 자기로 했다. 작은방에서 둘이 자는 동안 다른 한 사람이 큰방에 있는 새비 아주머니를 돌보기로 했다. 경순이 일하러 간 사이에는 증조모와 희자가 번갈아가며 새비 아주머니를 살폈다. 새비 아주머니의 상태는 점점 더 안 좋아졌다. 외부의 소리에 아무런 반응도 하지 않았고 숨을 쉬고 있는지 확인해야 할 정도로 숨소리도 잦아들어 있었다.

대구에 온 지 사흘이 지난 새벽이었다. 증조모는 새비 아주머니와 마주보고 누웠다. 코와 코가 닿을 정도로 아주 가까이에 붙어서 새비 아주머니를 감싸안았다. 얇은 피부 밑으로 하나하나 분절된 듯한 뾰족한 등뼈가 만져졌다. 증조모는 새비 아주머니의 얼굴에 손가락을 갖다댔다. 차가운 비단을 만지는 것 같았다. 새비 아주머니는 턱을 들고 입을 약간 벌리고 있었다. 증조모는 새비 아주머니의 코 아래에 손가락을 대봤다. 아이의 한숨 같은 작고 따뜻한 숨이 느껴졌다. 충분하다고 생각해주면 안 되갔어…… 희령에서 함께 누워 있을 때, 자신을 달래듯이 말하던 새비 아주머니의 목소리가 들리는 것 같았다.

—기래, 새비야. 네 말대로 하갔어. 염려 마라.

증조모는 새비 아주머니의 얼굴을 보며 속삭였다.

바람이 덧창을 흔들었다.

—새비야…… 네 동무 삼천이는 죽지 않으려구 평생을 사는 길만 찾았다. 짐승처럼, 흙이랑 먼지를 먹고 사는 벌레처럼, 내 살길만 찾아 평생을 살았더랬다. 내레 어마이를 버리고 도망간 간나 아니야.

증조모는 말을 멈추고 새비 아주머니의 작은 숨소리에 귀를 기울였다.

—어마이를 버리고서 개성으로 향했을 때…… 새비 너를 그 추운 날 난리통에 피난 가라고 떠밀었을 때…… 모두 다 어쩔 수 없다, 어쩔 수 없다, 기렇게 마음먹으면서두 기래선 안 됐다는 걸 알고 있었다.

골목 건너편 집에서 웃고 떠드는 남자들의 목소리가 가까이 들리다 멀어졌다.

—새비야…… 나는 죽어 너를 다시 만날 수 없을 것 같다. 초록은 동색이라고 하지만 우리는 동무라 하기에는 너무 달랐으니…… 내레 죽으면 어마이도, 새비 너도 볼 수 없을 기야. 우린 다른 세상으로 갈 테니까. 나는 새비 너가 있는 곳에 절대루 갈 수 없을 테니. 그러니 이게 전부야…… 이게 전부야……

증조모가 두 손으로 새비 아주머니의 얼굴을 쓰다듬었다.

—우리 새비, 춥지도 배고프지도 않은 곳으로 가서 더는 힘들지 말구, 마음 쓰지도 말구, 새비 네가 그리워했던 사람들 모두 만나고 지내라.

얼마 지나지 않아 새비 아주머니의 몸이 가늘게 떨리고 숨이 가빠지는 것이 느껴졌다. 경순은 철야 근무를 하느라 집에 없었고 희자는 자고 있었다. 증조모는 작은방으로 가서 희자를 깨워 왔다. 증조모와 희자가 보는 앞에서 새비 아주머니의 몸은 조금씩 달라졌다. 흉곽의 떨림이 사라졌고 목의 떨림도 사라졌다. 그리고 입에 남아 있던 마지막 숨이 빠져나갔다. 증조모와 희자는 새비 아주머니의 몸을 안고서 터져나오는 울음을 그대로 내버려뒀다. 시간은 새벽 다섯시였다.

5부

14

열차가 한강을 건너고 있었다. 나는 열차 바퀴가 덜컹거리는 소리를 들으며 창밖을 바라봤다. 해가 하늘 꼭대기에서 빛을 뿜어내고 그 빛을 반사한 강물이 눈이 시릴 정도로 빛나고 있었다. 살구색 맨투맨 티를 입은 어린 여자가 내 어깨에 머리를 기대어 자고 있었다. 입을 조금 벌린 채로 깊은 잠을 자는 것 같았다.

그 모습을 보고 있자니 이십대 초반 지하철을 타고 왕복 세 시간 거리를 오가며 통학하던 때가 떠올랐다. 항상 피곤했고 지하철에서는 대개 잠들어 있었다. 너무 깊이 잠든 날에는 나도 모르게 옆에 앉은 사람들 쪽으로 꾸벅대곤 했다. '학생, 그러지 말고 나한테 기대.' 그런 말을 하며 자기 어깨를 내어주던 여자들이 있었다. 그때의 나는 그 마음을 대수롭지 않게 여겼었다.

결혼한 이후에도 지하철로 통근하던 시기가 있었다. 대학원 연구실에서 하루를 다 보내고 집으로 돌아갈 때면 나는 내가 탄 지하철이 집이 아닌 다른 곳으로 가는 상상을 했다. 유독한 공기가 밴 집으로 돌아가서 내게 남은 마음을 모두 끌어다 남편에게 쓸 힘이 점점 소멸해가는 것 같았다. 언젠가부터 나는 집으로 갈 때면 늘 긴장해 있었다.

그날도 어깨를 잔뜩 웅크리고 굳은 얼굴을 한 채 핸드폰으로 뉴스를 읽고 있는데, 이십대 초반의 여자가 졸면서 내 어깨에 머리를 기댔다. 나는 그녀에게 참을 수 없이 화가 나서 어깨를 비틀어 그녀가 내게 기댈 수 없게 했다. 그런데도 그녀는 자꾸 내게 기대려 했다. 나는 곁눈질로 그녀를 봤다. 무릎 위에 커다란 백팩을 올려놓았고, 오래 세탁하지 않은 듯 낡은 스니커즈를 신고 있었다. 그녀의 머리가 자꾸만 내게 닿는 것이 짜증스럽고 화가 나서 자리에서 일어났다.

나는 남편의 외도와 그와의 이혼이 내 무릎을 한순간 꺾이게 했다고 생각했었다. 하지만 정말 그게 전부였을까. 내가 믿었던 만큼, 내가 믿고 싶었던 만큼 그는 내게 정말 의미 있고 비중 있는 존재였을까. 그의 외도를 알기 전의 나는 정말 내 믿음대로 덜 아프고 덜 병들어 있었을까.

나는 그와의 결혼으로 내가 지닌 문제와 내가 가진 가능성으로부터 동시에 도망치고자 했다. 나의 원가족으로부터, 해결하기 어려워 보이는 상처로부터, 상처받을 가능성으로부터, 그리고 무엇보다도 진정한 사랑으로부터 멀어지고 싶었다. 사람을 진심으로 깊이 사랑하고 가슴이 찢기는 고통을 경험하고 싶지 않았다. 그런 감정적인 가능성으로부터 차단된 채로 미지근한 관계 속에서 안전하게 살아가고 싶었다. 내가 나를 속이는 것만큼 쉬운 일이 있었을까. 이혼 후 내가 겪었던 고통스러운 시간은 남편의 기만 때문만이 아니었다. 그것은 나에 대한 나의 기만의 결과이기도 했다. 가슴에 손을 얹고 돌이켜보니, 그중 나를 더 아프게 한 건 나에 대한 나의 기만이었다.

안정을 추구했던 그 시간 동안 나는 성장하지 못했다. 독에 갇힌 나무처럼 가지를 마음껏 뻗어나갈 수가 없었다. 고립되었다. '네가 말하는 걸 보면 참 징그러워. 너 같은 걸 누가 좋아하겠어'라고 내게 말하는 그의 어머니 앞에서 그는 무표정한 얼굴로 텔레비전을 봤다. 당신은 어째서 내 고통을 보지 않지? 눈물을 흘리는 나를 두고 그는 방문을 닫았다. 그러고는 음악을 틀고 건강 체조를 했다. 그는 나를 향한 감정의 회로가 차단된 사람처럼 보였다. 내 감정을 하나하나 풀어 그에게 설명하는 것은 의미가 없었다. 통하지 않았다. 거기서 끝내야 하지 않았나? 하지만 나는 다시 그 문제로부터 도망쳤다. 그런 일이 없었던 것처럼 굴었다. 체념했다. 그가 집에 없을 때 울다가도 그의 전화가 걸려오면 목소리를 가다듬었다. '목소리가 왜 그래?' 하고 그가 물으면 '응, 자다가 일어나서'라고 거짓말을 했다.

나는 누구에게 거짓말을 했나.

나에게, 내 인생에게. 인정하고 싶지 않아서, 알고 싶지 않아서, 느끼고 싶지 않아서.

어둠은 거기에 있었다.

내 어깨에 기댄 여자는 편안한 얼굴로 잠을 자고 있었다. 청명한 오후였다. 어깨에 느껴지는 무게감이 좋았다. 나는 내게 어깨를 빌려준 이름 모를 여자들을 떠올렸다. 그녀들에게도 어깨를 빌려준 여자들이 있었을 거라고 생각했다. 얼마나 피곤했으면 이렇게 정신을 놓고 자나, 조금이라도 편하게 자면 좋겠다고 생각하는 마음. 별것 아닌 듯한 그 마음이 때로는 사람을 살게 한다는 생각을 했다. 어깨에 기대는 사람도, 어깨를 빌려주는 사람도. 구름 사이로 햇빛이 한 자락 내려오듯이 내게도 다시 그런 마음이 내려왔다는 생각을 했고, 안도했다.

나는 국립중앙도서관에 가는 길이었다. 그곳에서 1992년도에 KBS에서 방영된 다큐멘터리 자료를 볼 계획이었다. 할머니는 1992년 가을 무렵에 다큐멘터리에서 희자를 봤다는 말을 했다. 그러면서 다른 건 몰라도 희자가 아직 살아 있는지 어떤지 궁금하다고 했다. 일 년에 한 번은 희자가 꿈에 나오더니 최근에는 더 자주 나온다고. 희자가 살아 있다면 자신을 찾고 있을지도 모른다는 생각이 들었다고 했다. 지나가듯이 한 말이었지만 나는 희자를 찾고 싶었다. 새비 아주머니가 돌아가시고 나서 희자가 살았던 삶이 내 마음을 잡아끌었기 때문이다.

희자는 상을 치르고 증조모와 함께 희령으로 왔다. 굵게 파마한 긴 머리에 검은 코트를 입은 희자는 창백한 얼굴로 할머니에게 애써 웃어 보였다. 희자는 할머니 집에서 며칠을 몰아서 잤다. 물주전자와 컵을 머리맡에 두었지만 입에 대지 않는 것 같았다. 며칠이 지나서야 희자는 방밖으로 나와서 할머니가 해준 녹두죽을 먹었다. 죽을 먹으면서 희자는 말했다.

—이제 내 집은 어디에도 없어, 언니.

—그런 마음 먹디 말구. 우리야 한 가족이나 다름없는 사이 아니갔어. 섭섭하게 기린 말 하디 마라.

그렇게 말하면서도 할머니는 정말 자신이 희자에게 가족이 될 수 있을지 자신이 없었다. 희자와는 십 년 동안 얼굴조차 보지 못했고 희자의 삶을 상상해보는 것은 불가능에 가까운 일이었다. 그건 희자도 마찬가지였을 것이다. 그들 사이에는 현실의 공통분모가 없었다. 오랜 시간 편지를 주고받으며 지냈지만, 같은 밥상에 앉아 같은 솥에서 나온 밥을 나눠 먹던 시절과는 실감이 다른 일이었다. 하지만 할머니는 자신이 여전히 희자의 가족이라고 생각했다. 힘들 때면 희령에 내려와서 지내라는 말도 빈말이 아니었다. 그래서 자신의 집은 어디에도 없다는 희자의 말이 할머니의 마음에 얼음처럼 박힌 것일지도 몰랐다.

그런 대화를 나눈 다음날이었다. 할머니가 바닥에 떨어진 실밥과 천조각을 치우고 있는데 희자가 방문을 열고 말했다.

—바다가 보고 싶어.

할머니는 엄마를 증조모에게 맡기고 희자와 함께 거북이 해변으로 향했다. 머리가 아플 정도로 겨울바람이 매섭게 불었고 파도가 심했다. 희자는 모래사장에 그대로 주저앉아서 장갑을 낀 손으로 모래를 이리저리 쓸어댔다. 할머니는 한동안 멀찍이 서 있다가 희자 곁으로 다가가 뒤에서 무릎을 꿇고 그녀를 꼭 껴안았다. 바람소리와 파도 소리 말고는 아무도 없었기에 가능한 일인지도 몰랐다. 그런 행동을 하는 건 할머니에게 익숙하지 않았으니까.

걸음을 떼기 시작할 때부터 자신이 어디를 가든 그림자처럼 쫓아오던 희자의 모습을 할머니는 기억했다. 쉴새없이 재잘거리고 작은 기억 하나라도 잊을까봐 전전긍긍하며 자신에게 이야기를 들려주던 어린 희자의 모습을 기억했다. 가느다란 정강이가 드러나는 몽당치마를 입고서 골목에서 줄넘기를 하던 모습도. 심한 근시여서 고개를 앞

으로 쭉 내밀고 눈을 가늘게 뜨던 얼굴도. 언니, 밥 굶지 마라, 다시
보자, 다시 보자, 말하며 버스 터미널에서 작별하던 모습도. 할머니
는 희자의 긴 머리카락에 얼굴을 묻고서 오래도록 희자를 껴안고 있
었다. 바닷바람에 머리가 터질 것처럼 아파올 때까지, 장갑을 낀 손이
바람에 얼어붙어 통증을 느낄 때까지.

오래 앉아 있었던데다 온몸이 꽁꽁 얼어서 할머니와 희자는 춤을
추듯이 부자연스러운 몸짓으로 해변에서 걸어나왔다. 서로의 그런 모
습이 우스워 둘은 웃음을 터뜨렸다.

집으로 돌아가는 길에 할머니는 희자에게 새비 아주머니가 그 해
변에서 치마가 바닷물에 다 젖을 때까지 놀았다고 말했다. 그때만큼
은 정말이지 누구보다도 건강한 사람처럼 보였다고 했다.

—공을 던지고 놀았다.

—무슨 공?

희자가 할머니 쪽으로 더 가까이 다가오면서 물었다.

—주먹만한 고무공. 새비 아즈마이가 미선이 가지고 놀라고 대구
에서 챙겨오신 공으로 놀았지.

— 그리고 또 무얼 했어?

할머니는 새비 아주머니가 희령에 발을 디딘 순간부터 떠날 때까지
의 일을 작은 것 하나도 놓치지 않으려고 노력하면서 이야기해줬다.

—어마이가 나에 대해 뭐라 말한 건 없나……

희자는 입술을 달싹이며 물었다.

— 가끔은 희자 너레 새가 되어 꿈에 나온다고 하셨더랬어. 아주
잘생긴 새가 높은 가지 위에 앉아 있는 걸 본다구. 마음이 벅차서 '새

야, 잠시 내려오갔어?' 말을 붙이면 그 새가 가지를 딛고서 아주 높고
도 먼 곳으로 날아간다는 기야. 그러면 잠시 슬픈 마음이 들다가두,
그게 그렇게 기쁠 수가 없더래. 눈물이 날 만큼 기쁘더래.

— 그 새가 나인 줄 어떻게 알아……

희자가 잠긴 목소리로 말했다.

— 너레 새가 되든 두더지가 되든 감나무가 되든 새비 아즈마이는
한눈에 희자로구나, 잘생긴 우리 희자로구나, 알아보시지 않았갔어.

— 그래, 그랬을 거야.

희자는 안경을 벗고서 두 손으로 얼굴을 가리고 울었다.

한 주 뒤에 희자는 서울로 올라갔다. 그리고 그 어느 때보다도 할
머니에게 자주 편지를 보냈다. 여름방학이 되자 희자는 짐을 싸 들고
희령으로 와서 방학 동안 동네 아이들에게 과외를 하고 엄마를 돌보
며 지냈다. 할머니와 함께 바람이 빠진 고무공을 들고 나가서 해가 질
때까지 노는 날도 많았다. 그뒤로도 희자는 희령에 종종 놀러왔다.

할머니는 희자의 방문이 반가우면서도 희자가 마냥 편하지만은 않
았다. 희자는 이제 할머니와 단둘이 있을 때도 서울말을 썼다. 할머니
는 그 쌀쌀한 말투에 마음을 쉽게 다쳤고, 왜 그런지 별것도 아닌 일
에 상처를 받았다. 어느 날은 희자가 계속 대학에 다녀야 하는지 모르
겠다고 지나가듯 말했는데, 그 말이 할머니의 마음을 깊이 찔렀다. 희
자는 자신이 누리는 특권을 모르고 있나. 먹을 밥이 없어 굶주리는 사
람들이 널린 세상에서 배가 불러서 그런 약한 소리를 하는 건가. 할머
니는 세 식구의 끼니를 챙기는 것만으로도 허덕이고 있었다. 세상천
지에 혼자가 된 희자에게 가혹해지고 싶지 않았지만 좋은 표정을 유

지하기가 힘들었다.

희자가 약혼자와의 혼사를 깨고 독일로 유학을 가겠다고 했을 때도 할머니는 고운 마음으로 희자를 대하지 못했다. 너는 여자애가 겁도 없다. 여자 혼자서 몸이나 온전히 부지할 수 있겠냐. 희자를 걱정해서 한 말이었지만 희자는 자신을 지지해주지 않는 할머니에게 화를 냈고, 할머니 또한 희자에게 노여움을 감출 수 없었다. 결국 희자가 독일로 떠날 때까지 둘 사이의 틈은 메워지지 않았다.

'조국을 빛낸 해외 동포' 시리즈는 1988년 여름부터 1993년 여름까지 방영된 다큐멘터리 프로그램이었다. '암호학자 김희자 박사' 편은 1992년 9월 28일에 방송됐다.

그녀는 둥글고 검은 뿔테 안경을 쓰고 어깨까지 내려오는 검은 생머리를 하고 있다. 라벤더색 셔츠를 고동색 슬랙스 안에 넣어 입었고 옥스퍼드화를 신고 있다. 어느 카페의 야외 좌석에 앉아 그녀가 노트에 무언가를 쓰고 있는 모습이 다큐멘터리의 첫 장면이다. 화면 아래쪽에 '암호학자 김희자 박사(50)'라는 자막이 달려 있다. 다음 장면에서 그녀는 불빛이 깜빡이는 커다란 검은 기계 앞에서 서너 명의 동료들과 독일어로 이야기하고 있다. 그중 갈색 머리 남자가 말한다.

'그녀는 여러 주요 기업에 특별한 보안 시스템을 제공하는 데 큰 역할을 했습니다. 정보에 대한 접근 통제 시스템을 그녀만의 방식으로 구축했죠.'

내레이터는 그녀가 독일에서 이룬 성취들에 대해서 이야기한다. 국비 장학생으로 독일로 유학 간 그녀가 수학 석사와 박사 학위를 취

득한 뒤 미국과 독일을 오가며 암호학자로 살아온 삶에 대한 설명이 이어진다. 그녀를 향한 동료들의 호의적인 평가가 담긴 인터뷰가 중간중간 이어지고 그녀가 일하는 모습이 나오더니 그녀의 집으로 장면이 바뀐다. 작은 아파트 안에는 별다른 가구가 보이지 않고 벽에도 액자 하나 걸려 있지 않다.

'저명한 학자의 집이라고 하기에는 아주 소박한 모습입니다. 작은 부엌과 거실, 그리고 방 하나가 전부인데요. 마땅한 서재조차 없습니다.'

클로즈업 숏. 그녀가 겨자색 소파에 앉아 찻잔을 들고 입을 연다.

'항상 떠나는 데 익숙하다보니 물건을 잘 사지 않아요. 관리하기도 어렵고요. 일은 식탁에서 해왔어요. 학생 때부터의 습관입니다.'

그녀가 그 말을 하는데 카메라가 줌 아웃을 하며 그녀 주변을 비춘다. 그녀가 앉아 있는 소파와 그 옆의 스탠드 조명, 그리고 협탁이 한눈에 보인다. 협탁 위에는 작은 액자가 있다. 나는 멈춤 버튼을 누르고 액자 속 사진을 유심히 들여다봤다. 그건 증조모와 새비 아주머니가 희령의 사진관에서 같이 찍은 사진이었다. 할머니가 가지고 있는 것과 같은 사진.

다시 재생 버튼을 눌렀다. 고향과 어린 시절에 대해 묻는 인터뷰어의 말에 카메라가 다시 그녀를 향해 줌 인을 한다.

'1942년에 개성에서 태어났어요. 6·25 때 대구에 있는 고모할머니 댁으로 피난을 갔다가 대학 갈 때까지 대구에서 살았고 1961년에 이화여대 수학과에 입학했습니다.'

그녀는 예스러운 서울 말투로 말한다.

'그 시절에 대학에 가셨으면 집안이 꽤 부유했나보죠?'

그녀는 쓸쓸하게 웃더니 고개를 젓는다.

'일등으로 입학했어요. 장학생으로 다 지원받아서 간 거죠.'

'부모님이 어린 딸을 객지로 보내기 쉽지 않으셨을 텐데요.'

'아버지가 일찍 돌아가시고 어머니 혼자서 저를 키우셨습니다. 어머니가 늘 하시던 말씀이 큰 공부 해야 한다, 멀리멀리 가야 한다는 거였어요. 제 자랑 같지만 제가 타고난 머리가 있었어요. 어머니가 그걸 알아보셨던 것 같아요. 일제 때 태어나신 분이에요. 여자 팔자 뒤웅박 팔자라는 말이 그 시대 사람들에게는 절대적인 믿음이었잖아요? 그런 의미에서 저희 어머니는 이단이셨다…… 저는 그렇게 생각합니다.'

그 말을 하고 그녀는 소리 내어 웃는다.

'유학 생활하면서 어머니가 많이 보고 싶으셨겠어요.'

그 질문에 그녀의 눈빛이 흔들린다. 그녀는 차를 한 모금 마시고는 다음 질문을 하라는 눈짓을 한다.

'여자로서 수학을 전공하는 게 어렵지는 않으셨을까요.'

그녀는 대답하지도, 웃지도 않는다. 선명도가 높지 않은 화면에서도 그녀의 분노가 전달되는 것 같다.

'제 말은, 대단하시다는 뜻입니다. 그 말을 하고 싶었고요. 여자 혼자서, 그것도 외국에 나와서 아직 미혼인 이유가 있으신지 궁금하군요.'

'공부와 일에 집중하다보니 연애할 정신이 없었습니다. 제가 워낙 남자에게 관심이 없기도 했고.'

인터뷰어가 그녀의 대답에 크게 웃는다. 농담에 대한 성의 있는 반응이었을 테지만 정작 대답을 한 그녀는 그가 왜 웃는지 모르겠다는 표정이다.

'한국에는 언제 방문할 계획이신가요?'

'모르겠어요. 제가 워낙 일이 많아서요.'

'그래도 기다리는 가족들이 계실 텐데요.'

'저를 보고 싶어하는 사람이 있을지 모르겠네요.'

그렇게 말하고 그녀는 농담이라는 듯 어깨를 으쓱 올리면서 웃는다. 인터뷰는 암호학자로서의 그녀의 경력에 대한 이야기로 옮겨간다.

할머니는 이 다큐멘터리를 보면서 무슨 생각을 했을까. 암호학자 김희자 박사는 여전히 독일에서 살고 있었다. 그녀가 일했던 대학의 홈페이지에서 이메일 주소를 알아내는 건 어려운 일이 아니었다. 나는 그녀에게 긴 이메일을 썼다. 하지만 며칠이 지나도록 답은 오지 않았다.

할머니와는 종종 만나서 차도 마시고 밥도 먹었지만 김희자 박사의 다큐멘터리 영상을 찾아봤다는 이야기는 하지 않았다. 그녀에게 메일을 보냈다는 말도 하지 않았다. 인터넷에서 그녀에 대한 정보를 찾아보면서 느꼈던 복잡미묘한 감정에 대해서도 당연히 이야기하지 않았다. 할머니는 내게 희자의 독일 유학에 대해서는 더 이야기하지 않았다. 대학을 졸업하고 스물여섯이 되던 해에 그녀가 독일로 떠났고 그것으로 끝이었다고. 나는 할머니의 이야기를 떠올리면서 김희자 박사가 메일에 답을 하지 않는 이유가 무엇일지 생각해봤다. 어쩌면 시간이, 무엇보다 힘이 센 시간이 할머니와의 기억을 빛바래게 했는지도 몰랐다.

할머니는 겨울이 되어서도 계속 일을 다녔다. 김치 공장에 가서 절인 배추에 소를 채워넣는 일을 하기도 하고 시에서 하는 공공 근로에 나가기도 했다. 일 년 동안 할머니를 만나오면서 나는 할머니가 무엇 하나 허투루 낭비하지 않는다는 것을 알게 됐다. 할머니는 끌차를 끌고 시장에 가서 일주일 동안 먹을 채소를 사와 반찬을 만든 뒤 남김없이 딱 그만큼만 먹었다. 물건도 잘 사지 않았다. 하지만 한 달에 한 번 있는 계모임은 예외여서, 그날이 되면 제일 좋은 옷을 챙겨 입고 머리도 예쁘게 꾸미고서 친구들을 만났고, 몇 년 동안 모은 돈으로 다 같이 제주도를 다녀오기도 했다.

이야기하는 할머니, 소리 내어 웃는 할머니, 화투 치는 할머니, 놉에 가려고 봉고차에 올라타는 할머니, 정자에 앉아서 친구들의 말에 귀기울이는 할머니, 끌차를 끌고 언덕을 오르는 할머니, 가끔 돋보기를 꺼내서 무언가를 읽는 할머니…… 그런 할머니의 모습 중에서도 언제나 가장 먼저 떠오르는 건 식탁 의자에 앉아서 한 손을 컵에 댄 채 그 자리를 떠나 있는 것처럼 보이는 모습이었다. 가끔 할머니는 나와 함께 있으면서도 자신이 이곳에 있다는 것을 잊은 듯했다. 때로는 몇 초에서 길게는 일이 분 정도 할머니는 자신이 앉아 있는 장소를 떠나 있었다. 그럴 때면 나는 할머니가 다시 돌아올 때까지 기다렸다. 다시 돌아와서 컵에 담긴 음료를 마시고 자신이 머물고 있는 장소를 감각할 수 있기를. 그렇게 기다리고 있으면 할머니는 마치 잠수했다가 수면 위로 올라오는 프리 다이버처럼 유유히 다시 이곳으로 돌아왔다.

대전에 있는 연구소에 합격했다는 말을 나는 할머니에게 전하지
못했다. 봄이 되면 희령을 떠나야 한다는 말을 할 용기가 없었다. 할
머니와 맞고를 치고 떡볶이를 만들어 먹고 망원경으로 달의 표면을
관찰하고 같이 장을 보러 가는 길에 눈싸움을 하면서도 희령을 떠난
다는 말을 할 수가 없었다.

언제 말해야 할까 고민하다가 잠들었던 밤에 나는 긴 꿈을 꿨다. 얼
룩말을 안전한 곳에 데리고 가야 하는데 꿈속은 한겨울이고 장대 같
은 비가 내렸다. 우산이 없어서 얼룩말과 나는 매를 맞듯이 찬비를 맞
으며 앞으로 걸어갔다. 더는 견딜 수 없어 눈을 뜨자 방이 냉골이었
다. 일어나서 살펴보니 온 집안이 그랬다.

자주 오작동하던 보일러가 고장이 났다는 것을 확인했을 때는 새
벽 네시였다. 이불과 담요를 모두 꺼내 덮어보아도 견딜 수 없을 정도
로 추웠다. 고민 끝에 할머니에게 문자를 보냈다. 보일러가 고장난 것
같은데 할머니 집은 괜찮은지 걱정이 된다는 내용이었지만 사실은 도
움을 요청하는 것이었다. 문자를 보내고 얼마 지나지 않아 할머니에
게서 전화가 왔다. 할머니는 당신 집은 아주 따뜻하니 와서 자고 가라
고 했다.

할머니는 부엌 불을 켜놓고 나를 기다리고 있었다. 안에 들어서자
집의 온기가 내 몸을 안아주는 것 같았다. 나는 할머니가 자신의 이부
자리 옆에 깔아놓은 요 위에 누워서 이불을 덮었다. 몸이 녹아내리는
듯했고 배와 다리가 간지러웠다. 할머니는 부엌 불을 끄고 어둠 속에

서 벽에 등을 기대고 앉았다.

"저 때문에 깨신 거예요?"

할머니는 고개를 저었다.

"저녁 먹고 바로 잠들어서 네가 문자 쳤을 때쯤에 일어났어. 요즘은 꼭두새벽에 눈이 떠져서 다시 잠이 안 와. 좀 늦게 자려고 해도 마음대로 안 되고."

"새벽에 깨면 뭐하세요?"

"캔디크러시도 하고 테레비도 보고 청소도 하고 누룽지도 만들지. 그때그때 달라. 그러다가 해뜰 때 되면 창문에 붙어서 해뜨는 거 구경하고. 해뜨는 거 구경하는 건 질리지가 않아. 이제 어서 자라. 일 가야지."

"일요일이에요. 너무 추워서 잠도 다 달아난 것 같아요."

"그래도 자야지. 눈 붙이고 있으면 잠이 올 거다."

나는 눈을 감고 자려고 노력했지만 이제 얼마 지나지 않아 내가 희령을 떠난다는 사실이 떨쳐지지 않았고, 언젠가 이 순간이 기억조차 나지 않는 먼 과거가 되리라는 생각이 들었다. 그리고 그때는 할머니가 없으리라는 것도. 할머니와 내가 같이 보냈던 시간은 나만의 기억이 되겠지. 나는 눈을 감은 채로 할머니에게 말했다.

"몇 달 전에 엄마한테 심한 말을 했는데 아직도 엄마에게서 연락이 오지 않아요."

"무슨 심한 말?"

"엄마가 언니를 세상에 없었던 사람으로 만들었다고 했어요. 언니 이름조차 입에 담지 않았다고…… 그게 말이 되냐고 따지고 들었어요."

할머니는 한참을 아무 말도 하지 않았다. 나는 초조한 마음으로 할머니의 대답을 기다렸다. 얼마나 시간이 흘렀을지, 할머니가 작은 목소리로 말했다.

"미선이는 정연이 일을 자기 잘못이라고 생각했어. 미선이 잘못이 전혀 아닌데도. 아직도 그렇게 생각하는지도 몰라…… 미선이는 네 말이 맞다고 생각하고 자기를 미워하고 있을 거야. 너를 미워하는 게 아니라."

할머니의 말 한마디 한마디가 내 마음을 찔렀다.

"엄마한테 어떻게 사과해야 하는지 모르겠어요."

"넌 나랑 달라. 그애의 딸이잖아. 엄마가 딸을 용서하는 건 쉬운 일이야."

할머니는 조용하게, 하지만 또박또박 이야기했다.

어린 엄마는 할머니가 밀린 일감 때문에 엄마를 들여다보지 못할 때도 조용히 자기 할일을 했다. 어린아이가 저지를 법한 말썽 한 번 부리지 않았다. 책을 좋아해 학교도서관에서 소설책을 빌려와 할머니에게 건네기도 했다. 엄마 덕분에 할머니는 틈틈이 좋아하는 소설책을 읽을 수 있었다. 할머니와 엄마가 앞서거니 뒤서거니 같은 책을 읽는 일은 둘 사이의 얼마 되지 않는 애정 표현이었다.

길남선은 속초로 떠난 이후 단 한 번도 할머니에게 연락하지 않았다. 그런데도 엄마는 호적상 할머니의 딸이 아니라 기억조차 나지 않는 생물학적 아버지와 그의 배우자의 자식이었다. 길남선은 자신이 딸을 사생아가 되도록 내버려두지 않았다는 것으로 딸에 대한 의무를 다했다고 여기는 것 같았다. 적어도 호적상으로 엄마는 정상 가족의 구성원이었기에 아버지가 없다는 이유로 사회적인 차별을 당하지는 않으리라는 생각이었을까.

할머니는 엄마가 자신의 아버지를 증오하지 않기를 바랐다. 그래서 길남선이 그런 파렴치한 짓을 한 이유를 거짓으로 꾸며냈다. 너희 아버지는 자기 가족이 전쟁통에 죽은 것으로 알고 있었다. 그 사실을 나에게 분명히 이야기했으니 나와의 결혼은 중혼이 아니라 재혼이었다. 세상을 떠난 줄 알았던 가족이 살아 있다는 사실을 알았을 때 너희 아버지는 우리를 떠날 수밖에 없었다. 너를 데려가길 원했지만 내가 요구해서 너는 나와 함께 살게 됐다. 다시는 돌아오지 말라고 부탁한 것도 나였다. 네가 혹여 아버지를 만나서 상처를 받게 될까봐 두려웠다. 할머니의 말에 엄마는 가만히 고개를 끄덕였다. 엄마가 국민학교 4학년 때의 일이었다.

할머니와 엄마 사이에는 모녀 사이의 흔한 싸움이 없었다. 할머니가 엄마를 꾸중하면 엄마는 별말 없이 그저 죄송하다고 할 뿐이었다. 할머니는 엄마에게 '정이 없는 아이'라는 말을 자주 했다. 엄마는 그 말을 부정하지 않았다. 엄마는 엇나가지 않는 딸이었고, 단정했고, 그럭저럭 학업을 따라갔고, 단 한 번도 사고를 친 적이 없었다. 언젠가부터 할머니에게 존댓말을 했다. 할머니는 말썽을 부리고 사고를 치면서도 엄마, 엄마, 하며 제 엄마에게 치대는 아이들을 보며 부러움을 느꼈다.

할머니는 엄마가 자신에게 거리를 두고 있다는 것을 알면서도 애써 마음을 달래며 엄마가 다른 아이들에 비해 성숙하고 과묵할 뿐이라고 생각하려 했다. 시간이 지나면 달라질 거라고도 생각했다. 하지만 엄마는 고등학교를 졸업하자마자 서울로 올라가서 취직을 하고 그곳에 뿌리를 내렸다. 희령에 있는 할머니와 증조모에게서 거리를 뒀다. 마치 할머니에게 벌을 주듯이. 자신에게는 할머니에게 벌을 내릴 수 있는 합당한 이유가 있다고 시위하듯이. 할머니는 그런 엄마의 태도에 상처받았지만 상처받은 사실을 인정할 만큼 강하지 못해서 분노했고, 자주 엄마에게 자신의 공격성을 드러냈다.

"어느 날 미선이가 전화해서 말하더라. 결혼할 사람이 생겼다고. 너희 아빠를 데리고 희령에 왔지. 난 이서방이 별로 마음에 차지 않았어. 하지만 미선이가 좋다는데 내가 뭐라고 하겠어. 그런데 하룻밤 자고 가면서 이서방이 그러는 거야. 미선이 아버지 이야기는 들어 알고 있다면서 자기가 부모님을 잘 설득하겠다는 말이었지. '그럼 자네 집에서는 미선이를 아직 허락하지 않은 건가?' 내가 물었더니 고개를 숙이더구나. 이서방을 앞에 두고 이야기했어. 우리 미선이가 환영받지 못할 결혼 하는 거 원하지 않는다고. 하지만 소용없었지. 결혼은 그대로 진행됐어. 상견례장에서 난 사돈 되는 사람들에게 고개 숙여 감사함을 표해야 했다. 부족한 저희 딸을 받아주셔서 감사하다고."

할머니는 덤덤하게 말했다.

"그때만 해도 세상이 그랬어. 딸 가진 죄인이라는 말이 괜한 말이 아니었다. 시댁에 책잡혀서 좋을 게 뭐가 있니. 아버지 문제로 이미 책잡힌 딸이 나 때문에 공연히 더 난감해지는 걸 바라지 않았지. 지는 게 이기는 거라고 생각했어. 그 사람들이 듣고 싶은 말을 해주면 된다고 생각했지. 그게 미선이를 위한 일이라고 생각했어."

'맞서다 두 대, 세 대 맞을 거, 이기지도 못할 거, 그냥 한 대 맞고 끝내면 되는 거야.' 나는 그 말을 하던 엄마의 얼굴을 떠올렸다. '지는 게 이기는 거다.' '너를 괴롭힌다고 똑같이 굴면 너도 똑같은 사람 되는 거야.' '그냥 너 하나 죽이고 살면 돼.' 패배감에 젖은 그 말들. 어차피 맞서 싸워봤자 승산도 없을 거라고 미리 접어버리는 마음. 나는 그런 마음을 얼마나 경멸했나. 그런 마음에 물들지 않기 위해서 얼마나 발버둥쳐야 했었나. 그런 생각을 강요하는 엄마가 나는 미웠다. 그런 식의 굴욕적인 삶을 원하지 않는다고 저항했다. 하지만 왜 분노의 방향은 늘 엄마를 향해 있었을까. 엄마가 그런 굴종을 선택하도록 만든 사람들에게로는 왜 향하지 않았을까. 내가 엄마와 같은 환경에서 자라났다면, 나는 정말 엄마와 다른 선택을 할 수 있었을까. 내 생각처럼 당당할 수 있었을까. 나는 엄마의 자리에 나를 놓아봤고 그 질문에 분명히 답할 수 없었다.

"상견례 자리에서는 그렇게 말했지만 그건 내 본심이 아니었어. 집에 돌아와서 미선이에게 전화했지. 네가 뭐가 모자란 게 있어서 결혼하기 전부터 숙이고 들어가야 하느냐고. 너를 존중해줄 남자와 가족을 만나야 하지 않겠느냐고. 결혼을 준비하는 애가 얼굴이 왜 점점 더 안 좋아지고 야위어가느냐고. 그리고 말했지. 나는 미선이 네가 행복했으면 좋겠다고."

엄마는 술 취한 목소리로 '행복이요?'라고 반문하더니 신경질적으로 웃었다. 할머니는 엄마의 웃음소리를 들으며 불안해졌다.

—나도 평범하게 살고 싶어요. 나는 이게 꿈이에요. 남들은 그냥 하는 일도 나에게는 힘든 일이에요.

엄마의 말이 할머니에게는 자신을 원망하는 것으로 들렸다. 내가 널 키우느라 얼마나 고생했는데. 여자 혼자 아이를 키우는 게 보통 일인 줄 알아? 할머니는 생각했다. 그 생각을 읽기라도 한 것처럼 엄마가 말했다.

─나만 없었어도 엄마는 덜 힘들었겠지. 차라리 나를 아버지에게 보내지 그랬어. 그러면 엄마나 나나 한결 수월했을 텐데.

엄마는 말하는 도중에 말실수라는 것을 알았는지 마지막 말은 거의 속삭이듯이 했다.

"난 그 말이 미선이의 진심이 아니라는 걸 알았어. 그렇지만 상처받았지. 그런 말을 하는 애가 아니었으니까 더 그랬을 거야. 전화를 끊고 나서 오래 울었다. 울면서 생각했어. 힘든 내색은 절대 하지 않는 애가 술을 먹고 그런 소리를 할 정도로 지쳐버린 건지, 누가 미선이 속을 헤집어놓을 대로 헤집어놓아서 애가 자기를 저렇게 놓아버린 건지, 그게 혹시 나는 아닌지…… 결혼식 날까지 우리는 연락하지 않았어. 이불이며 혼수며 좋은 것으로 장만하라고 돈만 부쳤어. 결혼식 날 너희 증조할머니랑 같이 신부 대기실에 갔더니 우리를 보고 미선이가 어린애처럼 울더라. 내가 곁에 가니까 나를 보고 그러는 거야. '엄마, 미안해요. 내가 나쁘게 말했어.' 그 말 한마디에 나는 그애를 용서했어."

나는 엄마의 사진첩에서 본 결혼식 사진을 떠올렸다. 식 직전까지 울었는지 진한 화장에도 불구하고 붉은 얼굴과 충혈된 눈이 고스란히 보였다. 그때 엄마는 어떤 마음이었을까. 엄마의 결혼사진이 담긴 앨범에는 신혼여행 사진과 신혼시절의 사진도 있었다. 그때의 엄마는 즐거워 보였는데, 그것이 엄마의 젊음 때문에 그렇게 보이는 것인지 아니면 사진이 순간을 미화했기 때문인지, 아니면 엄마가 그 시절을 실제로 그렇게 즐겁게 보냈기 때문인지 알 수 없었다. 하지만 사진은 엄마가 분명히 그 순간 빛나고 있었다고 말하고 있었다.

"미선이가 결혼을 하고 나서부터는 더더욱 보기가 힘들어졌지. 시어머니 댁이 지척이었는데 어딜 잘 못 가는 것 같았어. 명절에도 내려오지 못했고. 이서방이 종손이고 친척도 많잖아. 그래서 가끔 미선이가 희령에 오는 게 나한테는 선물 같은 일이었어. 일이 년에 한 번 왔지. 아이는 금방금방 자랐고……"

할머니는 말을 흐렸다.

"언니는…… 어떤 아이였어요?"

나는 잠시 망설이다가 용기를 내서 조심스럽게 물었다.

"난 그애를 똥강아지라고 불렀어."

"똥강아지요?"

나는 작게 미소 지었다.

"그래, 똥강아지. 걔가 얼마나 감탄을 잘했는지 몰라. 작은 개구리 하나를 봐도 우와, 커다란 소라 껍데기를 봐도 우와, 늘 우와, 우와, 하는 거야. 그런데 그건 너도 그렇더라. 언니를 보고 커서 그랬는지 모르겠지만 말이야. 어쩌면 우리 엄마로부터 이어졌는지도 몰라. 대수롭지 않은 일에도 그렇게 감탄을 잘하니 앞으로 벌어질 인생을 얼마나 풍요롭게 받아들일까 싶었어. 좋은 일이 생길 때마다 우와, 하면서 살아가겠구나. 그게 나의 희망이었던 것 같아."

입을 열면 눈물이 날 듯해서 나는 입을 다문 채로 침묵 속에서 할머니의 이야기를 기다렸다. 어디선가 샤워기에서 물이 흐르는 소리가 들렸다. 물이 흐르다 끊기고, 다시 흐르는 소리가 들렸다. 물소리가 사라지고 얼마 지나지 않아 할머니가 말을 이었다.

"그애는 노래하는 걸 좋아했어. 자기가 노래를 만들어서 부르기도 하고. 정연이를 생각하면 마당에 서서 개구쟁이 같은 얼굴로 노래를 부르던 모습부터 떠올라. 그런 식으로 관심받는 걸 좋아해서 너희 증조할머니랑 나랑 박수도 막 쳐주고 앵콜, 앵콜! 그러기도 했지."

작은방 구석에 이불을 개켜놓는 자리가 있었다. 언니는 그 위에 올라가서 두 손을 맞잡고 노래 부르는 걸 좋아했다. 골목을 달리면서도 큰 소리로 노래를 불러서 이웃들에게 야단맞기도 했다. 그 모든 일이 나에게는 생생했다. 사람들은 네다섯 살의 기억이 그토록 구체적일 수는 없다고 이야기했다. 어린 시절의 기억을 지우는 힘이 그렇게 강하다면 마음 깊은 곳의 나는 그 강한 힘에 필사적으로 저항했는지도 모른다. 나는 절박하게 기억했다.

"지연이 네가 정연이를 많이 좋아했었지. 정연이를 자랑스러워했어. 사람들은 네가 너무 어려서 뭘 모를 거라고 했지만…… 난 그렇게 생각하지 않았어."

나는 내가 스스로는 깨닫지 못했지만 그 말을 오래 기다려왔다고 생각했다.

"정연이는 미선이를 많이 닮았었잖아. 생긴 거며 말하는 거며 밥 먹는 모습이며."

정말 그랬다. 언니는 판에 박은 듯이 엄마를 닮았었다. 웃을 때면 반달 모양이 되는 눈이 그랬고 좁은 이마가 그랬다. 그런 언니의 얼굴이 생생하게 떠올랐다.

"나는 미선이가 겪은 일을 몰라. 미선이 말고는 누구도 모를 거야. 그런데 그애에게 그렇게 함부로 말했으니……"

할머니는 말을 고르는 듯 잠시 멈췄다가 이어서 이야기했다.

"사람 명이 하늘에 달렸으니 어쩔 수 없는 일 아니겠냐고 했어. 미선이가 자꾸 자기 탓을 하니까, 네 탓이 아니라고 말하고 싶었는데……"

할머니는 그 말을 듣는 엄마의 표정을 보고 알 수 있었다. 딸이 자신을 용서하지 않으리란 걸, 그 순간 자신을 향해 내밀고 있던 딸의 손을 자신이 내쳐버렸다는 것을.

"그 이후로 나는 입을 다물었다. 너도 잘 알겠지만."

엄마는 할머니와 점점 더 멀어졌다. 그러다 내가 열 살이 되었을 때 나를 데리고 오 년 만에 희령을 찾았다. 희령에 대한 나의 기억이 시작된 때였다. 할머니는 무척 기뻐하며 엄마와의 관계에 새로운 기회가 주어졌다고 생각했다. 하지만 엄마는 내가 밤에 잠들었을 때 할머니에게 다음날 희령을 떠날 것이라고 했다.

―열흘만 애를 좀 봐주세요. 이서방은 제가 지연이랑 희령에 머문다고 알고 있으니 그런 척해주세요.

할머니는 두려운 마음으로 엄마에게 물었다.

―이해가 안 되는구나. 어딜 가겠다는 거냐.

엄마는 노트 한 장을 찢어서 뭐라고 쓰고는 할머니에게 건넸다. 종이에는 경주의 숙소 이름과 전화번호가 적혀 있었다. 그러면서 잠시만 그곳에서 머물 거라고 했다. 좋지 않은 예감이 들었다.

―경주에 가서 뭘 하겠다는 거야.

엄마는 한동안 침묵한 끝에 입을 열었다.

―혼자 생각할 시간이 필요해요.

　―무슨 생각에 열흘이 필요해.

　―더는 이렇게 못 살겠어서……

　엄마는 말을 흐렸다. 할머니는 그 말 속에 들어 있는 여러 가지 가능성을 떠올리면서도 아무것도 물을 수가 없었다.

　―어딜 가서 뭘 하든 네가 하고 싶은 대로 해. 하지만 열흘 후에는 꼭 건강하게 돌아와야 하는 거야. 그것만 약속해줘.

　―고마워요, 엄마. 지연이한테는 제가 잘 말해놓을게요.

　엄마는 가방에서 나의 비상약과 로션, 옷가지 같은 것들을 꺼내 할머니에게 하나하나 설명했다. 나에 대해 적은 노트도 건넸다. 고기를 잘 먹지 못하니 강요하지 마세요. 억지로 먹이면 토합니다. 배앓이를 자주 하니 배를 내놓고 자지 못하게 해주세요. 행동이 느리지만 문제가 있는 건 아니니 재촉하지 마세요. 애가 스트레스를 받아요. 만에 하나 경기를 하면 바로 구급차를 불러주세요. 문제가 있으면 숙소로 바로 전화 주세요.

　그래서 할머니는 그렇게 했다. 나와 함께 계곡에 가고 절에 가고 바다에 가고, 할머니의 친구들을 불러서 같이 춤을 추고 시장 구경을 했다. 그러면서도 할머니의 마음은 경주에 있는 엄마에게 가 있었다. '더는 이렇게 못 살겠어서……' 그렇게 말하는 엄마의 표정은 평온해 보이기까지 했다. 문제의 한가운데에 있는 게 아니라 이미 어느 정도는 마음을 정리하고서 말하는 것 같았다. 어떤 문제든 체념하고 어떻게든 적응하려 하는 딸이 이렇게 못 살겠다는 말을 하기까지 무슨 일들이 있었을까.

열흘이 지나고 엄마는 약속대로 희령으로 돌아왔다. 엄마는 할머니가 차려주는 밥상을 받으면서 나에게 숙제는 잘하고 있었는지, 일기는 밀리지 않았는지를 묻고 "개학까지 열흘이 남았네……"라고 중얼거렸다. 떠나고 싶었던 곳으로 다시 돌아가기로 마음먹은 자신의 딸을 할머니는 쓸쓸하게 바라볼 수밖에 없었다.

─언제든 돌아와도 돼.

그렇게 말하는 할머니의 얼굴을 보며 엄마는 고개를 끄덕였다. 이야기의 작은 세부라도 놓칠까봐 호들갑을 떨며 지난 열흘간의 일을 말하는 나를 보고 엄마는 애써 웃어 보였다. 그리고 다시는 희령에 찾아가지 않았다.

"너를 다시는 볼 수 없다고 생각했어."

할머니가 조용히 말했다.

"저도 그랬어요. 제가 희령에 안 왔으면……"

"서로 모른 채로 살았겠지."

온통 얼어붙었던 몸에는 이제 한기가 남아 있지 않았다. 시간이 많이 지나서 곧 해가 뜰 것이었다. 날이 밝으면 할머니에게 그 말을 할 수 없을 것 같았다. 나는 입을 열었다.

"미리 말씀드렸어야 했는데 입이 잘 안 떨어졌어요."

"뭐가?"

"대전의 연구소로 이직하게 됐어요. 저, 3월에 희령을 떠나요."

"대전이라니 잘됐다. 거긴 도시구 젊은 사람들도 많이 사니까 지연이 너에게 더 좋을 거야."

할머니는 뜻밖에도 기쁜 목소리로 말했다.

"감사해요, 할머니."

"축하해! 좋은 일이 생길 줄 알았다."

"놀러올게요."

"그래. 언제든 돌아와도 돼."

창밖으로 동이 트기 시작했고, 나는 할머니의 목소리를 들으면서 밀려드는 잠에 몸을 맡겼다. 나는 희령을 떠나고 할머니를 떠난다……힘들게 버티던 곳이었는데도, 언제든 떠나기만을 바라던 곳이었는데도 나는 할머니보다 이 헤어짐을 더 무겁게 받아들이고 있는 것 같았다.

15

엄마에게서 문자가 온 건 할머니 집에서 밤을 보내고 얼마 안 돼서
였다. 전세 계약 연장이 잘 되지 않아서 한 달 뒤에 옆 동으로 이사를
가게 됐다고 했다. 서울을 벗어나 노후를 보낼 집을 구입하는 게 어떻
겠느냐고 한 적도 있었지만 엄마는 오래 살아온 동네를 떠나고 싶어
하지 않았다.

'이번에는 많이 버리고 가려고. 이사가기 전에 한번 와. 네 물건도
네가 골라서 버리고. 그리고 사진 앨범 하나 사올래? 문방구 가봤는
데 팔지를 않더라.'

나는 곧 시간을 내어 서울로 가겠다는 말과 함께 대전에 직장을 구
했으며 봄에 희령을 떠날 거라는 소식을 간단히 전했다.

'아버지가 많이 기뻐하신다. 축하해.'

그다음 주 토요일에 서울에 갔다. 아빠는 산악회 회원들과 설악산
으로 등산을 갔다고 했다. 나는 거실 소파에 앉아서 옥색 페인트가 칠

해진 텔레비전 장식장과 천장 몰딩을 바라봤다. 이 집이 지어진 이십오 년 전쯤에는 옥색이 유행하는 색이었을까. 우리 가족은 팔 년 전에 이곳으로 이사를 왔고 세 번의 계약 연장을 하며 이곳에서 살 수 있었다. 바람도 잘 불지 않고 에어컨도 없는 집에서 이사한 첫해 여름에 얼마나 많은 땀을 흘렸었는지가 기억났다. 이사하던 날 방충망을 보고 놀랐던 것도 떠올랐다. 방충망은 건물이 준공된 이래 단 한 번도 교체되지 않은 것처럼 보였고 바람이 통하지 않을 정도로 먼지가 잔뜩 껴 있었다. 집주인에게 방충망을 교체해달라는 연락을 해보자고 하자 엄마는 집주인 심기를 건드리기 싫다며 방충망에 신문지를 붙이고 분무기로 물을 뿌려서 먼지를 닦아냈다.

이 집에서 엄마는 딸의 결혼을 축복했고 손주를 바랐고 암 진단을 받았고 사위의 외도 소식을 들었고 딸이 이혼만은 하지 않기를 빌었고 이혼하고 희령으로 내려가는 딸의 모습을 바라봐야 했고 병이 재발해 수술을 받았고 거의 매일 근처 봉화산으로 산책을 하러 갔고 애니팡과 쿠키런의 일등 기록을 세우고 워크래프트를 했다.

"집주인이 들어와서 산대."

엄마가 물 한 잔을 내밀며 말했다.

"아, 그 할머니?"

"응."

"이거."

나는 엄마에게 사진 앨범을 건넸다.

"정리할 사진 있어?"

"있어봐."

엄마가 '프로월드컵'이라는 글자가 박힌 오래된 운동화 상자를 가지고 나왔다. 그것이 아주 중요한 물건이라도 되는 것처럼, 엄마는 두 손을 모아서 운동화 상자 위에 올려놓고 나를 바라봤다. 내가 그 상자를 건드려서는 안 된다는 듯이.

"잊고 살겠다고 다 버렸었는데…… 이건 그렇게가 안 됐어."

내가 상자에 손을 뻗자 엄마가 자기 쪽으로 상자를 끌어갔다.

"저번에 너랑 싸우고 나서 네 말이 자꾸 마음에 남았어. 버릴 수 없겠다는 생각이 드는 거야."

그렇게 말하고 한참이 지나서야 엄마는 상자 뚜껑을 열었다. 그러자 어린아이들이 보였다. 나는 그 아이들이 언니와 나라는 것을 알았다. 엄마가 상자를 내 쪽으로 밀었다. 상자에 손가락을 갖다대자 두려우면서도 그리운 마음이 차올랐다.

"시간순으로 정리할까?"

내가 물었다.

"아니. 그냥 손에 잡히는 대로 정리하자."

"알았어."

나는 맨 위의 사진을 꺼내어 봤다. 네다섯 살쯤 되어 보이는 단발머리 언니가 노란색 멜빵바지를 입고 분수대 앞에서 인상을 찌푸리고 있었다. 나는 그 모습을 더 자세히 보려고 사진에 가까이 다가갔다.

"아빠 회사에서 가족끼리 야유회 갔을 때야. 버스에서 자는 걸 깨워서 기분이 좋지 않네."

엄마가 다음 사진을 건넸다. 오렌지색 강보에 싸인 갓난아기 언니가 눈을 뜨고 입술을 쭉 내밀고 있었다. 그것 외에도 아기 시절의 사진이 여러 장 있었다. 엄마 등에 업힌 언니, 기어다니는 언니, 보행기를 탄 언니, 장난감 말 위에 올라앉은 언니, 민들레 홀씨를 후 불고 있는 언니…… 나는 그것들을 앨범에 옮겨 넣었다.

언니와 내가 함께 찍힌 사진들도 있었다. 우리가 같이 동네 골목에서 뛰는 사진, 키 차이 때문에 어정쩡하게 어깨동무를 하고서 걸어가는 뒷모습을 찍은 사진, 나란히 벤치에 앉아서 캔디바를 먹는 사진, 언니의 국민학교 입학식 날 찍은 엄마와 언니와 나의 사진…… 엄마는 무릎을 살짝 굽힌 채 양팔로 언니와 나를 감싸안고 있었다. 밝게 웃고 있는 엄마는 차라리 어리다고 하는 편이 어울릴 정도로 앳돼 보였다. 엄마의 양옆에서 언니와 나는 햇빛이 눈부신지 손차양을 만들고 인상을 찌푸리고 있었다. 우리 둘 다 앞머리를 내리고 긴 머리를 뒤로 묶은 모습이었다.

온통 물에 젖은 채로 욕조 안에 앉아서 찍은 사진도 있었다. 욕실 벽에는 사자 가족 스티커가 붙어 있었다. 엄마 사자, 아빠 사자, 아기 사자가 앉아 있는 그림이었다. 엄마는 세면대에서 언니와 나의 머리를 감겨주면서 사자 가족의 목소리로 우리에게 말을 걸었다. 엄마 사자가 말한다. 우리 지연이가 씩씩하게 머리를 잘 감네, 아기 사자도 지연이처럼 머리를 잘 감아야겠지? 아기 사자가 답한다. 난 머리 감는 거 무서워요. 엄마 사자가 엄마에게 말을 건다. 지연이 엄마는 좋겠어요. 지연이가 머리를 잘 감아서. 엄마는 아기 사자와 엄마 사자의 목소리를 바꿔가면서 이야기를 지어냈고 나는 엄마가 마법을 부린다고 생각했다. 엄마가 말한다는 걸 알면서도 그 스티커에 생명이 있다고 믿었다. 엄마의 목소리로 사자 가족이 깨어나는 것이라고.

"사자 가족이네."

내가 엄마에게 사진을 보여주자 엄마는 힐끗 보더니 별다른 말을 하지 않았다. 언니의 일이 있고 난 뒤 우리는 이 동네로 이사를 왔고, 사자 가족은 우리를 따라오지 않았다. 그 이후에도 엄마는 내 머리를 감겨주었지만 엄마에게 그 일이 그저 해치워야 할 일거리가 되었다는 것을 나는 피부로 느낄 수 있었다.

"액자에 담고 싶은 사진은 없어?"

내가 묻자 엄마의 눈빛이 흔들렸다. 앨범이 아닌 항상 보이는 곳에 둘 수도 있다는 생각은 하지 못한 것 같았다.

"한 장 골라서 액자에 넣어봐."

주제넘은 제안이라는 것을 알았다. 엄마가 언니 사진을 보이는 곳에 둔다는 것은 이제 더이상 언니에 대해 숨기지 않겠다는 선언과 같을 테니까. 엄마는 가만히 있다가 고개를 저었다. 나는 아무렇지 않은 척하면서 나머지 사진들을 앨범에 정리했다. 그리고 생각했다. 여기까지 오는 데도 오랜 시간이 걸렸고 이것만으로도 엄마에게는 큰 용기가 필요했을 것이라고.

사진들을 거의 다 정리했을 때 상자 바닥에서 약간 뿌연 사진 한 장을 발견했다. 여자들 여럿이 마루에 앉아 있는 사진이었다. 푸른 민소매 원피스를 입은 젊은 엄마와 그 곁에서 하품을 하는 바가지 머리의 내가 보였다. 내 옆에서 양 갈래로 머리를 묶은 어린 언니가 나를 바라보고 있었다. 그 옆에는 두 다리를 앞으로 쭉 뻗고 언니 쪽으로 몸을 기울인 젊은 할머니가 있었다. 그리고 엄마의 왼쪽에 흰 모시옷을 입은 노인이 엄마와 아주 가까이 붙어앉은 채 웃고 있었다. 그 노인이 누구인지는 금방 알아볼 수 있었다.

"증조할머니야?"

내가 손가락으로 가리키며 묻자 엄마가 고개를 끄덕였다.

"응. 일회용 카메라로 찍어서 선명하질 않네. 제대로 인화가 안 된 사진도 많고."

엄마는 아쉽다는 듯이 말하며 그때 희령에서 찍은 사진들을 골라 내게 건넸다. 사진들은 전부 흐렸고 어떤 사진은 한쪽이 뭉개지거나 빛에 잘못 노출되어 반쪽만 보이기도 했다. 초점이 잘못 맞아서 사람 얼굴은 뿌옇게 나오고 뒤의 나무만 선명하게 나온 사진도 있었다. 그 런데도 엄마는 그 사진들을 버리지 않은 것이다.

"이건 앨범에 넣지 마."

엄마가 가리킨 건 거북이 해변에서 다 같이 일렬로 서서 찍은 사진 이었다. 엄마가 찍었는지 사진에는 엄마가 없었다. 맨 왼쪽에는 모시 적삼을 입은 증조할머니가, 그 옆에는 나와 언니가, 끝에는 할머니가 서로의 손을 잡고 웃고 있었고, 파도의 흰 포말이 발을 적시고 있었 다. 엄마는 돋보기를 끼고 그 사진을 한참 들여다보더니 미간을 찌푸 리고 옅게 미소 지었다. 그러고는 사진을 노트 안에 따로 끼워넣었다.

나는 할머니 집 마루에서 찍은 사진을 집어들어 엄마에게 보여주 며 내게 달라고 말했다. 그리고 다른 사진들은 한 장 한 장 핸드폰으 로 찍어서 저장했다.

엄마는 앨범을 책장에 넣은 뒤 옷장을 정리하기 시작했다. 마치 사 진 정리가 다른 짐 정리처럼 그저 해야 할 일 중 하나였을 뿐이라는 듯한 태도였지만, 엄마의 그런 태도가 내게는 엄마가 내색할 수 없을 정도로 큰일을 치렀다는 방증으로 보였다. 엄마는 그 사진들을 무려 삼십 년 가까이 혼자 간직해왔던 것이다. 이사를 다닐 때마다 버릴까 말까 고민을 하면서.

엄마는 남길 옷과 버릴 옷을 신중하게 골랐다. 겉으로는 큰 차이가 없어 보였지만 어떤 것은 남겨지고 어떤 것은 버려졌다. 남은 옷보다 버릴 옷이 더 많았다.

"맨날 입는 옷만 입으니까. 이것도 다 짐이야."

옷더미를 바라보며 엄마가 말했다. 엄마와 나는 버릴 옷들을 안고서 밖으로 나왔다. 옷들을 수거함에 넣고 돌아오는 길에 엄마는 고등학교를 졸업하고 서울로 혼자 올라와서 살 때의 이야기를 꺼냈다. 하숙집에서 룸메이트와 함께 지내며 한 푼 두 푼 아껴 살 때였다. 그래도 엄마는 할머니 덕분에 입을 옷이 부족하지 않았는데, 김천에서 올라온 룸메이트는 옷이 없어서 겨울에 떨면서 다녔다. 하루는 서울에 올라온 증조할머니가 그 모습을 보고 입고 온 스웨터를 벗어 룸메이트에게 줬다고 했다. 그 이야기를 하면서 엄마는 입술을 핥았다.

"할머니는 룸메이트에게 며칠 방을 같이 쓸 수 있게 해줘서 정말 고맙다는 말을 여러 번 하면서 스웨터를 줬어. 너무 큰 신세를 졌다면서. 할머니는 그런 식이었어. 돌아가시고 나서 정리할 유품도 별로 없었대."

엄마의 표정을 보면서 나는 엄마가 얼마나 증조할머니를 좋아했는지 알 수 있었다.

"얼마 전에 할머니 꿈을 꿨어."

엄마가 이어서 말했다.

꿈에서 증조모는 한밤중에 고향집 지붕에 앉아서 달을 올려다보고 있었다. '할머니!' 소리쳐서 불러도 증조모는 엄마를 쳐다보지 않고 달만 바라봤다. 엄마는 발을 구르면서 '할머니! 나 미선이야!' 하고 다시 한번 증조모를 불렀다. 엄마는 자기가 증조모에게 반말을 쓰던 어린아이가 되었다는 걸 알았다. '나를 좀 봐줘, 할머니!' 엄마가 애원하자 그제야 증조모가 돌아보았다. 증조모의 얼굴이 달빛을 받아서 환하게 빛났다. '할머닌 내가 미워?' 엄마가 묻자 증조모는 재미있는 말이라는 듯이 미소 지었다. '할머닌 내가 밉지.' 엄마가 울먹이며 다시 묻자 증조모가 입을 열었다. 엄마는 그때 잠에서 깨어났다.

할머니는 무슨 말을 하려 했을까. 엄마는 밥을 먹으면서도, 텔레비전을 보면서도, 길을 걸으면서도 꿈의 마지막 장면을 상상했다. 그리고 해가 저물어가는 해변에 앉아 있던 어린 자신을 찾으러 왔던 증조모의 얼굴을 떠올렸다.

어떤 교사들은 부모가 제대로 보호해줄 수 없는 집의 아이들을 골라 괴롭히곤 했다. 책잡히지 않기 위해 애를 써야 한다는 것, 그게 표적이 된 아이의 생존 방법이라는 것을 엄마는 본능적으로 알았다. 괴롭힘당하지 않기 위해 매 순간 최선을 다해 버텨야 한다는 생각을 할 때면 세상에 혼자 남은 듯한 기분이 들었다. 집으로 돌아가야지, 돌아가야지, 하면서도 발이 떨어지지 않아 해변에 가는 날이 많았다. 그때마다 증조모는 엄마를 찾아냈다. 어두워지는 해변에서 미선아, 미선아, 부르며 걸어오던 증조모의 모습을 엄마는 기억했다. 그때 자신이 느꼈던 반가움을, 자신을 짓누르던 마음이 가벼워지는 기분을, 무엇보다도 '내게 누군가가 있다'라는 마음의 속삭임을 엄마는 기억했다.

어른이 되고 증조모가 돌아가시고 나서도 그 속삭임은 사라지지 않고 엄마 안에 남아 있었다.

엄마는 거기까지 말하고 고개를 숙인 채로 서 있었다.

"엄마."

나는 차마 엄마에게 다가가지 못하고 가만히 서서 엄마를 불렀다.

16

이지연씨께

보내주신 메일을 앉은자리에서 몇 번이나 읽어보았어요. 제일 먼저 하고 싶은 말은 고맙다는 거예요. 연락을 줘서 고마워요.

나에게는 두 개의 이메일이 있는데 지연씨가 연락을 준 이메일은 업무용이에요. 은퇴한 이후에는 잘 들여다보지 않아서 지연씨의 메일을 몇 달이나 지나 확인하게 되었습니다.

영옥이 언니의 집 전화번호가 결번이 된 것도 오래된 일이에요. 그렇게 오래된 번호가 없어졌다니 언니가 죽은 건 아닌지 걱정이 되더군요. 편지를 써서 언니의 집주소로 부쳐도 봤지만 반송됐어요. 2003년에 한국에 갔을 때 희령에 찾아가보기도 했어요. 집은 그대로였는데 사람이 살고 있지 않더군요. 주위에 물어도 언니가 어디로 갔는지 아는 사람이 없었어요. 그 동네에 살던 많은 이들이 이주한 후였습니다.

오래 살다보니 이런 일이 종종 있었어요. 이해할 수 없는 이별을 여러 번 겪었고 이런 일쯤은 대수롭지 않게 여길 나이가 되었다는 것도 알고 있었습니다. 그런데도 마음이 그렇게 되지가 않았어요. 완전히 체념할 수 없는 사람이어서 그랬던 것 같아요.

독일에 온 지도 벌써 오십 년이 넘었네요. 처음 왔을 때는 이곳에 뿌리내리게 되리라고는 생각하지 못했어요. 유학 생활을 하는 동안 나는 어느새 오래전에 돌아가신 아버지보다 더 나이들어 있었죠. 나는 어릴 때부터 마음속으로 아버지에게 많이 말했어요. 내가 아버지를 잊으면 아버지가 섭섭해할까봐 어린 마음에 그랬던 건데 그게 습관이 됐어요. 좋은 걸 보면 아버지, 저것 좀 보세요, 그랬죠. 내 안에서 아버지가 살아보지 못한 시간을 사시기를 바라는 마음이 있었어요. 타국으로 나오니 나보다도 어린 나이에, 그것도 돈을 벌러 타국으로 갔던 아버지가 더 가까이 느껴졌어요. 더 나은 미래를 위해서 그런 선택을 했을 텐데 인생이 뜻처럼 되지 않았던 분이었어요. 소달구지에 실려 병원으로 갈 때 나는 차마 아버지를 따라가지 못했어요. 희자야, 희자…… 나를 부르던 모습이 내가 본 아버지의 마지막이었어요. 나는 그때도 근시가 심해서 소달구지가 동구 밖으로 나가는 모습도 흐릿하게 볼 수밖에 없었어요.

희자. 내 이름은 '기쁜 아이'라는 뜻이에요. 내가 기쁘게 살기를 바라는 마음으로 지은 것이기도 하지만, 나라는 아이가 아버지와 어머니에게 기쁨이라는 뜻도 담겨 있다는 것을 나는 들어 알고 있었어요. 나는 그 마음을 소중히 품고서 인생을 헤쳐왔어요. 희자, 희자…… 잠을 자려고 누워서 천장을 보며 내 이름을 조용히 불러보곤 했습니다.

나는 어머니와 많이 닮았는데, 어머니가 돌아가시기 직전에 찍은 사진을 보면 사십대의 나의 모습이 보여요. 거울 속의 나를 보면서 어머니

332

가 오십대에는 어떤 모습이었을지, 육십대에는 어떤 모습이었을지 상상한 적도 많았어요. 어머니는 자기 신념이 강했고 약한 모습을 보이기 싫어하는 사람이었어요. 나를 데리고 늦가을에 대구로 피난을 가는데 어머니가 바들바들 떨던 것이 기억나요. 자꾸 농담을 하면서. 나는 어머니가 추워서가 아니라 무서워서 떨고 있다는 걸 알았어요. 어머니는 일평생이 그런 식이었죠. 바들바들 떨면서도 제 손을 잡고 걸어갔어요. 어머니는 내가 살면서 가장 사랑한 사람이었어요. 무서워서 떨면서도 발걸음을 옮기는 사람. 나는 어머니를 닮고 싶었어요.

벌써 해가 뜨기 시작하네요.

영옥이 언니는 항상 그랬어요. 혼자라고 생각하지 말라고, 우리가 너의 가족이라고. 언니의 말이 무슨 뜻인지 몰랐던 건 아니에요. 어머니가 돌아가시고 나서도 언니의 어머니는 나를 딸처럼 대해주셨고 영옥이 언니도 언제나 나를 환대해줬어요. 그 마음을 다 알면서도 나는 내가 그 가족에 영원히 속할 수 없다는 걸 알았던 것 같아요.

그래도 내 인생에서 가장 행복했던 시기는 언니와 함께 지냈던 때였어요. 나는 언니가 하는 것이라면 무엇이든 따라 하려 했지요. 언니는 키가 크고 달리기를 잘했고 재미있는 이야기를 잘했어요. 언니의 이야기가 웃겨서 눈물이 날 정도로 웃었던 적이 여러 번이었어요. 아버지가 일본에서 돌아오시고 나서 개성에서 우리가 다 같이 살 때 언니랑 이야기를 지어서 가족들 앞에서 연극도 했네요. '개구리 가족'이라는 제목의 연극이었는데 언니도 분명 기억하고 있으리라고 생각해요. 대구에서 함께 살 때는 처마밑에 서서 전쟁이 끝나면 무얼 할지 서로 이야기하기도 했죠. 사람이 많은 곳에 가면 둘이 손을 꼭 잡았어요. 이 모든 기억을 나눌 수 있는 사람은 세상에 영옥이 언니 하나뿐일 거예요.

그래, 우린 끝이 났어. 마지막으로 영옥이 언니를 보고 오던 길에 했던 그 날카로운 다짐조차도 영옥이 언니와 내가 나눴던 마음을 잘라낼 수 없다는 것을 이제는 알아요. 우리가 서로를 영원히 알아낼 수 없으리라는 사실은 젊은 나를 절망하게 했지만 어쩌된 일인지 지금의 내게는 위안이 되네요.

지연씨, 고마워요.

한국에서 볼 수 있기를 바랍니다.

2018년 3월, 함부르크에서 김희자

김희자 박사의 메일을 다시 읽는데 현미가 어깨 위에 올라왔다. 어엿한 성묘인데 아직도 자기가 새끼 고양이라고 생각하는 걸까? 현미는 내가 희령을 떠나기 전에 마트 주차장에서 구조한 고양이다. 몹시 추운 날에 구석에 몸을 웅크리고 있었는데 털과 얼굴의 상태를 보니 어미의 손길이 오래 닿지 않은 듯했고 눈도 제대로 뜨지 못했다. 혹시나 해서 기다렸지만 어미는 나타나지 않았고 비까지 내리기 시작해서 목도리로 아이를 싸매서 집으로 데려왔다.

귀리가 죽었을 때 동물병원 의사는 내가 언젠가는 다시 곤경에 처한 동물을 발견하게 될 거라고 했다. 나는 그의 말을 믿지 않았지만 귀리를 땅에 묻을 때 나도 모르게 그런 생각을 했다. 그의 말대로 내가 다시 동물을 구하게 된다면 귀리에게 해주고 싶었던 것을 그 동물에게 해주겠다고. 귀리를 만나기 전까지는 동물에게 별 관심도 없었고 동물을 키운다는 것은 상상조차 해보지 않았었는데도. 귀리가 나를 어떻게 바꿔놓았던 건지, 나는 내 뺨에 얼굴을 비비대는 현미를 보며 이전에는 몰랐었던 따뜻한 애착을 느꼈다.

현미와 함께 희령을 떠나 대전으로 온 지도 사 개월이 됐다. 나는 나의 속도대로 천천히 이곳에 적응해갔다. 고양이를 키우는 동료들의 모임이 있어서 정보를 교환하기도 하고, 서로 집을 비울 때 고양이를 대신 돌보기도 했다.

하루는 지우가 집에 놀러와서 책장에 올려놓은 액자 속 사진을 보고 물었다.

"여기 양 갈래 머리가 너야?"

"아니, 우리 언니. 난 여기 바가지 머리야."

"다시 보니 그러네. 그럼 이분이 어머니시고?"

"응. 이때 엄마가 지금 나보다 어렸을 거야."

"그러게, 정말 앳되시다. 언니 옆에 있는 분은 누구야?"

"할머니."

"아, 그럼 이분이 증조할머니시구나. 웃는 모습이 너랑 진짜 닮았다. 신기해."

"나도."

그렇게 말하며 웃자 지우가 사진과 나를 번갈아 보면서 말했다.

"이것 봐. 똑같네!"

김희자 박사에게 갈 수 있는 한 가장 멀리 가라고 했던 새비 아주머니의 말을 나는 종종 생각했다. 그 말은 단순히 물리적 거리만을 뜻하지 않았을 것이다. 자신의 딸이 다른 차원으로 가기를 바랐던 마음이었겠지. 본인이 느꼈던 현실의 중력이 더는 작용하지 않는 곳에서 자신의 딸이 더 가벼워지고 더 자유로워지기를 바랐던 새비 아주머니의 마음을 나는 오래 생각했다.

지구로부터 가장 멀리 이동한 비행체인 보이저 1호는 1977년 9월에 발사됐다. 지구를 떠난 그 비행체는 1979년 3월에 목성을, 1980년 11월에 토성을 지나 2004년 12월 태양계 가장자리인 헬리오시스에 도달했다. 그리고 2012년에 태양계를 벗어나 성간 우주로 진입했다. 지금도 보이저 1호는 관성에 의해 중력과 마찰력이 거의 없는 우주공간을 미끄러지듯 이동하고 있다.

보이저 1호의 내부에는 삼십 센티 크기의 골든 레코드가 들어 있다. 금으로 도금된 그 레코드 안에는 지구에서 찍은 백십오 개의 이미지와 지구에서 녹음한 여러 소리가 아날로그 형태로 암호화되어 담겨 있다. 고래 소리, 바람소리, 개 짖는 소리, 사람의 심장박동 소리, 아기 울음소리, 베토벤 '카바티나'의 첫 두 마디, 오십오 개국의 언어로 된 인사말……

한 사람의 삶을 한계 없이 담을 수 있는 레코드를 만들면 어떨까. 태어나는 순간부터 어릴 때의 옹알이 소리, 유치의 감촉, 처음 느낀 분노, 좋아하는 것들의 목록과 꿈과 악몽, 사랑, 나이듦과 죽기 직전의 순간까지 모든 것을 담은 레코드가 있다면 어떨까. 처음부터 끝까지 한 사람의 삶의 모든 순간을 오감을 다 동원해 기록할 수 있고 무수한 생각과 감정을 모두 담을 수 있는 레코드가 있다면. 그건 그 사람의 삶의 크기와 같을까.

나는 그렇지 않다고 생각한다. 비가시권의 우주가 얼마나 큰지, 어떤 모습일지 상상할 수 없는 것처럼 한 사람의 삶 안에도 측량할 수 없는 부분이 존재할 테니까. 나는 할머니를 만나 할머니의 이야기를 들으며 그 사실을 자연스레 이해할 수 있었다.

내가 지금의 나이면서 세 살의 나이기도 하고, 열일곱 살의 나이기도 하다는 것도. 내게서 버려진 내가 사라지지 않고 내 안에 그대로 남아 있었다는 사실도. 그애는 다른 누구도 아닌 나의 관심을 바라면서, 누구도 아닌 나에게 위로받기를 원하면서 나를 기다리고 있었다.

나는 종종 눈을 감고 어린 언니와 나를 만난다. 그애들의 손을 잡아보기도 하고 해가 지는 놀이터 벤치에 같이 앉아서 이야기를 나누기도 한다. 아무도 없는 집에서 혼자 학교에 갈 채비를 하던 열 살의 나에게도, 철봉에 매달려 울음을 참던 중학생의 나에게도, 내 몸을 해치고 싶은 충동과 싸우던 스무 살의 나에게도, 나를 함부로 대하는 배우자를 용인했던 나와 그런 나를 용서할 수 없어 스스로를 공격하기 바빴던 나에게도 다가가서 귀를 기울인다. 나야. 듣고 있어. 오랫동안 하고 싶었던 말을 해줘.

내가 대전으로 이사간 이후에 할머니는 카카오톡 하는 법을 배워서 내게 가끔 자신이 찍은 사진들을 보내주곤 했다. 아무 메시지 없이 사진만 몇 장 보내기도 했다. 그러면 나도 현미를 찍은 사진이나 꽃 사진, 나무 사진 같은 것들을 보내며 안부를 물었다. 할머니는 희자를 기다리며 예쁜 운동화를 하나 구입했다고 했다. 나는 인터넷에서 할머니에게 어울리는 하늘색 원피스 한 벌을 사서 할머니 집으로 부쳤다.

대전을 떠날 때만 해도 흐리던 하늘이 희령으로 다가갈수록 맑게

변했다. 김희자 박사. 이제는 내가 희자 할머니라고 부르게 된 그녀를 맞이하러 가는 길이었다. 희자 할머니는 서울에서 버스를 타고 희령 터미널로 오기로 했고, 나는 할머니의 집에 들러 할머니와 함께 터미널에 가기로 했다.

할머니는 내가 선물한 하늘색 원피스를 입고 나를 반겼다. 희자를 기다리며 고쳤다면서 문짝이 떨어져나갔던 부엌 장식장에 새로 단 문을 보여주기도 했다. 조금 전까지 생강을 다듬었는지 온 집안에 생강 냄새가 가득했다. 처음 할머니의 집에 왔을 때도 생강 냄새가 났던 것이 떠올랐고 이상하게도 그때가 가깝고도 멀게 느껴졌다.

"저기 앉아 있어라. 뭐라도 먹고 가야지."

나는 오랜만에 할머니 집 소파에 앉아서 집을 둘러봤다. 텔레비전 장식장 위에 처음 보는 액자 하나가 놓여 있었다.

나는 가까이로 가서 액자를 들여다봤다. 액자 속에는 거북이 해변에서 나와 언니, 할머니와 증조할머니가 손을 잡고 서 있는 사진이 들어 있었다.

"할머니."

나는 싱크대 앞에 서서 나를 바라보는 할머니에게 액자를 들어 보였다.

할머니는 내가 하려는 말이 무엇인지 잘 안다는 듯이 미소 지으며 고개를 끄덕였다.

작가의 말

내게는 지난 이 년이 성인이 된 이후 보낸 가장 어려운 시간이었다. 그 시간의 절반 동안은 글을 쓰지 못했고 나머지 시간 동안 『밝은 밤』을 썼다. 그 시기의 나는 사람이 아니었던 것 같은데, 누가 툭 치면 쏟아져내릴 물주머니 같은 것이었는데, 이 소설을 쓰는 일은 그런 내가 다시 내 몸을 얻고, 내 마음을 얻어 한 사람이 되어가는 과정이었다.

연재를 앞두고도 내가 어떤 소설을 쓰게 될지 알지 못했다. 그 무렵 어느 작가 레지던스에 머물 기회를 얻었다. 방에 짐을 풀고 책상 앞에 앉아 노트북 모니터를 마주한 순간을 기억한다. 창밖으로 보이던 눈 쌓인 벌판과 한없는 고요함. 그곳에 앉아서 나는 『밝은 밤』을 쓰기 시작했다. 그 기분을 어떤 말로 표현할 수 있을까. 그날 나는 다시 쓰는 사람의 세계로 초대받았고, 그곳에서 삼천이를 만났다.

나는 삼천이라는 인물의 힘에 끌려가면서 작품을 시작할 수 있었다. 사람이 무서우면서도 사람의 따뜻함이 그리워서 작은 돌멩이를 든 채 동무야, 동무야, 부르는 어린 삼천이의 모습이 내 눈에 선했다. 추운 겨울날 댓돌에 앉아서 삼천이가 준 삶은 고구마를 허겁지겁 먹는 열여덟 살 새비가 나타났을 때 나는 삼천이의 눈으로 새비를 바라봤다.

삼천이와 새비, 영옥이와 미선이와 희자와 명숙 할머니…… 나는 이 인물들과 함께 사계절을 보내며 그 시간을 통과했다. 그리고 지연이가 있었다. 나는 지연이가 희령에 도착해 조금씩 회복하는 이야기를 쓰고 싶었지만, 그러기 위해 그녀는 도리어 자신의 상처와 대면해야 했다. 그래서 가끔은 지연이를 바라보는 일이 힘들기도 했다. 그런 지연이가 이 소설 속 어떤 인물보다도 내게 힘을 준 사람이라는 사실을 나는 잊지 않으려고 한다.

이 소설을 쓰며 나의 할머니를 많이 생각했다. 전쟁 때 대구로 피난을 갔던 할머니, 냉장고 상자를 주워와서 어린 내게 장난감 집을 만들어주었던 할머니, 앞으로 멀리 다니라고 지구본을 사줬던 할머니의 마음이 이 소설의 세계를 만들었다. 총명하고 명랑한 나의 할머니 정용찬 여사가 지금처럼 늘 건강하시기를 기도한다.

이 책을 준비하면서 여러 분의 도움을 받았다. 바쁜 시기를 보내면서도 매번 나의 첫 독자가 되어준 지혜 언니에게 고맙다는 말을 전한다. 내가 Art Omi의 책상 앞에 앉을 수 있게 해준, 그래서 다시 글쓰기를 시작할 수 있게 도와준 류승경 번역가께도 감사하다. 오정희 선생님의 소설을 읽으며 꿈을 꿀 수 있었다. 선생님께서 내 소설을 읽어주고 귀한 글을 보내주셨다는 사실이 아직도 잘 믿기지 않는다. 선생님께 감사의 마음을 전한다. 마지막으로 연재 때부터 책이 나올 때까지 이 소설을 깊이 읽어주고 의견을 준 김내리 편집자와 문학동네 편집부에 고개 숙여 감사를 드린다.

　삼 년 만에 책을 낸다. 소설이 책이라는 몸을 입을 때 나는 늘 이별하는 기분을 느낀다. 『밝은 밤』이 자신을 필요로 하는 사람들에게 무사히 도착하기를, 자신만의 생명으로 누군가의 마음에 잠시나마 함께할 수 있기를 바라본다. 내 역할은 작가의 말을 쓰는 지금 여기까지인 것 같다. 책은 책의 운명을 살 것이다.

2021년 여름
최은영

문학동네 장편소설
밝은 밤
ⓒ최은영 2021

1판 1쇄 2021년 7월 27일
1판 25쇄 2024년 10월 15일

지은이 최은영
책임편집 김내리 | 편집 권순영 이상술
디자인 최윤미 이원경 | 저작권 박지영 형소진 최은진 오서영
마케팅 정민호 서지화 한민아 이민경 왕지경 정경주 김수인 김혜원 김하연 김예진
브랜딩 함유지 함근아 박민재 김희숙 이송이 박다솔 조다현 정승민 배진성
제작 강신은 김동욱 이순호 | 제작처 한영문화사

펴낸곳 (주)문학동네 | 펴낸이 김소영
출판등록 1993년 10월 22일 제2003-000045호
주소 10881 경기도 파주시 회동길 210
전자우편 editor@munhak.com | 대표전화 031) 955-8888 | 팩스 031) 955-8855
문의전화 031) 955-2696(마케팅) 031) 955-8864(편집)
문학동네카페 http://cafe.naver.com/mhdn
인스타그램 @munhakdongne | 트위터 @munhakdongne
북클럽문학동네 http://bookclubmunhak.com

ISBN 978-89-546-8117-9 03810

www.munhak.com